Biblioteca

ALBERTO VÁZQUEZ-FIGUEROA

El león invisible

DEBOLSILLO

Diseño de la portada: Departamento de diseño de Random House Mondadori
Fotografía de la portada: © Age Fotostock

Primera edición en DeBols!llo: enero, 2004

Este libro fue publicado por mediación de Ute Körner Literary Agent, S. L., Barcelona

Printed in Spain – Impreso en España

ISBN: 84-9793-144-0 (vol. 69/48)
Depósito legal: B. 48.418 - 2003

Fotocomposición: Lozano Faisano, S. L. (L'Hospitalet)

Impreso en Novoprint, S. A.
Energia, 53. Sant Andreu de la Barca (Barcelona)

P 831440

«Me llamo Aziza Smain.

»No. No sé cuándo nací, pero creo que debió ser hace unos veinticinco años, más o menos.

»Fue en este mismo pueblo, en esta misma casa, en esa habitación en la que nacieron también mis tres hermanos.

»La última.

»Hubo otros que no recuerdo bien, porque entonces yo era muy pequeña y debieron morir casi al nacer.

»Sí, eso es muy cierto; aquí, son más los niños que no llegan a adultos que los adultos que llegan a cumplir medio siglo, puesto que son muy pocos los que pasan de esa edad.

»Éste es un pueblo en que abundan los viejos porque la mayor parte de los jóvenes emigraron a las grandes ciudades donde la vida es muy diferente y se encuentra trabajo.

»No, mi marido no quiso emigrar.

»Su padre tenía más de cien cabras y cuarenta camellos, pero mi marido sabía que si se marchaba no le quedaría nada en el reparto de la herencia.

»¿Rico? En estas tierras la gente no es rica, señor. Si le alcanza para comer una vez al día ya se da por contenta.

»¿El caíd Shala?

»Sí. Naturalmente. El caíd Shala es muy rico y tiene un palacio precioso, pero el caíd no es gente.
»El caíd es el caíd.
»Lo he visto dos veces; el día de mi boda, y el día que ratificó de modo oficial mi condena a muerte.»

La voz era cálida, muy personal y tan repleta de matices que hacían comprender que su dueña hablaba con sencilla naturalidad, resignación y tristeza, aunque sin intentar atraer la compasión de quien le escuchaba o exagerar la magnitud de la terrible tragedia en que se había convertido su vida.

«¿Por qué habría de guardarle rencor? La ley es la ley, y una vez que el tribunal me hubo juzgado y condenado, al caíd no le quedaba otra opción que decir que sí a todo y firmar, aunque me consta que lo hizo a disgusto.
»¿Los culpables? ¿Culpables de qué?
»No lo sé. Supongo que nadie.
»He pasado la mayor parte de mi vida en ese huerto o este patio, y las cosas que me han ocurrido le ha ocurrido a infinidad de mujeres de esta parte del país.
»Que yo sepa han lapidado a más de veinte en Hingawana y los pueblos de los alrededores. La última, y a ésa sí que la conocí personalmente, fue Yasmin, una prima hermana de mi padre.
»Recuerdo bien la escena. Aún era casi una niña, por lo que mi madre no me permitió acudir a la plaza, pero mis hermanos y yo nos subimos a la azotea. La verdad es que no conseguí ver gran cosa, pero recuerdo con horror los gritos y los insultos de la gente, y sobre todo los alaridos de dolor de la pobre Yasmin.
»No entiendo la pregunta. ¿Le importaría repetirla?
»¡Desde luego! Aquí todas las mujeres vivimos con el

temor de que algún día nos pueden matar a pedradas puesto que impedirlo no depende de nosotras.

»Supongo que fui una hija obediente y respetuosa y una esposa honrada y trabajadora, pero desde el momento en que murió Malik, hace ya unos seis años, comprendí que las cosas empezarían a ir muy mal.

»¿Hermosa? Le agradezco que considere que aún soy hermosa, pero aquí ser joven y hermosa cuando se es viuda no constituye una bendición de Alá, sino más bien un castigo de Saitán el Apedreado, que tal vez por eso lleva ese nombre.

»Te conviertes en el blanco de todas las miradas; las de los hombres que te ven como al antílope que corre libre por la llanura esperando a que lo cacen, y las de los ancianos que pasan horas y horas parloteando sobre si ya te han cazado o quién y cuándo te va a cazar.»

El rugiente motor del poderoso Ferrari comenzó a runrunear en el momento en que el propietario del rojo bólido se detuvo en el arcén de la avenida Princesa Grace, con el fin de elevar levemente el volumen de la radio y escuchar con mayor atención una voz que resultaba sin lugar a dudas cautivadora, tanto por el timbre y la cadencia con que hablaba, como por la naturalidad con la que se refería al terrible destino que al parecer le aguardaba.

«No, señor, no —decía—. Aquí ningún hombre decente se casaría nunca con una viuda que además tiene una hija. Si fuera un muchacho tal vez sí, porque muy pronto lo pondría a pastorear camellos y arar campos, pero mi pequeña Kalina es una criatura delicada a la que a duras penas he conseguido sacar adelante.

»Ninguna ayuda. No es costumbre. La familia del difunto suele culpar a la esposa de que no supo cuidarle durante su enfermedad, por lo que normalmente la repudian, incluidos los hijos.

»¿Y cómo puedo saberlo, señor?

»Una mañana no fue capaz de levantarse porque le dolía terriblemente el vientre, comenzó a sudar y a tener fiebre, y por muchos caldos que le preparé y muchos paños húmedos que le puse en la frente, el dolor fue en aumento, toda esta parte de aquí, sobre la ingle, se le puso tensa como la piel de un tambor, y cuando se la rozaba rugía como un buey.

»¿Cómo ha dicho?

»Nunca he oído esa palabra.

»¿Perito... qué?

»Es posible, señor. Yo nunca he entendido de esas cosas, y me temo que el "médico" que le atendió tampoco, porque lo cierto es que se da más maña para sanar camellos que personas.

»El mismo día en que enterraron a Malik metí en un cesto a mi hija y lo poco que quedaba de mi ajuar, y regresé a este patio, a vivir de las sobras de lo que comen mi hermana mayor y su familia.

»La mayoría de las veces no sobra gran cosa.

»No. En absoluto. Supongo que para ustedes el hambre es algo que experimentan de tanto en tanto, entre comida y comida, y que por lo general se limita a una desagradable sensación de vacío en el estómago, pero para nosotros el hambre es algo normal, con lo que convivimos, y lo que en verdad nos sorprende es no sentirla.»

Oscar Schneeweiss Gorriticoechea apagó por completo el motor de su espectacular bólido, sin lugar a dudas uno de los automóviles más costosos del mercado, apoyó la cabeza en el respaldo del asiento de cuero negro y entrecerró los ojos observando, sin prestar atención, las copas de los árboles, puesto que podría creerse que todos sus sentidos permanecían pendientes de las palabras de una mujer que sin duda se encontraba a miles de kilómetros de distancia, pero que en realidad parecía vivir en una galaxia a años luz de la Tierra.

«No. Mientras estuve casada casi nunca sentí hambre.

»De niña, algunas veces.

»Ahora vivo con ella, me sigue a todas partes, de día y de noche, pero al fin y al cabo ése no es el mayor de mis problemas.

»¡Muchas gracias! No, con esto me basta porque si de pronto comiera en exceso mi cuerpo lo rechazaría y sentiría arcadas. No conviene acostumbrarse a algo que no se va a tener mañana, pero si me permite coger un poco de pan para la niña se lo agradecería mucho.

»A ella tampoco le sobra la comida, aunque en ocasiones mi hermana le da algo de leche a espaldas de su marido.

»Mi hermana no es mala y sé que me quiere, pero entiendo que su posición es muy difícil. Si se pusiera de mi lado, Hassan la repudiaría y pronto o tarde acabaría en una situación parecida a la mía. Tiene tres hijos y debe luchar por ellos.

»Probablemente yo haría lo mismo.

»¿Por qué quiere que hable tanto?

»¿A quién le puede interesar lo que yo diga?

»Por mucho que hable, por más que recoja mis palabras en ese aparato, y por mucho que le cuente de mi vida o incluso me decidiera a dar los nombres de quiénes me violaron, las cosas no cambiarían puesto que ya se ha dictado sentencia, y en cuanto deje de amamantar al pequeño me ejecutarán, como siempre ha sucedido.

»Lo único que le pido a Alá es que alguien sea lo suficientemente compasivo como para atinarme en la cabeza con una de las primeras piedras, de modo que pierda pronto el sentido, pero por desgracia me consta que la gente prefiere tirar piedras pequeñas y dar en la espalda, los brazos y el pecho para que el castigo sea más largo y la agonía más dolorosa. Se trata de una muerte muy dura, lo sé, terriblemente dura, pero ésa es la ley, o la costumbre, y así suele cumplirse.»

Las manos, que hasta ese momento se limitaban a descansar sobre el volante, se crisparon en cuanto se escuchó la palabra «muerte», puesto que era aquél un vocablo que obligaban al dueño de esas manos a rememorar tiempos de espanto.

Siguió un largo silencio que al fin rompió una voz masculina, potente y bien timbrada pero a la que se advertía en cierto modo quebrada por la emoción, que señalaba:

«Han escuchado ustedes las declaraciones de Aziza Smain, la joven nigeriana que no sólo fue brutalmente violada, sino que además ha sido condenada a morir lapidada debido a que como consecuencia de dicha violación había dado a luz a un hijo.

»René Villeneuve, en exclusiva para Radio Montecarlo».

Durante casi diez minutos, Oscar Schneeweiss Gorriticoechea permaneció completamente inmóvil en el interior de su fastuoso deportivo aparcado en el arcén de la avenida Princesa Grace de la hermosa y exclusiva ciudad de Montecarlo, tal vez incapaz de aceptar que lo que acababa de oír pudiera ser cierto y pudiera tener lugar en los primeros años del siglo XXI.

Una muchacha nigeriana a la que en cualquier otra circunstancia aguardaba sin duda una larga vida, iba a ser ejecutada de la forma más cruel imaginable porque había cometido «el espantoso e imperdonable delito» de haber permitido que la violaran varios hombres.

¡Nigeria!

Se esforzó por recordar dónde se encontraba exactamente Nigeria y con qué países africanos compartía las fronteras, pero lo único que le vino a la memoria fue que era muy grande, tenía yacimientos de petróleo y lo atravesaba el río Níger, que tenía entendido que iba a desembocar en el golfo de Guinea.

Y si esa memoria no le fallaba, su caótica capital, que se llamaba Lagos, se alzaba a orillas del mar, aunque aquél era un dato del que no estaba del todo seguro.

Al fin y al cabo, ¿qué importancia tenía?

Lo que en verdad importaba es que existía un lugar del planeta en el que el fanatismo religioso continuaba siendo tan virulento como en los tiempos de Cristo, pese a que él se encontrara en aquellos momentos al volante de una máquina capaz de rodar a trescientos kilómetros por hora.

¿De qué había servido el paso de los últimos dos mil años?

O tal vez debería decir mejor, veinte mil años, puesto que lo primero que debieron hacer los monos cuando se decidieron a descender de los árboles fue arrojar piedras a sus enemigos, y al parecer aquélla seguía siendo una costumbre que algunos herederos de tan violentos simios no se avenían a abandonar.

Transcurrió un largo rato antes de que el hasta poco antes despreocupado dueño del fastuoso Ferrari se decidiera a ponerlo en marcha con el fin de dirigirse, muy lentamente puesto que nunca tenía la más mínima prisa, hacia la parte alta de la ciudad.

El hombre, muy grande, muy grueso y muy calvo, que lucía una corta y descuidada barba blanca permanecía tan absorto en la contemplación del luminoso cuadro que apenas prestó atención cuando la puerta del amplio salón se abrió para que hiciera su aparición el propietario de una de las mansiones más admiradas de una costa que desde hacía más de un siglo había cobrado fama porque en ella proliferaban las residencias de lujo.

—¿Es auténtico? —quiso saber.

—Naturalmente.

—¿Un auténtico Velázquez? —se asombró el gordo volviéndose ahora por completo—. Supongo que debe ser de los pocos que no se encuentran en un museo.

—Lo es —admitió el recién llegado indicándole con un gesto que tomara asiento en uno de los sillones desde los que a través del amplio ventanal se distinguía la totalidad del principado de Mónaco y parte de la costa francesa—. Pero el mérito no es mío. Pertenece a la familia de mi madre desde hace cinco generaciones.

—Pero continúa siendo un Velázquez —puntualizó René Villeneuve con su hermosa voz de profesional de la radio—. Y estoy convencido de que la mayoría de la gente ya lo habría vendido.

—¿Para comprar qué...? —quiso saber remarcando mucho las palabras Oscar Schneeweiss Gorriticoechea—. Si con el dinero que me dieran por él pudiera conseguir algo más bello, valioso y duradero, lo vendería, pero lo cierto es que no se me ocurre nada.

—Razón le sobra —admitió el periodista estrella de Radio Montecarlo—. Y es que por lo general cuando sobra el dinero las otras razones sobran. Y hablando de dinero... —añadió de inmediato—, su amable invitación no tenía por qué ir acompañada de un cheque tan sumamente generoso. El simple placer de conocerle bastaba.

—Se lo agradezco y hasta soy capaz de creerle —fue la despreocupada respuesta—. No obstante, como nunca me he visto en la necesidad de trabajar, respeto mucho el trabajo ajeno, y lo que ahora me interesa, aparte de almorzar en su agradable compañía, es que me informe sobre cosas que supongo que conoce porque forma parte de su trabajo, y me parece lógico que ello conlleve una justa compensación.

—¡Como quiera! —admitió el otro con una leve sonrisa—. Si por lo visto yo poseo la información y usted el dinero no está de más intercambiar un poco de ambas cosas. ¿Qué es lo que quiere saber?

—Todo cuanto pueda decirme sobre Aziza Smain.

—¿La nigeriana?

—Exactamente.

—¿Y eso?

—Casualmente el otro día escuché su programa. —Oscar Schneeweiss Gorriticoechea abrió las manos como si buscara disculparse al puntualizar—: Bueno, lo cierto es que suelo escucharlo cuando bajo a jugar al golf, pero aquel día me llamó particularmente la atención. Esa muchacha habla de que la van a ejecutar de un modo salvaje con tanta naturalidad y resignación que consiguió conmoverme.

—Le mentiría si no admitiera que a mí me ocurrió lo mismo —reconoció el locutor—. Sentarme allí, frente a ella, y observar su entereza y el hecho evidente de que no le preocupaba su suerte sino el futuro de sus hijos es la experiencia más traumática que he tenido a todo lo largo de mi vida profesional... ¡Y de la otra!

—¿Y no pudo hacer nada por ella?

—¿Como qué? Vive entre una pandilla de fundamentalistas que no creen más que en lo que dicta la famosa *sharía*, la ley coránica que aplican a su antojo, sobre todo a las mujeres.

—Pero por lo que tengo entendido, el gobierno nigeriano se opone a ese tipo de prácticas. ¿Por qué no impiden una salvajada sin justificación que le desprestigia a los ojos del mundo?

—Lo intenta, pero el problema es muy complejo, teniendo en cuenta la realidad de un país tan grande, tan poblado y tan extenso. Recuerde el dicho: «A Nigeria no la creó Dios; la crearon los ingleses».

—¿Le importaría aclararme ese punto mientras almorzamos?

—Para eso me paga.

Diez minutos más tarde, y tras dar cuenta de un bol de caviar servido en cristal de Murano con cubertería de oro, René Villeneuve inició con evidente parsimonia su larga disertación.

—La nefasta política colonial inglesa, la peor imaginable tras la alemana o la belga, convirtió Nigeria en un poderoso «país» de casi ciento cuarenta millones de habitantes, el más extenso y poblado del continente africano, pero dividido en unas doscientas etnias que conforman tres grandes grupos que se odian a muerte: los hausas, fanáticos musulmanes, al norte; los yoruba, tibiamente cristianos al sudoeste, y los ibos, en su mayor parte animistas, al sudeste.

—¡Mala mezcla es ésa! —admitió el dueño de la soberbia mansión que dominaba, como un nido de águilas el principado de Mónaco—. Francamente mala a mi modo de ver.

—La peor, puede creerme. Como ellos mismos aseguran, los hausas son el azufre, los yorubas el salitre y los ibos el carbón. Cuando se mezclan el resultado es pólvora, y basta una simple chispa para que todo reviente.

—¿Y ahora la chispa se llama Aziza Smain?

—¡No necesariamente! Les apasiona aniquilarse. Hace tres años en la región de Kaduna más de dos mil animistas y cristianos fueron degollados por los intransigentes musulmanes, y durante la sangrienta guerra de Biafra los muertos se contaron por centenares de miles. Lo sé porque estuve allí.

—En aquel tiempo debía ser muy joven —le hizo notar quien ocupaba el otro extremo de la mesa.

—¡Desde luego! Tan sólo alguien muy joven es lo suficientemente inconsciente como para apuntarse a una guerra que no es suya por ansias de vivir nuevas experiencias. Yo soñaba con convertirme en un gran escritor de los que se hacen famosos relatando historias vividas en el corazón de África o en el calor de una guerra, pero el tiempo me demostró que no tenía talento. Una cosa es ver y sentir, y otra muy diferente escribir y conseguir que los demás sientan lo mismo.

—Sin embargo me hizo sentir algo muy especial cuando entrevistó a esa mujer.

—Porque no era algo escrito sino únicamente hablado. Y porque en realidad era ella quien hablaba. Yo me limitaba a estar allí y hacerle preguntas. —René Villeneuve jugueteó con el tenedor sin decidirse a atacar el sabroso estofado que le habían colocado delante, y añadió—: Cuando Aziza Smain alza el rostro y te mira con sus enormes ojos de color miel mientras acaricia a su hijo consciente de que le queda muy poco tiempo para hacerlo, mil manos de hierro te atenazan el estómago y te maldices por no ser capaz de plasmar en un papel cuanto te pasa en esos momentos por el corazón y la cabeza. Quien supiera expresar la pena y la desolación que transmite aquella infeliz criatura ganaría el Nobel de Literatura.

—Me gustaría conocerla.

—¿Cómo ha dicho?

—He dicho que me gustaría conocer a Aziza Smain.

El hombretón de la reluciente calva y la espesa barba se llevó a la boca un pedazo de carne y lo masticó muy despacio como si con ello quisiera darse a sí mismo tiempo para reflexionar sobre lo que acababa de escuchar, pero al fin se limitó a inquirir:

—¿Por qué?

—Me fascina su voz y me conmueve lo que dice.

—Usted perdone, pero ésa es una de las mayores estupideces que he oído en mi vida. Aziza Smain se encuentra en estos momentos en el mismísimo corazón de África y la van a ejecutar.

Oscar Schneeweiss Gorriticoechea se limitó a sonreír, pero al poco hizo un amplio gesto indicando con ambas manos el lujoso comedor de cuyas paredes colgaban cuadros de incalculable valor para acabar señalando:

—¡Mire a su alrededor! —dijo—. Aún no he cumplido cuarenta años y tengo cuanto un ser humano pueda desear. Nací en un principado en el que tan sólo podemos vivir los multimillonarios y mi casa, mi yate, y mis coches son probablemente los más lujosos de la ciudad. Mis bodegas son famosas, a mis fiestas acude la élite del mundo, y puedo acostarme cada noche con una estrella de cine o una maniquí de moda. —Chasqueó la lengua como si él mismo no diese crédito a sus palabras al inquirir—: ¿Si yo no voy a poder permitirme ese tipo de estupideces, quién más podría hacerlo?

—Nadie, desde luego —admitió su interlocutor—. Pero lo que no entiendo es el porqué.

—Por suerte no necesito un porqué.

—¿Está seguro?

—Completamente. Aunque si le sirve de algo le aclararé que ni la más hermosa actriz de cine, ni la más sofisticada modelo, ni la más brillante intelectual de las muchas que he conocido a lo largo de estos últimos años consiguió impresionarme como cuando esa pobre mujer dijo: «Lo único que le pido a Alá es que alguien sea lo suficientemente compasivo como para atinarme en la cabeza con una de las primeras piedras...». Hablaba con absoluta naturalidad de su propia muerte, y yo sé muy bien lo que es eso.

—¿Por qué lo sabe?

—Porque mi vida no siempre fue lujo, fiestas y mujeres.

—Pero por lo que tengo entendido usted ya nació rico. Muy, muy asquerosamente rico.

—Así es, en efecto.

—¿Y eso le da derecho a permitirse todos los caprichos?

—¡Siempre que no le haga daño a nadie...! Por lo general mis caprichos hacen feliz a mucha gente que prefiere que comparta mi dinero a que lo deje pudrirse en los bancos.

—A mí hoy me ha alegrado el día —admitió el gordinflón—. Y mucho.

—Lo cual me congratula.

—¿Y le importaría aclararme de igual modo y si no es mucha molestia, si la razón por la que utiliza siempre unos apellidos tan largos y poco comunes es otro de sus caprichos? —se atrevió a inquirir René Villeneuve—. Porque la verdad es que sus tarjetas de visita deben parecer serpentinas.

—Me siento muy orgulloso de ellos aunque a veces me proporcionan más de un quebradero de cabeza —admitió su anfitrión a punto de echarse a reír—. Sobre todo en las aduanas y los hoteles de ciertos países en que no están acostumbrados a ese tipo de nombres.

—Lógico, porque mira que son complicados y dispares.

—Schneeweiss, que en alemán vendría a significar algo así como nieve blanca, proviene de Austria, de la que mi abuelo huyó cuando los nazis se hicieron con el poder, aunque consiguió llevarse íntegramente su fortuna, con la que se estableció en Brasil, multiplicándola al casarse con una rica heredera paulista. De dicha unión nació mi padre. Por su parte los Gorriticoechea eran vascos que escaparon a tiempo de la dictadura franquista llevándose también su dinero, para establecerse en Argentina, donde compraron una gigantesca hacienda de ganado y mi abuelo acabó casándose con una bella latifundista. De esa unión nació mi madre. Curiosamente mi padre y mi madre se conocieron justo en la frontera entre ambos países, en las famosas cataratas de Iguazú, pero como al poco de casarse tanto en Brasil como en Argentina se establecieron regímenes fascistas, decidieron seguir la tradición familiar, vendieron cuanto tenían y se establecieron aquí, en el principado, donde se las ingeniaron para aumentar aún más su fortuna, y donde me trajeron al mundo. Como puede ver, nacimos bajo una estrella errante y estamos condenados a ser eternos emigrantes.

—¡Pero forrados de dinero!

—¡Eso lo admito!

—¡Así cualquiera!

—Son cosas del destino. Hay individuos que nacen con talento para la música, la literatura o la pintura. Otros son grandes deportistas, y a otros la naturaleza les dota de una salud de hierro o una extraordinaria belleza. A mi familia no le proporcionó ninguno de tales dones, pues siempre hemos sido gente de lo más «normal», reconozco que incluso de aspecto un tanto tosco, pero admito que, por alguna absurda razón que nunca hemos entendido, el dinero nos ama casi con la misma intensidad con que lo despreciamos.

—¿Desprecia el dinero? —se sorprendió René Villeneuve—. En ese caso, ¿por qué lo acumula en tan ingentes cantidades?

—Porque los billetes son como los conejos; cuando les da por reproducirse no hay quien los pare.

—Y si tan poco le importa, ¿por qué no lo regala?

—Porque la experiencia me ha demostrado que en ese caso le hago un flaco favor a la gente.

—Es la disculpa más sorprendente que jamás he escuchado, y perdone si le molesto.

—¡No! —le tranquilizó Oscar Schneeweiss Gorriticoechea—. No me molesta en absoluto, ya que no se trata de una disculpa. Hace años solía destinar grandes sumas a obras de caridad, pero a la larga llegué a la conclusión que los auténticos beneficiados nunca eran los más necesitados. Funcionarios muy listos y sinvergüenzas sin escrúpulos se las ingeniaban para hacer desaparecer el dinero por el camino.

—Suele suceder con excesiva frecuencia —admitió el otro—. El mundo está plagado de auténticos profesionales de las obras de caridad que practican a conciencia ese dicho de que «la caridad bien entendida empieza por uno mismo» y se quedan con lo que estaba destinado a los más pobres.

—Cuando me convencí de que era así decidí emplear ese dinero en crear nuevas fábricas y nuevos puestos de trabajo. De ese modo sabía que ayudaba realmente a la gente. —El dueño de la casa sonrió como si se disculpara por una pequeña travesura—. Pero lo realmente curioso es que, haga lo que haga e invierta en lo que invierta, incluso en lo más absurdo o estrafalario, siempre acaba produciendo extraordinarios dividendos.

—¿Y cuál es la fórmula, si es que puede saberse? —inquirió el gordo con una significativa sonrisa—. Porque la verdad, esto de ser periodista radiofónico, aunque produzca grandes satisfacciones, no da para mucho.

—Supongo que se trata de una cuestión genética, como nacer con el pelo rubio o los ojos azules. Yo tengo dinero y usted una voz envidiable, idéntica a la de su padre, que era el mejor locutor deportivo que he conocido.

—¡Se la vendo!

—Y yo le pagaría una fortuna por ella, se lo aseguro, pero ya ve que la voz, como la salud, el talento, la belleza o tantas otras cosas, no se pueden comprar. Siempre será más fácil para usted hacerse rico, que para mí conseguir las tonalidades y la cadencia de su forma de hablar.

—Conozco una profesora de dicción que...

El gesto de rechazo con la mano evidenciaba que aquélla no era al parecer una solución aceptable.

—¡Ya pasé por eso y apenas sirvió de nada! Donde no hay, no hay, y tampoco es justo pretender tenerlo todo. —El hombre de los casi impronunciables apellidos hizo un leve gesto al impasible mayordomo con el fin de que retirara los platos al tiempo que añadía—: Y ahora volvamos a lo que importa. ¿Cómo es realmente Aziza Smain?

—Turbadora.

Oscar Schneeweiss Gorriticoechea permaneció unos instantes muy quieto, como clavado en su asiento, tal vez desconcertado o sorprendido, pero al fin replicó:

—¿Ve lo que le digo? Usted ha empleado una palabra que a mí no se me habría ocurrido en mil años, pero que expresa mejor que cualquier rebuscada frase la sensación que me invadió al escucharla: «turbación».

—Mi oficio es saber encontrar las palabras con la misma facilidad con que usted encuentra dinero, pero admito que en este caso no me ha costado mucho puesto que también yo me sentí turbado en su presencia. Cuando recorres durante horas un tórrido y polvoriento desierto, penetras en aquel pequeño patio de paredes de adobe, y la ves allí, sentada a la sombra de un baobab en un banco de piedra, con su bebé en brazos y la niña aferrada a una vieja túnica azul que se cae a pedazos, te asalta la impresión de que se trata de la criatura más miserable y desvalida del planeta, pero en cuanto alza el rostro y te mira, el desvalido eres tú.

—¿Le hizo alguna foto?

—Algunas, aunque admito que en ese aspecto soy un verdadero desastre. Utilizo una de esas cámaras que lo hacen todo ellas solas, pero en este caso no se mostró demasiado eficiente por lo que la mayoría no le hacen justicia. En realidad creo que ninguna fotografía podría mostrar la desconcertante dignidad que emana de toda su persona. En Mónaco tenemos a una auténtica princesa que se vista como se vista parece más bien una buscona callejera, pero aquella muchacha cubierta de harapos se mueve, habla y actúa como una auténtica princesa con diez generaciones de sangre azul en las venas.

—Le compro esas fotos. Y le compraré también una copia de la cinta que grabó. Quiero volver a escucharla a solas.

—Ya me ha pagado en exceso. Esta misma tarde se las enviaré. —René Villeneuve aceptó el grueso habano que el mayordomo le ofrecía, lo encendió con estudiada parsimonia, y tras exhalar una espesa nube de humo, inquirió—: ¿Me permite un consejo?

—¡Faltaría más!

—No se involucre demasiado en este asunto. Deje que las autoridades internacionales y las ONG que se ocupan del tema hagan su trabajo. Ayude en lo que pueda moviendo sus amistades, pero no intente ir más allá.

—¿Por qué?

—Porque como ya le he dicho aquel continente es un polvorín, y Aziza Smain es como una llama que brilla en la noche más oscura. Se está convirtiendo en símbolo de una despiadada lucha entre diferentes culturas en la que lo mismo se atenta contra las Torres Gemelas de Nueva York, como se invade Irak. Si tan sangriento y brutal enfrentamiento se está dando a nivel mundial, imagínese lo que puede ocurrir a nivel local en un perdido rincón del norte de un país tan complejo y controvertido como Nigeria.

—Lo tendré en cuenta.

—Me temo que no. Me temo que usted es de los que rara vez aceptan consejos.

Cuentan las leyendas que en tiempos muy remotos los baobabs se habían convertido en los árboles más hermosos de África, los más altos, corpulentos y resistentes al calor, con gigantescas copas repletas de millones de anchas hojas que proporcionaban una sombra tan constante, agradable y suavemente perfumada, que invitaba a los hombres a acudir desde lugares muy distantes en busca de un refugio que compartían con los dioses del bosque.

Juran que del tronco y los frutos del baobab manaba por aquel entonces un agua limpia y fresca, por lo que al parecer era bajo su generosa protección donde se compraba y vendía el ganado, se consolidaban las amistades, se concertaban las bodas, o se iniciaban las guerras.

Y cuentan de igual modo las leyendas que el hecho de sentirse protagonistas absolutos de la vida de muy distintas tribus y comunidades, trajo aparejado que los baobabs acabaran por sentirse superiores al resto de los árboles, tan altivos y distantes, tan prepotentes y pretenciosos que, de mutuo acuerdo, sus vecinos optaron por dejarles solos, creando a su alrededor un inmenso vacío que acabó por transformarse en desierto.

La mayor parte de sus congéneres se alejaron hacia el sur para unirse entrelazando sus ramas, sus raíces y sus lianas hasta conformar las espesas selvas siempre húmedas y pobladas por todo tipo de animales, mientras que los orgullosos baobabs prefirieron continuar defendiendo con altivez su independencia, permaneciendo para siempre en el norte, donde con el paso del tiempo no tuvieron más compañía que el sol, el viento, cabras, camellos y algunos desperdigados grupúsculos de sedientos seres humanos.

Por ello, cuando mucho tiempo más tarde el Creador decidió regresar a la Tierra con el fin de admirar su obra, se sintió profundamente disgustado por la actitud de unos ensoberbecidos árboles que habían acabado por convertir el paraíso en un desierto, y como no estaba en su forma de ser aniquilar para siempre a quienes al fin y al cabo habían nacido de su propia mente, decidió castigar su desmesurada presunción dándoles la vuelta, de tal modo que sus frondosas ramas crecieran bajo tierra, mientras sus gruesas y desnudas raíces, incapaces de proporcionar ya sombra alguna, quedaran expuestas al aire.

Desde aquel ya muy lejano día, los baobabs son por lo tanto inmensos árboles invertidos, aunque tan pagados de sí mismos y soberanamente estúpidos que aún no se han percatado de que crecen y crecen sin desmayo, pero que lo hacen siempre en la dirección equivocada.

Y cuentan por último las leyendas que quienes nazcan bajo la cambiante sombra de un baobab acabarán irremisiblemente locos, puesto que todo lo verán siempre con la cabeza enterrada y los pies al aire.

Menlik, el hijo de Aziza Smain, había nacido bajo uno de ellos, puesto que resultaba evidente que no tenía otro lugar donde nacer.

Por fortuna, vino al mundo de noche.

A solas en la desnudez del miserable patio en que transcurría su vida desde el día en que su cuñado Hassan y tres de sus malolientes amigos la violaron ante el cómplice silencio de su propia hermana, la pobre muchacha había dado a luz, sin dejar escapar ni tan siquiera un lamento, a una criatura que le permitiría continuar respirando hasta el momento en que no pudiese extraer ni una sola gota de leche de sus pechos.

Jamás dos vidas estuvieron tan indisolublemente ligadas entre sí, ni dependieron de un modo tan directo la una de la otra.

Aunque para Aziza Smain lo importante no era que Menlik le permitiera continuar viviendo; lo que en verdad importaba era que Menlik le obligaba a vivir. El pequeño, así como su frágil hermana, Kalina, constituían las dos únicas razones por las que se resistía a abandonar un mundo en el que la naturaleza, los hombres y los dioses le demostraron siempre una hostilidad tan feroz como injustificada, puesto que por más que forzara la memoria no conseguía recordar un solo acto de su corto pasado que pudiera dar lugar a semejante ensañamiento.

Había sido obediente y respetuosa con sus padres, se había casado sin protestar con el hombre que ellos eligieron, había amado con dulce afecto y cuidado con devoción a su marido, se había humillado ante los absurdos caprichos de sus cuñadas y las abusivas reprimendas de su suegra, y había traído al mundo, sin alboroto, a una hermosa niña de inmensos ojos negros que sonreía a cuantos se le acercaban.

Jamás robó, jamás mintió, jamás blasfemó y jamás miró a otro hombre.

Y sin embargo...

Sin embargo tenía las horas contadas por haber sido víctima del más sucio, cobarde y brutal de los delitos.

Sentada allí, a la sombra del árbol de la sombra inestable, abrazada a su hijo y observando cómo la dulce Kalina jugaba tan sola como siempre en un rincón del patio,

Aziza Smain se preguntaba una vez más qué amargo destino esperaba a aquellas indefensas criaturas a partir del día en que cientos de piedras arrojadas con saña les dejaran sin madre.

En cuanto se convirtiera en mujer su cuñado y sus amigos violarían a la niña igual que habían hecho con ella.

En cuanto fuera capaz de mantenerse en pie, ese mismo cuñado enviaría a Menlik al desierto, a cuidar de los camellos y las cabras.

O tal vez los venderían como esclavos.

Caravanas de niños originarios del África central que se encaminaban a la frontera, cruzaban a menudo de noche cerca de Hingawana, y aunque pocos osaran hablar de ello, todos en el pueblo sabían que aquellos infelices, comprados a sus parientes o raptados por la fuerza, estaban destinados a acabar como mano de obra esclava en las gigantescas plantaciones de café y cacao de Ghana o Costa de Marfil.

Allí morirían de agotamiento y hambre a no ser que algún capataz o terrateniente libidinoso se encaprichase de uno de ellos y decidiera convertirlo por un tiempo en su amante.

Si la muchacha era linda acabaría en un prostíbulo de la costa.

Si no lo era, su vida sería muy corta.

Si el muchacho era hermoso acabaría sodomizado.

Si no lo era acabaría reventado.

Con frecuencia, a Aziza Smain le gustaba cerrar los ojos e intentar imaginar cómo sería el mundo de los blancos del que miss Spencer le hablaba tantos años atrás.

Miss Spencer había sido sin duda la persona más importante en su vida, dejando a un lado, naturalmente, a parte de su familia.

Durante casi dos años, cuando aún no se había convertido en mujer, Aziza Smain había trabajado muy a gusto para aquella encantadora dama de gruesos lentes de concha, salud precaria y eterna sonrisa bonachona, que había demostrado una infinita paciencia a la hora de enseñarle a hablar, leer y escribir, llevar una casa y tener una ligera idea de cómo era el mundo que se extendía más allá del cercano desierto.

El día que el gobierno central dejó de enviar dinero y la planta eléctrica que había venido a instalar su marido se quedó por desgracia a medio construir, la buena de miss Spencer a punto estuvo de sufrir un soponcio puesto que no se hacía a la idea de abandonar aquella tierra inhóspita, pero en la que se sentía feliz, para regresar a las eternas brumas, la lluvia y el frío de su Escocia natal, donde el sol que allí se mostraba tan furibundo y generoso era un bien tan escaso como el agua en el pozo del mísero pueblo.

Aziza Smain no pudo evitar llorar como una niña cuando la vio partir, no sólo por lo mucho que la apreciaba, sino porque tuvo plena conciencia de que todas sus esperanzas de un destino diferente se diluían a la par que se diluía la nube de polvo que levantaba el viejo autobús que se llevó para siempre a su adorable protectora.

Existe un momento en la vida de la mayoría de los seres humanos que marcan un antes y un después.

Aquél fue sin duda ese momento en la vida de Aziza Smain.

El autobús se perdió en la distancia, se lo tragó el desierto, y cosa sabida es que el desierto es capaz de tragarse no sólo los sueños de una niña, sino incluso la totalidad de un país o la mayor parte de un continente.

Ya con un pie en el estribo del cochambroso vehículo miss Spencer le había acariciado dulcemente el rostro y le había dicho:

—Me faltó un año para hacer de ti una reina, pero me

voy con la esperanza de que algún día alguien complete mi obra.

Pocos meses más tarde Aziza Smain se convirtió en mujer, por lo que siguiendo ancestrales costumbres la entregaron a un hombre al que apenas había visto tres veces a todo lo largo de su vida.

Era un buen muchacho, trabajador y afectuoso, pero tan simple, inexperto e ignorante que jamás se le pasó por la mente que cada noche acariciaba a una auténtica reina.

Tal vez por ello los dioses decidieron castigar su ceguera con terribles dolores y una muerte espantosa.

Aziza Smain sufrió por él, por sus injustos padecimientos, pero no sufrió por ella, al menos tal como había sufrido con la marcha de miss Spencer.

Tenía claro, eso sí, que con la desaparición de su marido desaparecía de igual modo toda esperanza de poseer algún día una auténtica familia.

Durante un tiempo estuvo pensando seriamente en la posibilidad de tomar en brazos a su hija y subirse a aquel mismo cochambroso autobús que se la llevaría del pueblo para siempre.

¿Pero adónde ir?

En Kano, una hermosa viuda mezcla de fulbé y hausa no tenía otro destino que el prostíbulo.

En Lagos o Ibadán una viuda mezcla de fulbé y hausa ni siquiera tenía asegurado el destino del prostíbulo por muy hermosa que fuera.

Los yorubas odiaban y despreciaban a los fulbé y a los hausas hasta el punto de sentirse casi incapaces de mantener algún tipo de relación con un miembro de tan aborrecida raza.

En Port Harcourt las cosas serían aún peor, puesto que se aseguraba que los ibos disfrutaban comiéndose a los yorubas, a los fulbé y a los hausas.

Miss Spencer le había hablado a menudo de otros países y otras formas de vida, pero todo ello se encontraba más allá de las fronteras de Nigeria, y Aziza Smain abrigaba el convencimiento de que las fronteras eran enormes muros que una mujer difícilmente podría saltar llevando una niña en brazos.

Los muros que defendían los países en que vivían los blancos debían ser tan altos como montañas.

De otro modo, todos cuantos pasaban tanta hambre en Nigeria correrían a saciarla allí donde al parecer toneladas de alimentos se arrojaban cada noche a la basura.

Eso era al menos lo que miss Spencer le había contado, y estaba convencida de que miss Spencer jamás mentía.

—Con las sobras de un solo restaurante de Edimburgo comerían todos los habitantes de Hingawana —solía asegurar con profunda tristeza—. Yo misma he desperdiciado tanta comida a lo largo de mi vida que tan sólo de pensar en ello me avergüenzo.

—Pero usted no podía saber que aquí pasábamos tantas necesidades —le hizo notar su joven sirvienta buscando tranquilizarla.

—¡Lo sabía! —fue la amarga respuesta—. O por lo menos tenía la obligación de saberlo porque en el colegio me enseñaron que casi la mitad de la humanidad sufre terroríficas hambrunas. Pero lo cierto es que no lo entendí hasta que llegué aquí.

—¿Y por qué vino exactamente?

—Porque mi marido ansiaba traer la electricidad a vuestros hogares y yo un poco de luz a cuantos los habitabais —había acompañado con su risa de niña su propia gracia para concluir—: Me temo que ni él ni yo conseguiremos nuestros objetivos, pero no me arrepiento. Vivir aquí y conocer a criaturas tan dulces como tú me ha enseñado a ser mejor persona.

—Es que usted hace mejores a las personas.

Al recordar sus propias palabras Aziza Smain recapacitó en el hecho de que el paso del tiempo le había confirmado que se ajustaban a la verdad. Miss Spencer tenía el extraño don de extraer lo mejor que había en cada ser humano, e incluso en unos animales que acudían de inmediato a olisquearle los pies y permitir que los acariciara pese a que no la hubieran visto nunca anteriormente.

Si miss Spencer estuviera aún en el pueblo nadie se atrevería a lanzar una sola piedra por miedo a disgustarla.

Ella la habría salvado, y habría salvado de igual modo a sus hijos.

Pero ya estaba muy lejos.

Demasiado lejos.

El sol había vencido una vez más al baobab cuya mísera sombra había dejado de ofrecerles cobijo, por lo que se movió a su izquierda buscando proteger a su pequeño de unos ardientes rayos que amenazaban con deshidratarle en cuestión de minuto.

Durante los últimos meses su existencia se limitaba a aquel eterno girar en torno al grueso tronco como un reloj viviente que fuera marcando una tras otra las escasas horas que aún le quedaban.

A media tarde, su hermana, puntual como la muerte, hizo su aparición para depositar en el banco de piedra un cazo con comida, y al advertir que Kalina corría hacia él señaló secamente:

—Déjale algo a tu madre. Necesita alimentarse porque el día que se le acabe la leche se la llevarán para siempre.

La leche que manaba de sus pezones era como la arena que se deslizara por entre dos burbujas de cristal anunciando que en el momento en que dejara de caer el tiempo del reo se habría terminado.

Pocos días después agudas piedras le abrirían la cabeza para que cien pequeñas heridas dejaran escapar una sangre con la que se le escaparía también su último aliento.

Aziza Smain disponía de mucho tiempo para reflexionar sobre el cruel final que le esperaba, y aunque estaba convencida de que no le temía a la muerte, cada vez que acariciaba las manos de su hijo o el rostro de la niña cambiaba de opinión reconociendo que no le importaría sufrir cien castigos mil veces peores que la lapidación con tal de que le permitieran continuar viviendo para poder cuidarlos.

La niña se aproximó con el cazo en la mano.

—¡Come! —rogó—. No quiero que te maten.

Piel y huesos y unos enormes ojos de mirada muy triste eran cuanto quedaba de la hermosa criatura que había traído al mundo con terribles dolores y profunda alegría.

Piel y huesos.

Y miedo a que la dejaran sola.

Algunas noches, cuando velaba su inquieto sueño poblado sin duda por las más aterradoras pesadillas, sentía la casi irresistible tentación de alzarla en brazos para emprender una desesperada huida hacia la oscuridad que en aquellos momentos se adueñaba del mundo.

Pero sabía muy bien que aquella oscuridad no era una amiga fiel.

En cuanto hiciera su aparición su dueño, el sol, la traicionaría.

Una mujer famélica cargada con dos niños no podía llegar muy lejos en aquellos desiertos, y lo único que conseguiría sería que le arrebataran a la niña antes de tiempo.

Lo mejor que podía hacer era continuar esperando.

Y vigilar sus pechos.

Su fuente de vida.

Su postrera esperanza.

Se los palpó una vez más.

Aún se le antojaron firmes.

Aún podía confiar en ellos aunque no sabía hasta cuándo.

Para un gran número de mujeres, la tersura y altivez de sus senos marca con nitidez la diferencia entre la juventud y la madurez; entre sentirse plenamente atractivas o comprender que han iniciado el largo camino de la decadencia, aunque todo ello se circunscribe naturalmente a una simple consideración estética.

Nadie vive o muere porque sus pezones apunten al cielo con descarada agresividad, o por el contrario se inclinen con la amarga resignación de quien se sabe definitivamente derrotado.

Nadie, excepto aquella turbadora muchacha de andares de gacela, ojos color de miel y mirada triste, para quien sus perfectos pechos no constituían hermosos atributos que deseaban los hombres o envidiaban las mujeres, sino tan sólo la última barrera que le defendía de las piedras.

Oscar Schneeweiss Gorriticoechea era efectivamente, tal como él mismo solía asegurar, un hombre de apariencia más bien tosca, grande, fuerte, de cuello de toro heredado de generaciones de antepasados que pastorearon vacas en el Tirol o cortaron árboles en Vizcaya, pero sus ojos grises, su siempre amable sonrisa, y su cuadrada mandíbula que le conferían el aspecto de un boxeador retirado le hacían en cierto modo atractivo para un gran número de mujeres, especialmente cuando esas mujeres averiguaban que aquellas gigantescas manos de levantador de piedras solían manejar miles de millones.

Sin embargo, nadie al verle podría imaginar que a los nueve años la leucemia le había dejado convertido en un esqueleto viviente, sin un solo vello en el cuerpo, ojeroso y tan debilitado y a las puertas de la muerte que milagro había sido que la vieja de la guadaña no se lo llevara por delante de un simple soplido.

De aquellos terribles tiempos en que lo tenía todo menos lo que en verdad importa cuando lo que se desea es correr y jugar al fútbol con chicos de su misma edad, le había quedado un amargo recuerdo puesto que consideraba, y no sin razón, que le habían robado los mejores años de su vida.

A solas en su inmensa habitación, sin apenas amigos a quienes su espectral aspecto impresionaba, se había pasado largos días y noches de insomnio leyendo novelas de aventuras o contemplando una y otra vez programas de televisión que casi siempre trataban sobre la naturaleza, en especial los producidos por el más admirado de sus héroes: el ya casi mítico comandante Cousteau.

Debido a ello, la única alegría que sin duda experimentó durante aquellos terribles años la recibió la tarde en el que su padre consiguió que el mismísimo comandante acudiera a visitarle y le regalara un gorro rojo idéntico al que siempre usaba a bordo de su barco.

—Lo llevo —le dijo— en recuerdo al que utilizan los buzos para protegerse la cabeza del casco, porque de ese modo tengo presente que mis primeros pasos bajo el mar fueron como buzo clásico.

Desde aquel día y hasta que se curó y volvió a crecerle el pelo, la monda y lironda cabeza del chiquillo no se desprendió del gorro ni de día ni de noche. Ya de mayor le gustaba ponérselo en ocasiones muy especiales, y en claro homenaje a quien se lo regalara tanto tiempo atrás, su inmenso yate de casi cuarenta metros de eslora se llamaba *El gorro rojo.*

En realidad le hubiera gustado que se llamara *Comandante Cousteau*, pero al parecer aquél era un nombre que la marina francesa había reservado para uno de sus buques de guerra. Lo lógico a su modo de ver sería que se lo pusieran a un submarino atómico.

Tal vez por eso, porque la muerte había sido su más fiel compañera de habitación durante tanto tiempo, a Oscar Schneeweiss Gorriticoechea le había impresionado sobremanera la sencillez con que Aziza Smain hablaba de su propia y cercana ejecución, como si el hecho de que una turba de salvajes la fueran a apedrear de una forma inhumana no constituyera un acto de injusta barbarie, sino más bien un hecho natural que no le quedaba más remedio que aceptar con desconcertante resignación.

Oscar Schneeweiss Gorriticoechea sabía, mejor que nadie, puesto que había tenido mucho tiempo para aprenderlo a una edad en la que todo se aprende, que la muerte era algo inevitable que aguarda al doblar cualquier esquina, pero lo más íntimo de su ser se revelaba contra la inconcebible maldad de un fin tan macabramente anunciado.

—¿Y cómo piensas impedirlo? —quiso saber Robert Martel con su parsimonioso y casi monótono tono habitual—. Soy tu abogado, pero sobre todo soy tu amigo, y tanto por obligación como por afecto, te aconsejo que olvides un tema que no te va a traer más que problemas. —Tomó una de las fotografías que descansaban sobre la mesa, la observó una vez más y añadió al tiempo que asentía una y otra vez con la cabeza—: Admito que su mirada es inquietante, y que su voz provoca un extraño hormigueo en la boca del estómago, pero es absurdo que te obsesiones con alguien a quien no conoces personalmente.

—Ya me ocurrió otra vez.

—¿Y eso? Nunca me lo habías contado.

—Fue hace mucho tiempo, mientras estaba enfermo. ¿Te acuerdas de aquella muchacha afgana de inmensos ojos verdes cuya fotografía dio la vuelta al mundo? —El otro asintió con un gesto—. Durante años tuve esa foto en la mesilla de noche y cuando cumplí quince años me juré que si no me mataba la leucemia la buscaría y me casaría con ella. Siempre me arrepentí de no haber cumplido mi juramento.

—A los quince años se pueden hacer ese tipo de juramentos —le hizo notar el abogado—. A nuestra edad, no.

—Lo sé. Pero Aziza Smain tiene esa misma mirada a la que te asomas como si te asomaras a un pozo en cuyo fondo se ocultan todas las maravillas de este mundo porque lo que en realidad ocurre es que se le ve el alma a través de los ojos.

—Nunca te imaginé tan romántico. Mi idea era que para ti las mujeres tan sólo eran objetos de uso común «no reciclables», pero ahora veo que esa nigeriana te está desquiciando.

—¡Tal vez! —fue la tranquila respuesta—. Tal vez para ti el hecho de pasarme las noches de discoteca en discoteca, acostándome con mujeres «no reciclables» que lo único que esperan de mí es que les regale un coche o un diamante ya que saben que nunca conseguirán pescarme, o levantarme cada mediodía con resaca con el fin de bajar hasta el club de golf a darle palos a una pelota que siempre acaba entre los árboles, sea estar cuerdo, pero ésa es a mi modo de ver una cordura que me está destrozando el hígado. Y el espíritu.

—Nadie te obliga... —le hizo notar Robert Martel con innegable lógica—. Lo que tendrías que hacer es buscarte una buena muchacha, casarte y tener hijos.

—¿Y dónde la encuentro?

—Las hay a patadas.

—Ninguna que tenga las tres «ches».

—¿Y eso qué coño significa?

—Que la mujer con la que me case tiene que tener «chic», es decir, clase, porque para horteras me basto y me sobro. En segundo lugar tiene que hacerme «choc», es decir, impactarme, porque no pienso casarme con alguien de quien no esté enamorado. Y en tercer lugar debe tener «check», es decir, casi tanto dinero como yo, para estar seguro de que no se casa por interés.

—¡Difícil lo pones!

—Y difícil es, porque la mujer que tenga «chic», «choc» y «check» lo más probable es que elija a un tipo más alto, más rubio, más inteligente o más distinguido. Como bien sabes en mi familia existe una larga tradición de matrimonios en los que el dinero ha tenido siempre un papel primordial, pero estimo que ha llegado el momento de inyectarle un poco de sangre nueva, de la misma forma que los reyes necesitan de tanto en tanto mezclarse con plebeyos para que los hijos no les salgan tontos.

—¿Y crees que casándote con una africana probablemente analfabeta que además ya tiene dos hijos, uno de ellos fruto de una violación múltiple, le vas a inyectar sangre nueva a tu dinastía?

—Veo que no has entendido nada, querido —le hizo notar su interlocutor en un extraño tono de voz—. Yo no tengo la menor intención de casarme con Aziza Smain. Ni tan siquiera pretendo mantener cualquier tipo de relación física con ella. Me despreciaría a mí mismo si ése fuera mi objetivo. Sabes bien que puedo acostarme con quien quiera sin necesidad de ir tan lejos. Lo único que pretendo es salvarla de morir. Y sobre todo de morir apedreada.

—Eso me tranquiliza —admitió su abogado casi como si se sintiera avergonzado por lo que había dicho—. Y te ruego que me perdones si por un momento pensé lo que no era, pero es que cuando hablas de esa muchacha lo haces con tanta pasión que invita al error.

—También suelo hablar con pasión de mi Velázquez o mi Tiziano y nunca me habrás visto llevármelos a la cama —le hizo notar en tono humorístico su cliente y amigo—. A mi modo de ver, Aziza Smain es en cierto modo una obra de arte; una especie de gran tragedia griega que no está escrita sino que siente y respira, y lo único que pretendo es que continúe con vida para que el mundo la admire. No la quiero para mí. La quiero como demostración de que existen seres humanos realmente excepcionales.

—Quisiera estar tan seguro como tú de que es realmente excepcional —replicó su interlocutor—. Y ten presente que cuando, muchos años más tarde, el autor de la fotografía buscó a la muchacha afgana de los ojos verdes que tanto te impresionó cuando eras niño, tan sólo se encontró con una miserable campesina, ajada, triste, hambrienta y cargada de hijos, que en nada recordaba a la modelo que él había hecho mundialmente famosa y cuyos derechos de imagen habían generado millones de dólares.

—Lo sabía, y eso es algo que en su momento me obligó a reflexionar sobre lo disparatado del mundo que nos ha tocado vivir. Estoy convencido de que, al igual que me ocurrió a mí, millones de personas se sintieron, y tal vez aún se sienten, fascinados por la transparencia y la profundidad de aquella mirada, y sin embargo ella nunca fue consciente de ello. ¿No se te antoja injusto?

—¿Acaso buscas justicia, precisamente tú, que te has convertido en el más claro ejemplo de lo injusto? —quiso saber Robert Martel al tiempo que se servía una más que generosa copa de coñac del bar del salón principal del lujoso yate de su interlocutor—. ¿Por qué inexplicable razón, Dios o el destino, o quien se ocupe de estas cosas, se ha empeñado en dártelo todo cuando le niega tanto a tantos?

—Tal vez porque tiene plena conciencia de que yo sé que no me lo merezco, y a mi modo corrijo ese error compartiendo mucho de lo que me ha proporcionado. Dime, ¿cuántos puestos de trabajo hemos creado en estos últimos años?

—Miles, sin duda.

—¿Y cuántas familias dependen de mis empresas?

—Resultaría casi imposible calcularlo.

—¿Y se te ha pasado alguna vez por la cabeza la idea de que reinvierto mis ganancias con el fin de conseguir nuevas ganancias que jamás conseguiría gastarme?

—¡No! Naturalmente que no. Te conozco hace años y sé muy bien que tienes tanto dinero que ya ni siquiera piensas en él. De eso estoy seguro.

—Entonces, si no tengo que pensar en el dinero, he recuperado la salud, me he acostado con todas las mujeres hermosas con que un hombre pueda soñar, el caviar me sale por las orejas, me aburre jugar a la ruleta y no soporto el barullo de las discotecas, ¿por qué te sorprende que me sienta fascinado por una criatura desamparada que resulta, como bien dice René Villeneuve, «turbadora»? ¿Qué otra cosa podría atraer con más fuerza mi atención?

El abogado tardó en responder, permaneció un largo rato observando la altiva silueta del prodigioso *Lady Moura* que se disponía a abandonar el puerto, y acabó por asentir con un leve ademán de cabeza.

—Creo que realmente nadie tiene por qué echarte en cara que ocupes tu tiempo, tu mente y tu dinero en lo que más te apetezca, pero como amigo y consejero no puedo evitar que me preocupe esta nueva locura. Los fundamentalistas islámicos constituyen hoy por hoy el principal peligro que amenaza a nuestra civilización y a lo que veo pretendes ir allí, a roncarles en la boca de su propia cueva.

—Intentaré ser diplomático.

—¿Diplomático tú? —se asombró el otro a punto de echarse a reír a carcajadas—. Aún recuerdo cuando quisiste ser diplomático con el embajador italiano; le propinaste tal palmada en la espalda que se tragó el vaso y se rajó la cara.

—Fue sin querer.

—Es que si llega a ser queriendo lo desnucas. Te imagino en Nigeria machacándole el cráneo al primer juez de la *sharía* que te lleve la contraria.

—¡Tenga usted amigos para esto!

—Los amigos están para decir la verdad por mucho que duela, y con demasiada frecuencia a ti te sale la vena de aquel abuelo que según me contaste levantaba como si nada piedras de cien kilos.

—¡El abuelo Iñaki! —admitió el otro—. La verdad es

que era muy bruto. Cuentan que un día le dijeron que había llegado al pueblo un escritor muy importante; un tal Miguel de Unamuno que había sido propuesto para el premio Nobel, y se limitó a comentar: «Pues debe levantar unas piedras enormes».

—¡Bien! —admitió Robert Martel depositando la copa sobre una mesa—. Dejemos eso y volvamos a lo que importa. ¿Para qué me has mandado llamar y qué es lo que quieres que haga exactamente?

—En primer lugar negociar un acuerdo con Radio Montecarlo de tal modo que no puedan negarse a permitir que me lleve a René Villeneuve a Nigeria pagándole lo que pida. Y dentro de quince días quiero tener en el aeropuerto de Kano, que por lo visto es el más cercano al pueblo en el que vive Aziza Smain, un Hummer 2 totalmente equipado, a ser posible rojo.

—¿Un Hummer 2 dentro de quince días? —se escandalizó su abogado—. ¿Es que te has vuelto loco? ¡La lista de espera es de por lo menos seis meses!

—¡Escucha, querido! —fue la seca respuesta—. En estos tres últimos años le he comprado a Nick Patakis dos Ferrari, un Rolls, un Masseratti, y una veintena de Mercedes para mis ejecutivos, o sea que le adviertes que si antes de tres días no me entrega un Hummer 2 rojo nuevo, pierde a su mejor cliente. Y en cuanto lo tengas se lo llevas a Guido, el mecánico de Saint-Tropez, porque necesito que le haga unos retoques.

—¿Qué clase de retoques? —se alarmó el otro—. ¡Capaz te creo de transformarlo en una especie de carro de combate!

—¡Descuida! —le tranquilizó su jefe—. Te garantizo que viajaré a Nigeria en misión de paz. Nada de armas, nada de amenazas, nada de violencia... —Sonrió de oreja a oreja de un modo casi infantil al concluir—: ¡Persuasión! Ése será mi estilo en este caso: dinero y persuasión.

—Siempre he confiado ciegamente en tu dinero, amigo mío —admitió el otro—. Pero te garantizo que desconfío por completo de tu capacidad de persuasión.

—Eso se debe a que nunca me has visto trabajar en serio —le hizo notar Oscar Schneeweiss Gorriticoechea—. Hace ya demasiado tiempo que no lo necesito. ¿Recuerdas el equipo que contratamos cuando invertimos tanto dinero en Cerdeña? —inquirió a continuación, y ante el gesto de asentimiento del otro, añadió—: Pues lo quiero aquí pasado mañana sin falta.

—¿A todo el grupo?

—¡A todo el grupo! Y al que te ponga alguna pega envíale un avión privado. Casi nadie se resiste a la idea de que le está esperando un avión privado, y menos aún a la idea de que si no se sube a él jamás volverá a trabajar en ninguna de mis empresas. ¿Ha quedado claro?

—¡Cristalino! —reconoció el abogado—. Cosa sabida es que como diplomático te puedes morir de hambre, pero como dictador no tienes precio. Tus argumentos jamás admiten la más mínima discusión.

—En ese caso más vale que muevas el culo —le indicó el dueño del gigantesco yate que llevaba el poco convencional nombre de *El gorro rojo*—. El sábado siguiente al día de que esa mujer no pueda continuar amamantando a su hijo, la lapidarán, y aún no tengo muy claro cuándo se cumplirá esa fecha y de cuánto tiempo disponemos para intentar salvarla.

A los diez minutos de que Robert Martel hubiera abandonado la estancia, ésta se encontraba casi abarrotada por una veintena de miembros de la tripulación del navío, a quienes su, por lo general, poco exigente patrón, señaló en un tono de voz desacostumbrado en él:

—A partir de este momento me voy a establecer a bordo. Llegará mucha gente con la que tengo que trabajar muy duramente. Debido a ello exijo la mejor atención, la mejor comida, las mejores comunicaciones con cualquier lugar del mundo, y que de cada uno de ustedes esté dispuesto a trabajar las veinticuatro horas del día sin un minuto de descanso. Al que tenga el más mínimo fallo o se atreva a protestar le pongo las maletas en el muelle y se le acabó el chollo de vivir en un yate de lujo que no navega más que un par de meses al año. Hasta el momento han conocido ustedes al Schneeweiss amable, pero en cuanto me den el menor motivo conocerán al Gorriticoechea atravesado. ¿Alguna pregunta?

No hubo preguntas, y tras quedarse a solas con sus dos secretarias más eficientes, comenzó a dictar órdenes con tal rapidez y precisión que resultó más que evidente que tras su engañoso aspecto de rudo leñador se ocultaba un emprendedor empresario que sabía muy bien qué era lo que tenía que hacer en cada momento y a quién debía recurrir para conseguir sus objetivos.

El resultado fue que cuarenta y ocho horas más tarde *El gorro rojo* se había convertido en una especie de hormiguero en el que hombres y mujeres de todo tipo y muy diferentes nacionalidades trabajaban codo con codo en la consecución de un solo objetivo: salvar de la muerte por lapidación a una infeliz muchacha de la que hasta pocos días antes ninguno de ellos había oído hablar.

Durante toda su vida el caíd Ibrahim Shala había intentado comportarse como un mandatario justo y comprensivo, preocupado por el bienestar de su pueblo, aunque con demasiada frecuencia se veía coartado por el hecho de tener que mantener un delicado equilibrio entre las necesidades de unos administrados obligados a vivir casi en los límites de la subsistencia, y las exigencias de quienes consideraban que una fe ciega en el más allá era mucho más importante que el bienestar en un mundo en el que, según ellos, tan sólo estaban de paso, y que por lo tanto su única preocupación debía centrarse en honrar y alabar a Alá para que el día de mañana les recibiese con los brazos abiertos en el paraíso prometido.

Medio centenar de furibundos fanáticos comandados por el ladino y ambicioso imam de la mezquita Sehese Bangú, del que le constaba que lo que en verdad pretendía era ocupar su puesto, torpedeaban sistemáticamente todos sus intentos de hacer más llevadera la existencia de sus conciudadanos, y lo peor era que los «Carroñeros de Bangú», que era como en la intimidad le gustaba llamar a sus enemigos, contaban con el apoyo de los inmovilistas emires que controlaban las provincias del norte, mientras que él nunca se había sentido respaldado por la mayoría cristiana del gobierno central de Lagos.

Toda propuesta que llegara de un hausa, por muy buena voluntad que siempre hubiera demostrado el caíd Shala, concluía irremediablemente en el cesto de los papeles de cualquier despacho de cualquier ministerio, mientras que en la norteña Kano la simple noticia de que un reo iba a ser ajusticiado por no seguir al pie de la letra los mandatos de la *sharía* provocaba un inusitado alborozo.

Debido a ello, el día en que un mal llamado tribunal islámico dominado por emires y jueces extremistas y con la inestimable ayuda de los odiosos «Carroñeros de Sehese Bangú» dictaminó que la bella Aziza Smain debía ser lapidada pese a que su único delito era el de no haber contado con las fuerzas suficientes como para evitar que cuatro desalmados abusaran de ella, al resignado caíd Shala no le quedó más remedio que acatar tan injusto y desmesurado castigo, aunque procurando, eso sí, retrasarlo en la medida de lo posible a la espera de algún tipo de milagro en el que, a fuer de sincero, jamás había creído.

Aún recordaba, casi con un estremecimiento, la brutal impresión que le produjo la hermosura de aquella prodigiosa criatura el día en que bendijo su unión con un infeliz pastor que apenas había tenido tiempo de disfrutar del tesoro que le había tocado en suerte, y aún recordaba, casi con un estremecimiento, la despectiva mirada que le lanzó el día que, sumiso y avergonzado, se vio obligado a confirmar su sentencia de muerte.

Si ya por aquel entonces Ibrahim Shala estaba convencido de que era un hombre en exceso pusilánime, a partir de tan acusadora mirada se convenció de que en realidad era un auténtico cobarde.

Pero ¿cómo hacer frente al fanatismo de unos fundamentalistas que habían sido capaces de humillar a la nación más poderosa del planeta destruyendo sus más emblemáticos edificios?

La virulencia del islamismo más exacerbado se había extendido sobre la faz de la tierra como una plaga incontrolable, y por desgracia él había nacido y se había criado en el corazón de una región en la que las creencias religiosas primaban desde muy antiguo sobre cualquier otra circunstancia.

No era cuestión de ser blanco o negro, alto o bajo, rico o pobre, justo o injusto, porque al parecer en aquel rincón del mundo todo se limitaba a ser o no ser un buen musulmán según el particular punto de vista del imam Sehese Bangú o los severos ulemas de Kano.

Y a estar o no dispuesto a permitir que las más rígidas creencias religiosas prevalecieran sobre cualquier otra consideración.

Su anciano padre, que se había quedado ciego de tanto recorrer el desierto permitiendo que el sol le deslumbrara al reflejarse en la arena, le había aconsejado poco antes de morir: «Escucha siempre a quienes te aseguren que Alá nos está esperando al final del camino, pero no escuches a quienes te aseguren que nos está esperando a mitad de ese camino, porque lo único que pretenden es obligarte a hacer lo que ellos quieren. La decisión de cómo recorrerlo es siempre tuya pero si lo has recorrido bien o mal lo decide Alá, que no necesita intermediarios».

¡Intermediarios! En ellos se escondía el verdadero peligro.

Sehese Bangú, los emires y su camarilla de aduladores se consideraban a sí mismos intermediarios entre el cielo y la tierra; los únicos intérpretes de la voluntad del Creador, los llamados a ejecutar unas sentencias que ellos mismos dictaban en nombre del Misericordioso.

Nadie estaba en situación de asegurar quién les había conferido semejante poder, pero largos años de experiencia demostraban que mal fin solían tener aquellos que osaran poner en entredicho tan divino mandato.

Ibrahim Shala poseía un hermoso palacio de gruesos muros de adobe que mantenían puertas afuera el tórrido viento que con harta frecuencia llegaba desde el cercano desierto, un caballo blanco y una enorme sombrilla roja, treinta camellos, más de cien cabras y ovejas, 16 hectáreas de las tierras más fértiles, una veintena de criados, quince hijos, siete nietos y cuatro esposas, la última de las cuales era más hermosa y más apasionada que la más joven, hermosa y apasionada de sus hijas.

Si conservar todo ello le exigía mirar hacia otro lado cuando los guerreros de Alá trataban de imponer su ley a toda costa, miraba hacia otro lado, pues sabía, y ésa era tal vez su única disculpa ante sí mismo y ante quienes le amaban, que enfrentarse a los designios de los fanáticos de poco o nada le serviría.

Y si llegaba el malhadado día en que Sehese Bangú conseguía adueñarse del poder, su palacio, su caballo, su sombrilla, sus tierras y su ganado, el futuro de sus conciudadanos sería aún peor, pues no tendrían a nadie que intentara poner algún tipo de freno a los desmanes de sus incontables e incontrolables seguidores.

¡Triste mundo era aquel en el que se veía obligado a guardar silencio ante dos de sus propios hijos, de los que sospechaba que anteponían las enseñanzas del Corán y las obsoletas leyes de la *sharía* a sus lazos de sangre o el respeto que le merecía quien les había dado la vida y les había cuidado cuando aún no podían valerse por sí mismos!

Si para su propia gloria un dios exigía que el hijo traicionara al padre o el hermano al hermano, poco podría quejarse si eran luego sus propios hijos quienes le traicionaban.

Al caíd Shala no se le pasaba por la mente la idea de traicionar a su Dios, pero le costaba un gran esfuerzo admitir que a ese Dios, «el clemente, el misericordioso», le resultara imprescindible la sangre de una joven madre para sentirse más fuerte y poderoso.

Por todo ello se sintió ligeramente esperanzado y empezó a creer en los milagros la tarde en que le comunicaron que tres enormes vehículos habían hecho su aparición llegando desde Kano, y a la mañana siguiente, un pintoresco europeo de cuadrada mandíbula, aspecto de leñador y nombre absolutamente impronunciable solicitó que le recibiera en audiencia.

Aceptó de inmediato, por lo que dos horas más tarde el extranjero se presentó, acompañado por un séquito de media docena de personas, con el fin de hacerle entrega de una enorme maqueta y una serie de planos y preciosos dibujos en los que se podía ver su, hasta el momento, desolado y mísero pueblo de Hingawana, absolutamente transformado.

—Estoy dispuesto a construir casas nuevas para todos sus habitantes, una escuela, una mezquita, un centro deportivo y un pequeño hospital —fue lo primero que dijo el recién llegado señalando punto por punto los pequeños edificios de la maqueta—. Concluiré la central eléctrica que se quedó a medias y haré que se caven pozos tan profundos que jamás faltará el agua, de tal modo que se convertirá en el lugar más hermoso, cómodo y moderno, no sólo de Nigeria, sino incluso de África.

—¿A qué precio?

—La libertad de Aziza Smain.

—¿Y quién me garantiza que si queda libre cumplirás tus promesas?

—Yo construiré el nuevo pueblo y luego serás tú quien tenga que cumplir tu promesa de dejarla en libertad.

—¿Cuánto tiempo tardarías?

—Tres meses.

El hausa estudió con profundo detenimiento la maqueta y los planos y acabó por negar con un firme gesto de la cabeza.

—Nadie puede construir todo eso en tres meses —sentenció.

—Yo sí.

—Hingawana ha tardado más de cien años en ser lo que es.

Oscar Schneeweiss Gorriticoechea hizo un leve gesto con la mano y uno de sus acompañantes extrajo de su portafolios un grueso fajo de folletos a todo color que dejó sobre la mesa.

—Éstas son algunas de las urbanizaciones que mis empresas han construido en diferentes partes del mundo en los cuatro últimos años —señaló el monegasco—. La que ves aquí, de sesenta chalets de lujo en la isla de Cerdeña, incluido un puerto deportivo, la levanté en menos de catorce meses. Sé que puedo hacerlo y por lo tanto, si me prometes que cumplirás con tu parte del trato, yo cumpliré con el mío.

—¿Tanto vale para ti la vida de esa muchacha?

—¿Tanto vale para ti su muerte?

—¡No! —admitió el hausa con absoluta sinceridad—. Su muerte en nada me beneficia y lo cierto es que deseo evitarla a toda costa.

—Lo sé.

—¿Cómo puedes saberlo?

—Sé mucho sobre este pueblo, y me consta que eres un hombre de buena voluntad, al que semejante crimen desagrada. Por eso he acudido directamente a ti. Por eso, y porque eres quien manda en Hingawana.

Su interlocutor tardó en responder, hizo un gesto al criado que aguardaba en un rincón con el fin de que llenara de nuevo los vasos de té, y tras observar una vez más la preciosa maqueta que aparecía a sus pies y los diseños apoyados en la pared, musitó con cierto pesar:

—Efectivamente yo soy quien manda en Hingawana, pero no quien manda en los jueces que condenaron a Aziza Smain, puesto que la mayoría ni tan siquiera nacieron aquí. Los envió el gobernador de Kano, y por desgracia son los únicos que pueden levantar el castigo.

—Sin embargo —le hizo notar Oscar Schneeweiss Gorriticoechea—, si una cuidadosa investigación que hasta el presente nadie ha llevado a cabo, demostrase que, efectivamente, Aziza Smain fue violada y su hijo no es por lo tanto el hijo de un adulterio consentido, a esos jueces no les quedaría otro remedio que revocar la sentencia.

—Pero ello exigiría a su vez castigar a los culpables.

—¿Y qué es más agradable a los ojos de Alá? ¿Que se castigue con la muerte a una inocente, o con unos cuantos años de cárcel a los auténticos culpables de un delito tan abominable?

El dueño del palacio de gruesos muros de adobe tardó en responder. Hizo un significativo gesto a sus criados para que abandonaran la amplia estancia, y tan sólo cuando abrigó el convencimiento de que no podían oírle y se encontraba a solas con sus generosos visitantes, señaló:

—Por desgracia, y como casi siempre suele ocurrir, no estamos tratando aquí de lo que pueda ser o no ser más agradable a los ojos de Alá, sino de lo que conviene o no a ciertos individuos. Y me consta que tales individuos tan sólo buscan su propio provecho.

—¿En qué aprovecha a nadie la muerte de un ser que no ha cometido delito alguno?

—A mi modo de ver Aziza Smain cometió varios delitos —fue la extraña respuesta, que había sido emitida en un tono en verdad intrigante.

—¿Ah, sí? —se sorprendió René Villeneuve que hasta ese momento se había limitado a permanecer en un segundo plano y casi desapercibido—. ¿Y cuáles son tales delitos, si es que puede saberse?

Ibrahim Shala le dedicó una larga mirada en la que resultaba evidente que se reflejaba una cierta duda, como si estuviera tratando de recordar si le conocía o no, y por último señaló:

—En primer lugar, ser demasiado hermosa, lo cual le procuró desde siempre la enemistad de un buen número de mujeres, e incluso de muchos hombres. En segundo lugar, ser en cierto modo rebelde, puesto que cuando aún era una niña trabajó cuatro años para una extranjera, que le enseñó inglés y no sé si incluso a leer y escribir, cosa que molestó a los ancianos, ya que la educación de las mujeres no suele ser una costumbre aceptada entre los musulmanes. Y en tercer lugar, no haberse marchado del pueblo en cuanto enviudó, aun a sabiendas de que ello traería aparejados graves problemas, como efectivamente y por desgracia ha traído.

—No creo que nada de eso pueda ser considerado un delito —le hizo notar el locutor de radio.

—No, en efecto —reconoció el caíd—. Pero si un mercader deja caer a propósito una bolsa repleta de oro en mitad del mercado y sigue su camino, no está cometiendo un delito propiamente dicho, pero está incitando a otros a que lo cometan. Probablemente debido a que su madre era una princesa fulbe famosa por su belleza, y su padre uno de nuestros más valientes guerreros, la naturaleza fue en extremo generosa con Aziza Smain, lo cual a mi modo de ver provoca la ira del Señor, puesto que incluso un hombre como yo, que posee cuatro esposas y al que la sangre ya no le hierve como antaño, se inquieta en su presencia y experimenta el irresistible deseo de robar esa bolsa de oro aun a sabiendas de que no le pertenece ni nunca le pertenecerá.

—De tus palabras cabe deducir que tales delitos no están en ella, sino en el corazón de quienes la miran.

—Mi inglés no es lo bastante correcto como para decir exactamente lo que deseo expresar, pero admito que tu interpretación es acertada —replicó el hausa en tono de absoluta sinceridad—. Aziza Smain se ha convertido en un problema de difícil solución que divide a mi pueblo y te aseguro que nada hay en estos momentos que más me agrade que la idea de permitir que se vaya para siempre. Si de mí dependiera os la podríais llevar en este mismo instante, pero repito que no está en mi mano permitirlo.

—¿Y qué nos aconsejas? —quiso saber adoptando un tono de humildad impropio en él, Oscar Schneeweiss Gorriticoechea.

—Negociar.

—¿Negociar con quién?

—Con Sehese Bangú en primer lugar, y más tarde con los jueces que vinieron de Kano. Aseguran que anteponen unas supuestas leyes divinas a cualquier otra consideración, pero también me consta que antes que nada son humanos y por lo tanto corruptibles. Si en lugar de escuelas y polideportivos para el pueblo ofrecieras prebendas y palacios para ellos, estarían mucho más dispuestos a escuchar. Sobre todo si esos palacios estuvieran dotados de energía eléctrica y aire acondicionado. En este país todos los que se consideran importantes sueñan con tener aire acondicionado.

—¿Tú no?

La respuesta fue en cierto modo sorprendente, ya que en realidad se trataba de una pregunta:

—¿Tienes calor?

—En estos momentos, no.

—Eso quiere decir que aunque en el exterior esté cayendo fuego, quien construyó mi humilde hogar sabía lo que hacía. ¡No! —señaló el caíd en tono decidido que no admitía réplica—. Yo no quiero aire acondicionado. No quiero nada a cambio de la vida de una inocente porque si lo aceptara me consideraría indigno del puesto que ocupo.

—Me alegra haber hecho un viaje tan largo para enfrentarme cara a cara con un hombre honrado —le hizo notar el monegasco—. No es algo que me suela ocurrir demasiado a menudo.

—Te agradezco el cumplido, pero no creo que hayas hecho ese largo viaje con el fin de halagarme. Lo que tenía que decirte ya está dicho: haré cuanto esté en mi mano por ayudarte, pero no esperes demasiado. Nada más lejos de mi ánimo que entregar a mis incontables enemigos cuchillos con los que degollarme.

—Admito tus razonamientos y los respeto. ¿Me das tu permiso para visitar a Aziza Smain?

El caíd Ibrahim Shala meditó largo rato, apuró los restos de un té que se le había quedado frío como si en el fondo de aquel pequeño vaso pudiera encontrar respuestas a las muchas preguntas que se hacía, y al fin acabó por asentir con un leve ademán de cabeza:

—Mañana —dijo—. Al mediodía haré que la traigan aquí porque quiero asistir personalmente a esa entrevista.

La noche fue calurosa y larga; quizá la más larga, y desde luego la más calurosa, que recordaba, y quizá también la más inquietante, puesto que no conseguía apartar de su mente la idea de que iba a conocer a una turbadora criatura que se diferenciaba de todas cuantas turbadoras criaturas hubiera tenido ocasión de conocer a lo largo de su vida por el hecho, innegable e inimitable, de que estaba condenada a morir de la forma más cruel que nadie pudiera imaginar.

Aún le venía a la mente la curiosa sensación de desasosiego que le invadió el día en que le comunicaron que la bellísima Nicole Kidman iba a ser su compañera de mesa en una cena de gala con motivo del Festival de Cine de Cannes, pero pese a la admiración que siempre había sentido por la elegante y sofisticada actriz australiana, la inquietud de entonces no admitía comparación alguna con el hecho de saber que iba a enfrentarse a una harapienta muchacha africana que probablemente no había tenido ocasión de darse un auténtico baño con agua limpia y jabón a todo lo largo de su no demasiada larga existencia.

Su única ventaja sobre Nicole Kidman, o sobre cualquier otra mujer de este mundo, se centraba exclusivamente en el hecho, absurdo pero evidente, que él, Oscar

Schneeweiss Gorriticoechea, la había idealizado hasta unos extremos en cierto modo irracionales.

—Sin ánimo de ofenderte —le había señalado tres días antes un René Villeneuve al que ya comenzaba a unirle una sincera amistad—, mi impresión es que tu principal problema se centra en el hecho de que, como lo tienes todo, necesitas crearte necesidades, puesto que al fin y al cabo la mayoría de los seres humanos somos unos inconformistas que siempre pretendemos ir un paso por delante de nosotros mismos.

—Lo único que pretendo es evitar una tremenda injusticia, y no creo que ésa sea razón suficiente como para buscarle connotaciones de tipo freudiano o metafísico —fue la tranquila respuesta.

—¡En efecto! —admitió el locutor de radio con una casi burlona sonrisa—. Tan sólo intentas evitar una injusticia sin connotaciones freudianas o metafísicas, pero te garantizo que el mundo vive inmerso en terribles injusticias; a cada paso que damos tropezamos con una, pero nadie se lanza a tratar de evitarlas a no ser que, como te ocurre a ti, no tenga que enfrentarse a ningún problema propio.

—Te advierto que dirigir cuarenta y tantas empresas que dan trabajo a más de catorce mil personas suele proporcionar algún que otro quebradero de cabeza.

—Ninguno que te afecte más que en una cuarentava parte de tu patrimonio, porque por lo que ahora sé de ti, has sido lo suficientemente inteligente como para no crear ninguna de esas gigantescas corporaciones que ahora están de moda y que a menudo, y cuando menos se espera, se derrumban como un castillo de naipes.

—Eso es muy cierto.

—No hace falta que me lo confirmes. Me han contado que al parecer tu política de siempre ha sido la de que cada una de tus empresas mantenga su independencia de tal modo que si cualquiera de ellas quiebra, dicha quiebra no afecte a las otras.

—Ninguna de mis empresas ha quebrado jamás —replicó el magnate con una leve sonrisa burlona—. Lo que ocurre es que cuando alguna se ha encontrado en peligro, otras han acudido en su ayuda, siempre como prestatarias, nunca como parte implicada. Soy de la opinión de que valen más cinco enanos que un gigante.

—Opinión que comparto, visto lo que ha ocurrido con Vivendi y algunas otras grandes corporaciones del mismo corte que acabaron saldando a precios de ganga lo que compraron a precio de oro. Si demuestras ser tan astuto con tu plan de salvar a Aziza Smain como has demostrado ser en tus negocios, el éxito está garantizado.

No obstante, sentado junto a su deslumbrante Hummer 2 rojo totalmente equipado y cuidadosamente retocado por un fiel mecánico de Saint-Tropez especializado en adaptar vehículos a las necesidades de sus poderosos clientes, Oscar Schneeweiss Gorriticoechea no se sentía tan confiado como parecía estarlo el periodista radiofónico con respecto al éxito de su misión en Hingawana.

Una cosa era plantearse los problemas desde la cómoda cubierta de *El gorro rojo* anclado en el puerto de Montecarlo, y otra muy diferente analizarlos sentado bajo un baobab tras haber advertido cómo algunos de los habitantes de aquel remoto lugar del planeta les miraban, no con la lógica curiosidad que despierta un grupo de extranjeros, sino con la hostilidad de quien sospecha que tales extranjeros han viajado desde muy lejos con la única intención de inmiscuirse en sus vidas.

¿Cómo reaccionaría él mismo si un pastor de cabras africano se presentara en su casa tratando de enseñarle a dirigir sus negocios o a encarrilar sus relaciones amorosas?

¿Bastaba el dinero, por mucho que estuviera dispuesto a poner en juego, para convencer a aquellas gentes de que dejaran de hacer lo que venían haciendo desde cientos de años atrás?

Ya se lo había advertido René Villeneuve y la conversación con el caíd Shala se lo había confirmado; con demasiada frecuencia el fanatismo, por muy cerril que a él se le antojara, podía llegar a prevalecer sobre la lógica más elemental.

Agnóstico por educación y convencimiento, incapaz de recurrir a la intervención divina ni aun en los trágicos tiempos en que siendo apenas un muchacho se hizo a la idea de que tan sólo le quedaban unos pocos meses de vida, la mente de Oscar Schneeweiss Gorriticoechea se había negado desde niño a aceptar que ni el más lerdo pudiera rechazar un presente seguro y feliz en esta vida por culpa de un improbable e inseguro más allá de la muerte.

Pero del mismo modo que el viento del desierto le había golpeado en el rostro, sorprendiéndole que pudiera ser tan ardiente cuando pocas horas después el frío de la noche comenzaba a calarle hasta los huesos, la hostilidad que advertía en ciertos ojos le sorprendía hasta el punto de desconcertarle a él, que abrigaba el absurdo convencimiento de que estaba ya de vuelta de todo en este mundo.

«Recuerda que el dinero no basta —le había dicho su padre poco antes de morir—, y la mejor prueba la tienes en nuestra propia familia, a la que siempre le ha sobrado, pero que se ha visto obligada a vagar sin rumbo de un lado a otro, como si fuéramos un puñado de míseros gitanos porque absurdas ideologías totalitarias nos amenazaban.»

Ahora, cuando el monegasco estaba casi seguro de que tales ideologías habían quedado definitivamente atrás y jamás volverían, se enfrentaba de nuevo al hecho incuestionable de que el siglo XXI no había llegado para todos, y que en Hingawana continuaban prevaleciendo conceptos similares a los que tantos años atrás obligaron a emigrar a sus padres y abuelos.

¡Mierda!

¿Quién le mandaba meterse en semejantes berenjenales?

¿Quién le obligaba a encontrarse allí, mascando polvo y arriesgándose a que uno de aquellos chiflados fanáticos le cortase el cuello sin que les importase un bledo que fuera dueño de una de las mayores fortunas conocidas?

¡Mierda!

La noche era oscura; ni una triste luz iluminaba un pueblo que apestaba a cabra y excrementos de camello, el ulular del viento apenas rompía un silencio angustioso, y únicamente dos perros escuálidos se aventuraban a deambular por las estrechas callejuelas de arena, aunque costaba trabajo determinar con exactitud si se trataba ciertamente de perros o eran quizá hediondas hienas que se hubieran aventurado desde sus no demasiado lejanas madrigueras en busca de las escasas sobras que pudieran dejar los habitantes de tan miserable lugar.

Oscar Schneeweiss Gorriticoechea olfateaba el peligro.

Y es que por encima del hedor a cabra y a excrementos de camello, destacaba un olor de cuyo origen no le quedaban dudas pese a que hasta aquella noche fuera desconocido para él, puesto que en los rostros de algunos de los hombres que se habían cruzado en su camino al regresar del palacio del caíd había descubierto una animadversión tan evidente que permanecía como flotando a su alrededor de una forma palpable.

Y es que hasta el último habitante del mugriento y caluroso villorrio —y probablemente de casi todos los mugrientos villorrios de cien kilómetros a la redonda— tenía ya noticia de que un puñado de altivos europeos habían irrumpido a bordo de lujosos vehículos con el aparente fin de violentar algunas de las más arraigadas costumbres locales enterrando bajo montañas de ladrillos y dinero las antiquísimas y veneradas leyes coránicas.

En los patios de las casas, en los cafetines al aire libre, en los zocos, o en torno a las hogueras de las jaimas de los beduinos, no se hablaba más que de los prepotentes intrusos llegados de muy lejos que habían osado ofrecer nuevas viviendas, nuevas escuelas, nuevas mezquitas, nuevos hospitales, agua corriente, luz eléctrica y hermosos jardines a cambio de la libertad de una condenada a muerte.

Algunas mujeres se atrevieron a insinuar que se les antojaba una gran cosa no tener que recorrer cada día los casi tres kilómetros que les separaban del único pozo del que manaba agua durante los meses de verano, viéndose obligadas a regresar luego cargadas con dos cántaros bajo un sol abrasador.

Algunos hombres aventuraron que sería una gran cosa poder regar los huertos con abundante agua y unas pequeñas bombas alimentadas por energía eléctrica.

Hubo quien hizo notar que esa electricidad, además de energía y luz proporcionaría hielo, pero la mayor parte de sus vecinos nunca habían estado en Kano y por lo tanto no sabían qué era el hielo ni para qué servía.

Ni podían hacerse una idea, por mucho que se lo explicaran, de cómo funcionaba un aparato de televisión, ni cuántas cosas maravillosas lograban descubrirse a todas horas en sus pantallas.

Los jóvenes no paraban de hablar.

Las mujeres cuchicheaban entre sí.

Los hombres se mostraban perplejos.

Los ancianos reflexionaban.

Las ancianas mascullaban.

Nada había cambiado en Hingawana durante los últimos cien años, y sin embargo ahora una cuadrilla de desconocidos les proponían cambiarlo todo en tres meses.

¿Era aquélla la voluntad de Alá, o era algo que chocaba frontalmente contra sus designios?

A la caída de la tarde Sehese Bangú había reunido a sus más fieles seguidores en la mezquita con el fin de proclamar en un tono de voz que no admitía réplica:

—La ira del Señor caerá sobre las cabezas de quienes se atrevan a atentar contra sus más sagrados mandamientos. La *sharía* especifica de forma indiscutible que quien comete adulterio debe ser castigado con la lapidación, y ni esos malditos infieles, ni el traidor Ibrahim, ni nadie en este mundo, está en disposición de cambiar las leyes divinas. Aziza Smain debe morir. Y debe morir cuanto antes.

—Pero esas mismas leyes indican que no se debe hacer cumplir la condena mientras le quede leche suficiente como para amamantar a su hijo —le hizo notar el anciano y prudente Yusuf—. Por lo tanto nuestro deber es esperar.

—¡Lo sé! —admitió de mala gana el imam—. Nuestro deber es esperar, pero me preocupa que mientras lo hacemos esos intrusos tengan tiempo de construir cosas que pongan de su parte a los más tibios. El demonio tiene mil formas de tentar y corromper a los débiles.

—Según me ha dicho mi primo, que ha visto la maqueta que le han entregado al caíd, la nueva mezquita es muy amplia y muy hermosa, y al parecer contará incluso con aire acondicionado —hizo notar con innegable timidez un hombrecillo que se sentaba en el rincón más apartado de la estancia.

—Alá no necesita una casa amplia, hermosa y fresca pero vacía. La prefiere pequeña, humilde y calurosa, pero repleta de fieles que en verdad le adoren. Con ésta le basta.

¿Quién se atrevía a contradecir a un hombre santo que al parecer estaba en contacto directo con el Creador?

¿Quién mejor que él estaba en condiciones de determinar qué era o no agradable a los ojos del Señor?

Si Sehese Bangú y tres jueces llegados expresamente desde Kano habían determinado que la adúltera Aziza Smain debía ser lapidada, lapidada sería porque, de lo contrario, la autoridad de quienes dictaban leyes y las aplicaban quedaría en entredicho y ya nadie acudiría a ellos en busca de justicia o acataría sus sentencias.

—Pretenden comprar nuestras conciencias... —continuó al poco el imam consciente de que cuantos le escuchaban compartían plenamente su modo de pensar—. Los intrusos son de ese tipo de gente que consideran que el dinero todo lo puede porque jamás se les pasa por la cabeza la idea de que existan personas honradas que no se doblegan a sus designios. En unos tiempos en los que más allá de nuestras fronteras todo es podredumbre, pecado y corrupción, nuestra obligación es convertirnos en reserva espiritual de una humanidad que sin guías que le marquen el camino acabaría cayendo irremediablemente en el abismo. —Alzó la mano con la palma hacia delante en un gesto en cierto modo teatral al añadir en tono de absoluta firmeza—: Yo os prometo solemnemente, que mientras me aliente un soplo de vida no permitiré que nadie se burle de nuestra fe. ¡Alá es grande! ¡Alabado sea!

—¡Por siempre sea alabado!

A continuación rezaron sus oraciones para salir luego a una oscuridad en la que se desenvolvían con absoluta naturalidad, puesto que cada uno de ellos conocía cada callejuela del pequeño poblado como su propia casa, hasta el punto de que serían capaces de regresar a ella con los ojos vendados.

Habían recorrido aquel sinuoso camino miles de veces, casi desde el mismo día en que tuvieron uso de razón, al igual que lo habían recorrido miles de veces sus padres y sus abuelos sin que a ninguno de ellos se le pasase por la mente la idea de que las cosas pudieran ser alguna vez diferentes.

Cuando la gigantesca duna petrificada que en parte les protegía del violento harmatán desapareciera para siempre, o el sol que calcinaba los techos de las casas durante doce horas diarias dejase de brillar en el cielo, quizá las cosas podrían comenzar a cambiar en Hingawana, pero no parecía en absoluto probable que tales prodigios estuvieran a punto de ocurrir.

Al amanecer la gigantesca duna petrificada continuaba en el lugar que había ocupado desde que los más ancianos tenían memoria, y el sol brillaba con la misma fuerza que nunca, por lo que hasta el último de los habitantes del villorrio se puso en pie convencido de que sus vidas seguirían siendo igualmente monótonas pese a que todos los chicuelos y un gran número de adultos se agolpasen en torno a los relucientes vehículos de los extranjeros, que permanecían aparcados en un rincón de la plaza y entre los que destacaba uno rojo, alto y brillante cuyos oscuros cristales impedían ver cuanto ocultaba en su, sin duda inquietante, interior.

Por todo ello, cuando Oscar Schneeweiss Gorriticoechea se presentó una hora más tarde acompañado de tres de sus hombres ante la puerta del palacio del caíd, se sorprendió al advertir que únicamente a él le estaba permitida la entrada, y de igual modo se sorprendió al advertir que su propietario era el único ocupante de la amplia estancia en la que solía recibir a sus invitados.

—Aziza Smain no debe continuar siendo un objeto expuesto a la malsana curiosidad pública —fue la explicación que dio el jefe a su desconcertante comportamiento—. Y lo que quieras decirle sólo yo debo escucharlo. ¿Estás de acuerdo?

—Tú eres quien decide.

—Y ésta es mi decisión...

Dio una palmada y al poco la cortina que cubría la puerta más alejada se apartó levemente para que en la penumbra se recortara una alta silueta que permaneció unos instantes inmóvil antes de avanzar con paso firme hasta detenerse en el centro de la estancia.

El monegasco tuvo la indescriptible sensación de que quien se aproximaba no era una mujer, sino más bien un estilizado felino de enormes ojos melosos que destacaban como iluminados por una luz interior de la tersa y oscura piel de un rostro cansado y triste, pero que continuaba siendo tan «turbador» —pues aquélla y no otra era la palabra exacta para definir a la joven nativa— que de inmediato Oscar Schneeweiss Gorriticoechea abrigó el convencimiento de que su largo viaje al corazón de África no había sido en vano.

La fascinante criatura iba descalza, se cubría apenas con unos tristes harapos y aparecía casi en los huesos, famélica y extenuada, pero nada de ello se advertía, puesto que quien se enfrentaba a ella tardaba en poder apartar la mirada de unos ojos que de igual modo podrían haber pertenecido a una mujer, que a un tigre o una anaconda.

Incluso el caíd Shala, que sabía de antemano a quién iba a enfrentarse, permanecía muy quieto y en silencio, ya que resultaba evidente que la condenada a muerte continuaba impresionándole de la misma forma que le impresionó la primera vez que la viera años atrás, el día de su boda.

Al fin, como si tuviera que hacer un gran esfuerzo a la hora de dirigirse directamente a ella, señaló:

—Este hombre ha venido de muy lejos con el fin de ayudarte.

Aziza Smain se volvió apenas, observó con profunda atención al extranjero y al fin inquirió en su inglés más que aceptable y con una voz profunda y tremendamente personal:

—¿Te envía miss Spencer?

Un desconcertado Oscar Schneeweiss Gorriticoechea se volvió con gesto interrogativo al cacique de Hingawana, aunque tal vez podría creerse que lo hacía porque no se atrevía a dirigirse directamente a la muchacha.

—Ayer te comenté que Aziza trabajó durante algún tiempo en casa de unos extranjeros, y en su ignorancia imagina que todos los blancos se conocen —fue la escueta explicación del hausa—. Y como miss Spencer fue siempre su única amiga debe haber supuesto que es ella quien te ha pedido que vengas.

—No —replicó de inmediato el monegasco volviéndose a la muchacha—, no es ella quien me envía puesto que ni siquiera la conozco.

—Entonces, ¿por qué pretendes ayudarme?

—Porque no quiero que te maten.

Ahora fue Aziza Smain quien se volvió al caíd como si buscara una explicación al desconcertante hecho de que un extranjero que ni siquiera conocía a su vieja amiga y fiel protectora pudiera estar interesado en salvarle la vida.

—Tampoco yo lo entiendo —fue la respuesta a la silenciosa pregunta implícita—. A veces los europeos se comportan así.

Durante unos instantes la muchacha meditó sobre lo que acababa de escuchar, y al fin musitó:

—Tan sólo podrías ayudarme si te llevaras a mis hijos. Yo ya estoy condenada y nadie puede evitar que me ejecuten, pero si salvas a mis hijos del destino que les espera, te aseguro que no me importará que me lapiden.

—Estoy aquí para evitar que te ejecuten.

—¿Es que te atreves a enfrentarte a la voluntad de Alá? —quiso saber ella como si le costara admitir semejante blasfemia.

—¿Es que acaso crees sinceramente que Alá desea que

te ejecuten? —fue la rápida y casi agresiva respuesta—. ¿Tan injusto se te antoja el dios al que adoras?

La pregunta pareció sorprender una vez más a la dueña de los inquietantes ojos puesto que sin duda nadie había osado nunca hacerle semejante demanda, pero tras dudar unos instantes, replicó:

—Si el imam asegura que Alá desea mi muerte, debe ser porque en verdad la desea. Él es su representante en la tierra.

—Yo no estaría tan seguro... —El caíd, que era quien había hecho tan espontáneo comentario, indicó con un gesto a sus invitados que tomaran asiento a poco más de dos metros de distancia, y tras dirigir una larga mirada a sus espaldas, como si tratara de convencerse de que nadie podía oírles, bajó un tanto la voz con el fin de insistir—: Por mucho que él mismo se atribuya semejante honor y sus secuaces lo repitan a todas horas, que yo sepa Sehese Bangú no ha dado jamás prueba alguna de que el Señor le escuche con mayor atención que a cualquier otro ser humano. Lo primero que tienes que hacer por tanto, querida muchacha, es alejar de tu mente ese sentimiento de fatalidad que siempre he advertido en ti con el fin de encarar este asunto desde un punto de vista práctico, para lo cual sería muy conveniente empezar por algo a mi modo de ver esencial: ¿conoces los nombres de quienes te violaron?

—Naturalmente.

—En ese caso, ¿por qué te niegas a darlos?

—¿Y de qué serviría que lo hiciera?

—Eso seré yo, y en último caso la justicia, quien lo decida —fue la brusca respuesta—. Pero debes entender que con tu silencio no has conseguido más que llegar a las puertas de la muerte. Tan sólo si me das los nombres de esos canallas, aunque si quieres que te diga la verdad, hace tiempo que tengo muy claro de quién se trata, podré ordenar que se inicie una investigación que nos permita averiguar quién es el padre de tu hijo.

—¿Y qué se conseguiría con eso? —se alarmó la muchacha—. ¿Que me quitaran al niño? Mi hijo es mío y de nadie más.

—Ninguna mujer, ni siquiera la madre del profeta Isa,* consiguió tener un hijo «suyo y de nadie más» —le hizo notar el caíd—. Y al determinar quién es el padre, que por lo que yo sé, todos aquellos de los que sospecho están casados, nos encontraríamos con que el caso de adulterio es compartido, con lo cual el culpable también tendría que ser juzgado, condenado y ejecutado.

—¿Y crees que me consolaría arrastrar a alguien más a la tumba?

—No, desde luego. Pero o yo no conozco a mi gente, o lo que ocurrirá es que ese hombre, quien quiera que sea, te arrastrará fuera de la tumba, porque para Sehese Bangú y los jueces de Kano una cosa es lapidar a una pobre viuda indefensa, y otra muy diferente ejecutar a un padre de familia que tiene amigos y cómplices a los que no dudaría en acusar a su vez, con lo cual el círculo se agrandaría. ¡Piensa en ello!

Aziza Smain meditó largo rato, se volvió al extranjero que no apartaba la vista de ella, y al fin replicó con aquella especie de invencible resignación que se había convertido en una de las principales características de su forma de ser:

—Puedo darte esos nombres, pero no puedo entender cómo determinarás cuál de ellos es el verdadero padre de Menlik.

—¡Eso es sencillo!

Tanto la muchacha como el caíd se sorprendieron por

* Jesús.

la rápida y decidida intervención de Oscar Schneeweiss Gorriticoechea.

—¿Sencillo? —repitió en tono de incredulidad el dueño del palacio—. ¿Qué quieres decir con eso de sencillo?

—Que basta con un análisis de sangre, de saliva o un simple cabello para comparar los respectivos ADN —señaló el interrogado con absoluta naturalidad—. Entre los que han venido conmigo se encuentra un médico que probablemente puede resolver ese problema en unos cuantos días, enviando las muestras a París.

—No entiendo de qué hablas —admitió el otro—. ¿Cómo puede nadie, por muy buen médico que sea, determinar la paternidad de una criatura basándose en la sangre, la saliva o un cabello?

—Son los últimos adelantos de la ciencia.

—Cuando llega a tales extremos, vuestra ciencia parece cosa de brujería, y lo que menos necesitamos ahora es darle motivos a Sehese Bangú para que nos acuse de brujos —argumentó el hausa, que se había despojado del largo turbante y se entretenía en colocárselo de nuevo con estudiada parsimonia—. Lo más probable es que también acabáramos lapidados.

—¡Pero es que ésa es una técnica reconocida y aceptada por todos los países civilizados!

—¡Tú lo has dicho! Civilizados. Y Nigeria puede que sea uno de los mayores productores de petróleo del mundo y en Lagos existan algunos ejecutivos civilizados, pero aquí, en pleno desierto y casi en la frontera con Níger, el que no cuida cabras es porque castra camellos.

—¿Pretendes decir con eso que no hay en todo el pueblo nadie medianamente cultivado?

—Los hay, pero son minoría y entienden de otras cosas... —El caíd, que había concluido al fin la compleja tarea de colocarse el turbante, se volvió ahora a Aziza Smain que permanecía muy quieta y en silencio, con las manos cruzadas sobre el halda, se diría que casi sin respirar apenas, y tras observarla un largo rato y asentir una y otra vez con la cabeza, ordenó—: Enséñame los pechos.

Ella se abrió el mísero vestido con absoluta naturalidad permitiendo que el otro los estudiara largo rato, sin tocarlos, para acabar por chasquear la lengua con aire de preocupación.

—Estás esquelética, pero los pechos aún se te mantienen firmes y, o yo entiendo poco de esto pese a ser padre de quince hijos, o te queda leche para dos meses. Tendremos que empezar a cebarte para que te repongas y aguantes un poco más.

—Nadie se ha preocupado hasta ahora de mí y al parecer de pronto me he vuelto importante, pero no soy un cordero en vísperas de Pascua —protestó casi impulsivamente la muchacha.

—No. Evidentemente no eres un cordero en vísperas de Pascua pese a que pretendan sacrificarte como si lo fueras, pero te garantizo que si lo consiguen no sólo habremos perdido la oportunidad de dejar de vivir como animales, sino que además mi prestigio quedará seriamente mermado y mi autoridad en entredicho.

El monegasco, del que se diría que había quedado como alelado ante el espectáculo de la casi total desnudez de una criatura que evidentemente tenía la virtud de descentrarle, consiguió reaccionar apartando la vista de unos senos que parecían desafiar las leyes de la gravedad apuntando hacia el cielo como los amenazantes cuernos de un toro bravo, para intervenir con tono decidido:

—El caíd tiene razón. Cada kilo que ganes y cada gota de leche que consigas, no sólo redundará en tu propio provecho y el de tu hijo, sino en el de todo el pueblo.

—Lo único que desea este pueblo es matarme a pedradas.

—Conseguiremos que poco a poco vayan cambiando de idea.

La condenada a muerte inclinó la cabeza, se observó las manos que aún mantenía cruzadas sobre el regazo y por último señaló en tono de absoluta resignación.

—Mi prima, que estaba tuberculosa, se curó y engordó más de veinte kilos comiendo casi exclusivamente grasa de giba de camello. Si para salvar a mis hijos tengo que cebarme hasta reventar, me comeré los camellos enteros.

—¿Y nos darás los nombres de quienes te atacaron?

—Eso necesito pensármelo.

Una nube de polvo se vislumbró a primera hora de la tarde hacia el sudoeste, y poco a poco se fue agrandando hasta extenderse por la totalidad del horizonte, y aunque algunos llegaron a pensar que se trataba de una tormenta de arena que no soplaba desde donde solía hacerlo durante aquella época del año, no pasó media hora antes de que el rumor de motores les hiciera comprender que lo que se aproximaba era una veintena de vehículos de todas las formas y colores que avanzaban al unísono como si se tratara de un ejército invasor dispuesto a apoderarse del pueblo.

No obstante la caravana se detuvo a unos trescientos metros de las primeras casas, y de inmediato cuadrillas de atareados obreros comenzaron a descargar cuanto traían, decididos al parecer a levantar un cómodo campamento antes de que las tinieblas de la ya cercana noche se adueñaran de la llanura.

Con las primeras sombras, un enorme camión que no era otra cosa que un silencioso grupo electrógeno comenzó a runrunear muy suavemente, y casi al instante cientos de bombillas se encendieron ante el asombro de unos lugareños que en su inmensa mayoría jamás habían visto con anterioridad la luz eléctrica.

Oscar Schneeweiss Gorriticoechea comenzaba a cumplir cuanto había prometido, y lo llevaba a cabo con la misma eficacia con la que solía administrar sus múltiples empresas.

Tres cocineros se afanaron con el fin de ofrecer a cuantos lo solicitasen abundantes raciones de cordero asado acompañadas de auténticas montañas de sabroso cuscús, frutas frescas, dulces de miel, refrescos helados y té muy caliente y azucarado, mientras media docena de operarios alzaban una gran pantalla blanca en la que al poco rato se proyectó una película de aventuras en la selva que tuvo la virtud de dejar a más de un nativo absolutamente anonadado y boquiabierto.

En menos de cuatro horas, el siglo XXI había extendido sus alas sobre los tejados de Hingawana con la rapidez y la violencia del más rápido y violento harmatán que nadie recordara.

Al mediodía siguiente una tubería de tres kilómetros de longitud y una pequeña bomba hidráulica transportaban desde el mayor de los pozos un agua que ya había sido depurada hasta una hermosa fuente levantada en el centro de la plaza principal. Las mujeres se arremolinaban en torno a ella como si aquél fuera el milagro que habían estado esperando desde el día mismo en que nacieron.

Una cómoda casa prefabricada con dos habitaciones, salón, cocina, baño con agua corriente y un amplio patio sombreado se alzó como por ensalmo en un extremo del poblado, y muy pronto se convirtió en el nuevo hogar de Aziza Smain y sus hijos, mientras todo aquel que lo solicitó pudo cambiar gratuitamente sus remendados harapos por hermosos ropajes de brillantes colores.

Pero de cuanto de maravilloso trajeron consigo los recién llegados lo que sin lugar a dudas mayor entusiasmo despertó fue el flamante campo de fútbol, con sus porterías pintadas de blanco y dotadas de redes, los balones de cuero, las rojas camisetas con pantalones blancos o amarillas con pantalones verdes, así como las negras botas de reglamento con sus correspondientes medias haciendo juego con el uniforme elegido.

Al caer la tarde, cuando el calor amainó lo suficiente, extranjeros y lugareños midieron sus fuerzas propinándole patadas a una pelota ante los gritos de ánimo y el entusiasmo de los seguidores de uno y otro bando.

Oscar Schneeweiss Gorriticoechea sabía muy bien lo que hacía.

África amaba el fútbol.

En Hingawana los pocos que tenían una ligera idea de quién era el presidente George Bush lo aborrecían, pero la inmensa mayoría sabía quién era Ronaldo y lo adoraban.

El caíd Ibrahim Shala no pudo resistir la tentación de asistir al espectáculo y, montado en su caballo blanco y acompañado por dos criados que se turnaban a la hora de protegerle del sol con su inmensa sombrilla roja, marchó con paso majestuoso y lento desde su palacio al campo de fútbol para observar las incidencias del pintoresco enfrentamiento sin descender ni por un instante de su pacífica montura.

René Villeneuve ejercía las labores de árbitro con notable justicia e indiscutible autoridad.

Vencieron los locales por cinco a tres.

El guardameta visitante, electricista de profesión, demostró ser bastante más habilidoso empalmando cables que deteniendo balones.

Al concluir, ambos equipos se ducharon juntos, y resultó evidente que para algunos de los contendientes aquélla era su primera ducha.

Caía la tarde. El parasol resultaba ya inútil y tras despedir con un gesto a sus criados, el emir encaminó su montura al punto en que Oscar Schneeweiss Gorriticoechea había estado contemplando el partido sentado en el techo de su Hummer 2 de color rojo fuego.

—Tu actitud me sorprende —fue lo primero que dijo—. Normalmente se corrompe a los dirigentes para que vayan en contra de los intereses del pueblo, pero tú estás intentado corromper a todo un pueblo para que vaya en contra de los intereses de sus dirigentes.

—¿Acaso consideras que darle de comer y beber, o proporcionarle diversiones tan inocentes como películas de aventuras o partidos de fútbol significa corromper a un pueblo? —replicó el aludido con un deje de voz que denotaba sorpresa o tal vez ironía.

—Yo no he viajado tanto como tú, pero mi padre me envió un año a vivir en Londres, y algo aprendí, aunque no demasiado. Admito que tu intención es justa y loable, pero opino que ofrecer a alguien mucho más de lo que siempre ha tenido no deja de ser una forma como cualquier otra de corromper —le hizo notar el hausa—. Continúa siendo el «pan y circo» de los romanos.

—Pero un circo sin gladiadores ni leones que devoren a los cristianos. Precisamente lo que trato de evitar es un macabro circo en el que ese mismo pueblo que ahora grita y se apasiona jugando al fútbol sin causar daño a nadie, lo haga de igual modo mientras derrama la sangre de una infeliz arrojándole piedras hasta que no le quede ni un hálito de vida.

—En eso tienes razón —admitió el jefe—. Y te repito que puedes contar conmigo para intentar conseguirlo, pero tengo la impresión de que todo esto, por bueno que parezca, se te puede ir de las manos. A mi modo de ver son demasiados cambios y demasiado rápidos.

—A tu gente se la nota feliz y satisfecha.

—¡Eso es lo malo, querido amigo! —recalcó el nativo mientras palmeaba afectuosamente una y otra vez el cuello de su blanca cabalgadura—. Eso es lo malo. El mío nunca ha sido un pueblo feliz y satisfecho, por lo que tanto mis antepasados como yo siempre hemos sabido cómo administrar su hambre, su sed, sus penurias y sus insatisfacciones. Con ellas vinieron al mundo y con ellas lo abandonaron. —Sonrió de oreja a oreja, casi como un niño travieso—. Pero te garantizo que no tengo ni la menor idea de cómo se administra la dicha o la abundancia.

—Yo te enseñaré —fue la tranquila respuesta.

—Costumbre tienes, eso resulta evidente, pero no sé si es algo que se aprenda con unas cuantas lecciones, o que valga la pena aprender para tener que olvidarlo en cuanto te hayas marchado. Ese día toda esta gente se sentirá mucho más miserable e infeliz de lo que lo ha sido hasta ahora.

—Les dejaré muchas cosas —señaló Oscar Schneeweiss Gorriticoechea en un tono que evidenciaba sinceridad—. Todo lo que les he prometido.

—Nunca lo he dudado —admitió el caíd que parecía sentirse tan cómodo sobre su ancha silla de montar como si se encontrara tumbado en un sofá de su viejo palacio—. Desde el momento en que hiciste tu aparición comprendí que eres uno de esos hombres que saben lo que quieren y no se detienen hasta conseguirlo, pero te advierto que ahora te enfrentas a un enemigo que probablemente nunca se te había presentado antes: la fe.

—¿La fe o el fanatismo?

—El fanatismo no es más que la fe de los imbéciles, pero por eso mismo resulta tan terriblemente peligrosa. Los que la profesan no suelen tener criterio propio, y gracias a ello cualquiera les puede influir cuando menos se espera.

—Veo que le cundió bastante el año en Londres.

—Esas cosas no se aprenden en Londres; se aprenden mucho mejor en Nigeria —replicó el caíd al tiempo que arreaba suavemente al animal para que reiniciara la marcha—. Y ahora he de irme. Cada atardecer debo hacer acto de presencia en la mezquita aunque tan sólo sea por intentar averiguar qué diablos trama el hijo de mala madre de Sehese Bangú.

Se alejó muy despacio seguido por la mirada del monegasco que permaneció muy quieto, hundido en sus pensamientos hasta que René Villeneuve vino a tomar asiento a su lado para inquirir sin el menor rodeo al tiempo que hacía un gesto hacia quien ya se perdía de vista tras las primera casas.

—¿Qué cuenta el hombre?

—Está preocupado y lo entiendo. Es muy listo y presiente, como presiento yo, que este asunto se puede complicar más de la cuenta.

—Te lo advertí. Demasiado a menudo, y sobre todo en lugares como éste, la buena voluntad no basta.

—¿Y qué otros medios podemos utilizar? —quiso saber Oscar Schneeweiss Gorriticoechea—. Yo únicamente hago lo que sé hacer.

—Lo comprendo —admitió el periodista—, pero lo que no acabo de entender es por qué demonios lo haces.

—Porque probablemente es lo que hubiera hecho el comandante.

—¿Cousteau?

—¿Quién si no?

—Nunca tuve noticias de que se dedicara a salvar indefensas muchachas africanas en peligro de muerte.

—Él intentaba salvarlo todo; los animales, los océanos, las tierras e incluso el aire que respiramos —replicó su interlocutor con una leve sonrisa—. Yo pertenezco a una generación a la que el comandante inculcó el respeto por la vida y por los seres indefensos que nos rodean, y aunque muchos lo hayan olvidado, lo tengo muy presente, y me consta que si se hubiera enfrentado a un caso como éste hubiera intentado resolverlo tal como estoy intentando resolverlo yo.

—A menudo me pregunto si estás bien de la cabeza.

—No hace falta que te lo preguntes —fue la tranquila respuesta—. No lo estoy. Admito que continuar comportándome como un niño que idealiza a sus héroes y aún cree en la bondad y la justicia puede parecer estúpido, pero lo cierto es que me gusta, me lo puedo permitir, y no tengo nada mejor que hacer. —Oscar Schneeweiss Gorriticoechea observó cómo los últimos jugadores abandonaban el campo de fútbol charlando y comentando las incidencias del peculiar encuentro, y al poco se volvió a su acompañante para añadir con una leve sonrisa—: Durante los difíciles años en lo que me sentía tan débil que en ocasiones no podía ni levantar un libro, me admiraba ver cómo aquel hombre ya casi anciano que era mundialmente famoso y podía retirarse a descansar y disfrutar de su fama y su enorme fortuna, prefería no obstante continuar a bordo de la *Calipso*, jugándose el pellejo en lucha contra las tempestades o enfrentándose a los tiburones como si cada minuto fuese el último de su vida y tuviera clara conciencia que aún le quedaban mil cosas por hacer y mil mundos por descubrir. «Si consigo curarme nunca estaré cansado y algún día seré como él», solía decirme a mí mismo. Conseguí curarme y aunque rara vez me canso, dudo que llegue a ser como él, aunque estoy dispuesto a intentarlo.

René Villeneuve lanzó una significativa mirada a su alrededor y su tono era francamente jocoso al señalar:

—¡Buen camino llevas! —masculló—. Cousteau era un hombre de mar y por lo que yo sé nos encontramos en las lindes del Sáhara y a unos dos mil kilómetros del tiburón más cercano.

—En una ocasión leí una frase que me llamó la atención: «El espíritu de los hombres de mar puede viajar tierra adentro, pero los hombres de tierra adentro le temen al mar, por lo que su espíritu jamás se aleja unos metros de la orilla».

—Ciertamente acertado —admitió el periodista sin el menor rubor—. A mí del mar lo único que me gusta es el ruido.

A media mañana Oscar Schneeweiss Gorriticoechea recibió un mensaje de uno de los obreros que estaban pintando y revisando los últimos detalles de la flamante casa de Aziza Smain.

La muchacha quería verle.

Acudió tan nervioso como un adolescente dispuesto a recibir las notas de su examen de fin de curso, y lo primero que le sorprendió en el momento de aproximarse fue advertir que la turbadora nativa se encontraba asomada a la amplia ventana del espacioso salón y que le hacía gestos para que se situara frente a ella, a un par de metros de distancia.

—Perdona que te reciba así —fue lo primero que le dijo—, pero la ley me prohíbe permitir que un hombre entre en mi casa si no estoy acompañada por dos mujeres o un pariente muy cercano. Podrían volver acusarme de adulterio. Y a ti también.

—¡Vaya por Dios! Sería lo que nos faltara.

—La reincidencia implica la aplicación inmediata del castigo sin la menor esperanza de indulto. Y a ti podrán apalearte o condenarte a prisión por una larga temporada.

—En ese caso, mejor me quedo aquí, aunque te advierto que este sol raja las piedras.

—De eso quería hablarte.

—¿Del sol? —se sorprendió el otro.

—Del sol, de la arena y del viento —fue la aclaración de la mujer que aparecía ahora limpia, recién peinada y cubierta con un sencillo vestido verde que resaltaba aún más unos rasgados ojos que parecían cambiar de tonalidades según las horas y sus estados de ánimo. Pese a no lucir más adornos que su propia belleza, deslumbraba como un faro que brillara bajo el sol más violento.

—No consigo entenderte.

—Es sencillo —replicó ella con un asomo de sonrisa que iluminó su rostro por lo general serio y preocupado—. Pero antes que nada, quiero darte las gracias por la casa que me has regalado, que se me antoja más hermosa que el mismísimo palacio del caíd.

—Sin embargo, presiento que hay algo en ella que no te gusta —puntualizó su interlocutor que comenzaba a sudar a mares por culpa de un inclemente sol que le abrasaba la nuca.

—La casa me encanta... —le contradijo ella—. Es perfecta en todo, salvo que está al revés.

—¿Al revés? —no pudo por menos que repetir un perplejo Oscar Schneeweiss Gorriticoechea—. ¿Qué quieres decir con eso de que está al revés? El techo está arriba y el suelo abajo. Como tiene que ser.

—Pero está orientada al norte.

—¿Y eso qué tiene que ver?

—Que aquí no existe forma humana de vivir en una casa orientada al norte. Al norte está el desierto y del norte llegan la mayor parte del año los vientos que traen una arena que en cuanto se abre la puerta o las ventanas se mete hasta la cocina y se mezcla con los alimentos. Hay días, cuando arrecia el harmatán, que incluso resulta imposible abrir una puerta orientada al norte.

—¡Curioso! —admitió el monegasco—. ¡Jamás se me habría ocurrido!

—No tenías por qué saberlo, pero si te fijas, todas las casas del pueblo están orientadas al sur, y si las calles son tan estrechas y sinuosas no es por capricho o porque falte espacio, sino con el fin de que den sombra y corten el viento.

—¡Ahora que lo dices...!

—Por eso he querido advertirte. El otro día, mientras te esperaba en el palacio del caíd Shala, pude ver la maqueta, ¿se dice así?, y los dibujos del hermoso pueblo que te propones construir. Pero si lo haces tal como lo has concebido, con calles tan anchas y la mitad de las casas orientadas al norte, los habitantes de esas casas acabarán regresando a sus viejos hogares. —Los increíbles ojos brillaron en lo que parecía una chispa de picardía al añadir—: Y lo que es peor, en cuanto enseñes el proyecto se reirán de ti.

—¿Acaso te importa que se rían de mí?

—Mucho —admitió la nigeriana—. Conozco a mi pueblo, y si no te admiran y respetan jamás conseguirás salvarme. Ni a mí ni a mis hijos.

—Suena lógico.

—Supongo que lo es. Y supongo que si te has convertido en una remota esperanza de que no me ejecuten, debo velar por ti del mismo modo que tú velas por mí. Estoy segura de que construir esta casa al revés ya le ha dado pie a Sehese Bantú para desprestigiarte. Procura no volver a cometer errores como éste.

—Lo tendré en cuenta. Tú eres muy lista y yo aprendo rápido. Pasado mañana tendrás una nueva casa y construida al derecho.

—¿Una nueva casa? —se escandalizó ella—. ¡No es necesario! Ésta me encanta y bastará con abrir una puerta en el muro trasero.

—Ni por lo más remoto. En mis compañías impera una

norma que no admite discusión: toda mercancía que tenga el más mínimo defecto se cambia de inmediato por una nueva y mejor. Pasado mañana tendrás una casa más bonita y más grande orientada al sur. ¿De qué color la quieres?

—¿Es que te has vuelto loco?

—No necesito volverme loco. Siempre lo he estado... —El hombre que sudaba a chorros añadió—: Y ahora dime, ¿cuándo vas a darle al caíd Shala los nombres que te ha pedido?

—¿Realmente crees que debo hacerlo?

—Según él ésa constituye tu única esperanza de salvación.

—¿Y qué le ocurrirá a mi hermana y a mis sobrinos si encierran a Hassan? Pronto o tarde será ella la que acabe lapidada.

—Lo dudo. Si se impone la justicia y los auténticos culpables pagan por sus crímenes, los demás se lo pensarán mucho antes de actuar con la impunidad con que lo han venido haciendo hasta ahora.

—No estoy muy segura de eso.

—Pues deberías estarlo —le hizo notar un hombre al que el sudor le corría ya por todo el cuerpo y tenía la desagradable sensación de estar a punto de sufrir una insolación—. Y deberías comprender que puedes convertirte en la mujer que haga cambiar unas costumbres salvajes que continúan vigentes porque nadie se ha atrevido a plantarles cara. De simple víctima puedes pasar a ser un símbolo.

—No tengo ningún interés en convertirme en símbolo —replicó con su voz firme y algo ronca Aziza Smain—. Lo único que pretendo es salvar a mis hijos. Y si es posible, ver cómo crecen.

—Pues dale al caíd esos nombres y lo conseguirás.

—El precio es muy alto.

—La vida es el precio más alto que se puede pagar por nada en este mundo. Y es tu vida la que está en juego.

—Y la de mi hermana.

—Tu hermana no corre peligro porque en el peor de los casos yo le proporcionaría, al igual que a ti, la posibilidad de establecerse en cualquier lugar del mundo sin tener que preocuparse por el futuro. Sabes que dinero no me falta.

—No. Supongo que dinero es lo que te sobra, pero mi hermana quiere a Hassan, y no creo que por mucho dinero que le dieras fuera feliz sabiendo que se pudre en la cárcel.

—Si acaba en la cárcel estará donde se merece —le hizo notar el monegasco en tono sorprendentemente duro—. Él, más que nadie en este mundo, tenía la obligación de defenderte puesto que vivías bajo su techo, pero en lugar de hacerlo te forzó y te entregó a sus amigos. Yo en tu lugar no me lo pensaría dos veces a la hora de echárselo a los cerdos.

—Pero no estás en mi lugar. Por suerte o por desgracia, nadie podrá estar nunca en mi lugar, pero dile al caíd que mañana le daré una respuesta.

—Espero que pienses en ti misma y en tus hijos antes que en los demás. Y ahora, lamentándolo mucho, debo dejarte porque me estoy achicharrando y como continúe un minuto más al sol me caeré redondo.

Regresó a duras penas y casi tambaleándose bajo el implacable calor del mediodía africano hasta la cómoda y climatizada autocaravana en que había establecido su cuartel general; tras darse una larga ducha que pareció devolverle al mundo de los vivos, convocó a la plana mayor de su equipo en la gran carpa blanca que hacía las veces de cuartel general para espetarles sin más preámbulos:

—¡Hay que darle la vuelta a las casas!

Tardaron en reaccionar.

—¿Cómo ha dicho? —inquirió al fin el desconcertado ingeniero jefe.

—He dicho que acabo de aprender mi primera lección

africana, y tengo la extraña sensación de que no será la última —señaló convencido—. Aquí la naturaleza es la que manda, y el que no se someta a ella va de culo.

—¿Le importaría explicarse un poco mejor?

—Lo intentare —replicó asintiendo una y otra vez con la cabeza—. Resulta evidente que allá en Europa somos buenos construyendo urbanizaciones, puentes o puertos deportivos, pero éste es un mundo muy diferente y lo primero que tenemos que hacer es dejarnos aconsejar para no meter la pata a cada paso. La casa que con tanta eficacia y rapidez le hemos construido a Aziza Smain es casi inhabitable porque está orientada hacia el norte. Mañana quiero todos los planos en esa dirección, con calles estrechas que corten el viento y toldos de lado a lado como en Andalucía o Marruecos —apuntó acusadoramente con el dedo a todos y cada uno de los presentes al añadir en un tono que no admitía réplica—: Y escuchad a los nativos antes de hacer algo porque como dice el refrán, «más sabe el tonto en su casa, que el listo en la ajena». No quiero que volvamos a cometer errores de principiante.

—Se hará como dice.

—Y pasado mañana esa mujer tiene que tener una nueva casa, más grande, más bonita y con un gran porche orientado al sur. ¿Está claro?

—¡Muy claro!

—Pues manos a la obra y que nadie pegue un ojo hasta que Aziza Smain duerma en su nueva cama… —Alzó el dedo en una nueva advertencia—. ¡Y que le construyan una piscina!

—¿Una piscina? —se horrorizó el jefe de los capataces—. ¿Una piscina de verdad en mitad de este desierto?

—¡Y tan de verdad! Por si no te habías dado cuenta, deberías pararte a pensar que las piscinas son mucho más útiles en mitad del desierto que en mitad de la nieve.

—Eso es muy cierto, pero ya me explicará de dónde vamos a sacar aquí la fibra de cristal, la pintura aislante, los motores y los filtros para una piscina. Sin contar con el hecho de que si les gastamos el agua de sus míseros pozos en llenar una piscina, los nativos nos van a correr a gorrazos hasta el mar.

—La fibra, la pintura, los motores y los filtros que los traigan en avión. Y el agua en camiones cisterna desde el río Níger. O de cualquier otro que esté más cerca.

—¡Divino! Pero el que paga manda.

—¡Tú lo has dicho! Mando porque pago.

—Y manda y paga muy bien, eso nadie lo niega. Por lo tanto le aseguro que antes de una semana la señora podrá nadar en su piscina.

—¡No te equivoques, hijo! No te equivoques —le hizo notar su jefe—. Esa piscina no tiene como objeto que la señora nade en ella, cosa que probablemente no hará, porque estoy convencido de que no sabe nadar. Su verdadero objeto se centra en demostrar que somos capaces de hacer algo que nadie más sería capaz de hacer por estas latitudes. Eso impresiona a los lugareños, y la prueba la tienes en que empieza a llegar gente de los poblados vecinos, para ver, con envidia, lo que está ocurriendo en Hingawana.

—¡Con tal de que no se dediquen a condenar a muerte a otras mujeres para conseguir lo mismo...! —comentó con evidente humor el ingeniero jefe—. A menudo los remedios acentúan los síntomas de la enfermedad, y me veo construyendo una nueva Nigeria por el resto de mi vida.

—Todo el que quiera es libre de marcharse... —puntualizó en tono tranquilo Oscar Schneeweiss Gorriticoechea—. Cuantos estáis aquí lleváis años conmigo, y os he dado a ganar mucho dinero con trabajos fáciles en lugares cómodos. Ahora ha llegado el momento de exigir, y aunque supongo que os preguntaréis por qué diablos os he embarcado en esta absurda aventura, mi única respuesta está en que mis motivos son sólo míos pero pienso llegar hasta el final cueste lo que cueste.

—¿Y no hubiera sido más barato y más práctico enviar un grupo de mercenarios para que se llevaran a esa mujer por la fuerza? —quiso saber René Villeneuve, que también formaba parte del grupo—. Por lo que hemos visto no hubieran encontrado la más mínima resistencia.

—Admito que eso fue lo primero que se me pasó por la mente, pero acabé desechando la idea —fue la honrada respuesta—. No creo que la violencia sea la mejor forma de resolver los problemas, entre otras cosas porque durante años mi familia no hizo otra cosa que huir de la violencia. Si siempre he renegado de ella, me estaría traicionando a mí mismo si recurriera a esos métodos cuando me conviene. Me inclino más por el diálogo y la persuasión.

—Y el derroche de dinero…

—Y el derroche de dinero, en efecto —admitió sin el menor rubor el monegasco—. Para eso está.

—Pero con lo que piensas gastarte aquí en casas, cine, piscina y campos de fútbol se podrían resolver otros muchos problemas más urgentes en un continente en el que la gente se muere de hambre —puntualizó Max Theroux, el médico que le había atendido siendo un muchacho y que había insistido en unirse a la singular expedición—. Más de la mitad de África sufre el azote de hambrunas, tuberculosis, malaria y sida, sin contar las sequías, las inundaciones y las infinitas guerras, y si quieres que te sea sincero, entiendo que tanto gasto por salvar a una sola persona resulta desproporcionado cuando millones de niños se encuentran en el más absoluto abandono.

Oscar Schneeweiss Gorriticoechea tardó ahora un cierto tiempo en responder, tiempo que utilizó en servirse un vaso de limonada de la jarra que se encontraba sobre una mesa del rincón de la gran carpa blanca; tras beber muy despacio, asintió una y otra vez con la cabeza, pero al replicar no se dirigía directamente al amigo que tantos cuidados y tanto cariño le había proporcionado cuando se encontraba al borde de la muerte, sino al conjunto de los presentes que aguardaban expectantes.

—Mucho hay de cierto en lo que has dicho —admitió—. El gasto es en verdad desproporcionado si se compara con lo poco que se hace por tantas vidas igualmente valiosas como se encuentran en peligro. Pero he meditado sobre ello, y he llegado a la conclusión que ni toda mi fortuna, ni mil fortunas semejantes, solucionarían los infinitos problemas de un continente que el mundo ha abandonado a su suerte. Sin embargo, os habréis dado cuenta de que los medios de comunicación se pasan la vida mostrándonos terribles imágenes de niños famélicos que expiran ante las cámaras en brazos de sus madres, sin que casi nadie haga nada. Eso es así, año tras año, hasta el punto de que la sociedad se ha vuelto hasta cierto punto inmune a semejante tipo de mensajes... —Los observó uno por uno al inquirir casi agresivamente—: ¿O no?

—En parte tienes razón —admitió René Villeneuve—. Como periodista tengo muy claro que una misma noticia repetida una y otra vez deja de ser noticia y pierde todo su interés por trágica que resulte.

—¡Exacto! —insistió el monegasco—. Estoy viendo esas imágenes desde que tengo memoria y siempre me estremecen, pero ya no me chocan. —Hizo una corta pausa como si con ello pretendiera dar énfasis a lo que iba a decir—. Sin embargo —añadió—, cuando escuché por la radio cómo Aziza Smain contaba con naturalidad y sin ningún tipo de lamentaciones su terrible historia, que en realidad no es otra que la terrible historia de todo un continente, fue como si una corriente eléctrica me atravesara de los pies a la cabeza.

¡Me afectó! Eso sí que me afectó —añadió golpeando levemente la mesa—. ¿Y queréis saber por qué? Porque en aquel momento intuí que Aziza Smain es un animal mediático. Habrá mujeres más guapas, con mejor cuerpo, más cultas o más inteligentes, pero tiene un carisma especial; «algo» impalpable e inexplicable; una especie de magia que hace que nos fijemos en ella igual que las cámaras se fijan en una determinada persona que resulta especialmente fotogénica y la convierten de inmediato en una estrella de la pantalla aunque personalmente no destaque sobre los demás.

—Eso es muy cierto —admitió el locutor—. Aziza Smain atrae como un imán y cuando estás ante ella te sientes como un pájaro atrapado por la mirada de una cobra.

—¡Exacto! Es como si hipnotizara a cuantos la escuchan, y sobre todo a cuantos la ven, y por lo tanto estoy convencido de que si logramos salvarla, cosa que admito que no veo nada fácil, su imagen puede hacer mucho más por cuantos aquí se mueren de hambre de lo que consiguen en este momento las imágenes de los que verdaderamente se mueren de hambre.

—¿Acaso se te ha pasado por la cabeza la idea de convertirla en una estrella? —quiso saber un desconcertado Max Theroux.

—Es una estrella —fue la rápida y sincera respuesta—. Y lo es porque respira sinceridad al aceptar sin rencor y con absoluto estoicismo las infinitas desgracias que la vida le ha deparado. Eso es el África profunda; el África que sufre en silencio un destino cruel por la falta de medios y porque el fanatismo se ha empeñado en que sea mucho más cruel de lo que impone la propia naturaleza.

—¿Y cómo piensa sacar partido de eso? —quiso saber el ingeniero jefe que había seguido con profundo interés la larga disertación.

—Aún no lo sé… —replicó su patrón con encomiable

sinceridad—. Y no lo sé porque lo primero que tenemos que hacer es evitar que la lapiden. Pero al igual que suelo tener buen olfato para los negocios, y por lo general intuyo dónde se puede obtener provecho sin haber estudiado el tema a fondo, un sexto sentido me indica que si en verdad Aziza Smain es, tal como sospecho, un diamante en bruto, puede dar mucho juego, no en mi provecho, que por suerte no lo necesito, sino en provecho de cuantos sí necesitan que alguien repare en sus infinitas desgracias.

El emir Uday Mulay hizo acto de presencia en Hingawana ya bien entrada la noche.

Llegó agotado y de evidente mal humor dado que la vetusta camioneta que le había transportado desde la comodidad de su amplia y fresca mansión de Kano hasta el perdido y caluroso poblacho fronterizo había sufrido dos reventones en sus gastados neumáticos y un recalentamiento del cochambroso motor, debido a lo cual el ya de por sí fatigoso viaje se había convertido en una auténtica pesadilla.

Su primera intención fue cenar algo ligero y retirarse de inmediato a descansar, por lo que se sintió desagradablemente sorprendido al ver penetrar en la sucia y minúscula posada en que se había hospedado, despreciando ostensiblemente la comodidad del palacio del caíd Ibrahim Shala, a un agitado Sehese Bangú, quien tras besarle respetuosamente las manos, exclamó alzando en exceso la voz, cosa que tenía la virtud de alterarle.

—¡Bienvenido seas, gran señor! Bendita la hora en que Alá te envía y bendito tú mismo por acudir con tanta presteza a mi llamada. Nadie con más méritos para...

Le interrumpió con un autoritario gesto que no dejaba lugar a dudas sobre su poco receptivo estado de ánimo.

—¡Olvídate de tantas bendiciones y tanta monserga y vayamos al grano! —masculló casi entre dientes—. ¿A qué vienen todas esas llamadas de socorro y todas esas prisas?

—A los extranjeros, señor. A esa maldita cuadrilla de infieles que nos ha invadido como una plaga de langosta y que amenaza con devorarnos el alma.

—¡Ya! —admitió el recién llegado agitando una y otra vez la cabeza con gesto de profundo hastío—. He oído hablar de ellos y de las sorprendentes cosas que están haciendo, pero no veo por qué razón mi presencia aquí pueda ser, tal como aseguras en tus mensajes, «cuestión de vida o muerte».

—Pretenden impedir que la culpable de adulterio a la que tú mismo tan justamente condenaste, sea ejecutada.

—¡Eso es una estupidez! —replicó de inmediato el emir—. La ley es la ley, y no existe nadie en este mundo que pueda ir contra ella.

—El intrigante Ibrahim Shala les apoya. Y gran parte del pueblo, al que están corrompiendo, parecen dispuestos a secundarles.

—También he tenido algunas noticias al respecto —admitió de mala gana el emir—. Pero ni el estúpido de Ibrahim, ni el pueblo entero, pueden oponerse a lo que dicta la *sharía*. Tan sólo tú, yo y mis dos compañeros de tribunal, que no tienen la menor intención de abandonar Kano, estamos en disposición de revocar esa sentencia.

—Pero las cosas cambiarían, y mucho, si se descubriese, sin lugar a dudas quién o quiénes violaron a Aziza Smain —le hizo notar el imam de la mezquita de Hingawana—. Uno de ellos tendría que ser necesariamente el padre de la criatura y ello le implicaría, lo que probablemente obligaría a repetir el juicio... ¿O no?

Por primera vez Uday Mulay pareció perder su proverbial sangre fría, se agitó levemente en su asiento y rezongó por lo bajo antes de admitir:

—¡En efecto! Determinar quién es el padre de la criatura significaría un engorro. La ley obliga a castigarlos a los dos.

—Pues ese peligro existe.

—¿Y por qué se va a descubrir ahora cuando no se descubrió con anterioridad? Durante el juicio esa muchacha tuvo ocasión de acusar a quienes la atacaron y no lo hizo.

—La primera razón hay que buscarla sin duda en que el principal inculpado es su propio cuñado, y eso me consta. Y la segunda, en que al parecer temía que le arrebataran a los niños.

—¿Y crees que ha cambiado de opinión?

—Sospecho que está a punto de hacerlo convencida como está de que esos pretenciosos extranjeros, ayudados por el caíd, impedirían que le quitaran a los niños.

—¡Vaya! —reconoció el fatigado viajero lanzando un sonoro escupitajo contra la pared más cercana—. Empiezo a sospechar que las cosas se han complicado más de lo que imaginaba.

—Y más se pueden complicar, porque los violadores son unos imbéciles, que no han dudado a la hora de ir proclamando su hazaña a los cuatro vientos. Alguien puede irse de la lengua por unos cuantos billetes y aquí ahora lo que sobran son billetes.

—De lo que cuentas deduzco que esos cerdos, además de violadores son unos cretinos que no se merecen en absoluto que nos preocupemos por intentar salvarles el pellejo, pero ésa es nuestra obligación y estoy aquí para conseguirlo. ¿Los conoces?

—¡Desde luego!

—En ese caso quiero que los convoques para mañana, a primera hora en tu casa —fue la seca orden que no admitía discusión—. Y ahora me voy a dormir, que me encuentro destrozado.

Su orden se cumplió al pie de la letra. Apenas amanecía y hacía ya largo rato que Hassan el Fasi, Mubarrak Hussein y Koto Kamuni aguardaban, pálidos y casi temblorosos, en el patio posterior de la casa del imam, que lindaba pared con pared con la vieja y ruinosa mezquita.

En cuanto, con el sol elevándose apenas cuatro dedos sobre la línea del horizonte, el dueño de la casa hizo su aparición acompañado por el severo y temido emir Uday Mulay, los tres hombres se pusieron respetuosamente en pie aunque resultaba evidente que al segundo de ellos le flaqueaban las piernas y se podría asegurar que hacía un sobrehumano esfuerzo por no romper a llorar.

El adusto juez, cuyas sentencias solían destacar por su extrema dureza, los observó despectivamente uno por uno, para acabar por tomar asiento y negar una y otra vez con aire de fastidio antes de musitar:

—Sólo veo a tres. ¿Dónde está el cuarto?

—Se asustó antes del juicio y huyó a Europa —fue la tímida respuesta de Sehese Bangú—. Nadie tiene ni la menor idea de adónde fue a parar, y dudo mucho que vuelva.

—Por lo menos uno era listo —sentenció el emir—. Entre estos tres tienen menos cerebro que un borrico. ¿Por qué lo hicisteis? —inquirió aguardando inútilmente la respuesta, pero al convencerse de que nunca llegaría, añadió—: Conociendo como conozco a Aziza Smain admito que a cualquier hombre le resultaría muy difícil resistir la tentación, pero que lo entienda no significa que lo disculpe. ¿Quién fue el instigador?

Tanto Mubarrak Hussein como Koto Kamuni se volvieron instintivamente hacia Hassan el Fasi, que se limitó a inclinar aún más la cabeza admitiendo su falta.

—Era de suponer… —masculló de nuevo el emir—. La tenías ante ti a todas las horas del día y el impuro deseo te cegaba, pero no tuviste el valor suficiente como para afrontar tú solo una acción tan abominable, aunque ello no disminuye un ápice la culpabilidad de este par de malolientes dromedarios.

—¡Yo no quería hacerlo! —sollozó abiertamente Mubarrak Hussein—. Juro sobre la tumba de mi madre que a última hora quise echarme atrás pero ellos me obligaron.

—Nadie puede obligar a nadie a cometer una acción semejante, porque si tu espíritu se hubiera negado a hacerlo, tu cuerpo jamás hubiera podido responder a tal estímulo. Y a mi modo de ver eres tanto más despreciable cuanto que a tu repugnante delito unes el de la cobardía y la humillación. —El asqueado emir lanzó un profundo resoplido con el que pretendía expresar la intensidad de su hastío, pero casi de inmediato su tono de voz cambió para añadir—: Pero no he venido hasta aquí para infligiros el castigo de que, a mi modo de ver sois merecedores, sino para hacer que se cumpla cuanto antes la sentencia que dictamos un día.

Los tres hombres intercambiaron una mirada de alivio y resultó evidente que a sus ojos asomaba una luz de esperanza.

—¿Cómo podemos ayudarte? —inquirió de inmediato el cuñado de Aziza Smain.

—Impidiendo que los extranjeros continúen con su inmunda labor de corromper al pueblo con la vana esperanza de salvar a quien ya ha sido condenada por una ley que no admite discusión.

—¿Y qué tenemos que hacer?

—Acelerar el tiempo de espera, de modo que la sentencia se aplique de inmediato.

—Pero aún amamanta al niño.

—Lo sé.

—¿Entonces?

—¿Entonces? —repitió casi en tono de burla el emir rascándose con ademán distraído la espesa barba entrecana—. Yo estoy aquí para indicaros lo que tenéis que hacer, no cómo hacerlo.

—Pero tú eres un hombre sabio y nosotros no.

—Precisamente porque se supone que soy un hombre sabio, no pienso ni tan siquiera insinuar cuáles son los pasos que debéis seguir en tan espinoso asunto. —Les apuntó uno por uno con un largo dedo que aparecía adornado con una aún más larga uña muy curvada al puntualizar—: Como hombre de leyes en lo único que puedo insistir es en el hecho de que mientras Aziza Smain pueda amamantar a su hijo seguirá con vida.

—Pero por lo visto aún le queda leche para un par de meses —le hizo notar Sehese Bangú.

—¡Es posible! —admitió el otro—. Pero para poder amamantar a un niño no sólo basta con tener leche en los pechos.

—¿Y qué otra cosa hay que tener? —quiso saber el siempre aterrorizado y confuso Mubarrak Hussein.

—Pensadlo vosotros —fue la tranquila respuesta, aunque a todas luces intencionada del hombre de Kano—. Es vuestro destino el que está en juego, no el mío. Y ahora he de irme. El caíd Shala me espera.

Abandonó sin prisas el lugar y, apoyándose en un alto bastón cuya empuñadura era un curvado colmillo de hipopótamo, se alejó calle adelante doblando con dificultad las esquinas porque un viento cálido cargado de finas partículas de polvo, que muy pronto pasarían a convertirse en gruesos granos de arena, había empezado a soplar con fuerza anunciando la llegada de un violento harmatán que en cuestión de horas convertiría Hingawana y sus alrededores en un auténtico infierno.

Cuando al fin penetró en el palacio del caíd Ibrahim Shala tuvo que pedir que le trajeran una jofaina con agua para enjuagarse la cara y las manos, y a continuación tomó asiento frente al dueño de la casa que tras servirle un vaso de hirviente té con hierbabuena y unos gruesos dátiles, señaló en tono impersonal y como si no le diera la menor importancia al hecho.

—Por primera vez, que yo recuerde, no has acudido a alojarte en mi casa y has preferido un lugar infestado de pulgas y cucarachas. ¿Por qué?

—Llegué tarde y sin avisar y no quería molestarte.

—¿Y cuál es la razón de un viaje tan urgente e inesperado?

—A Kano han llegado noticias de que un grupo de infieles intentan impedir que se cumpla la ley de la *sharía*.

—Ya han venido a verme.

—Esa ley es sagrada y tú lo sabes.

—Es sagrada cuando se aplica justamente, pero no es éste el caso —fue la tranquila respuesta—. Y eso es algo que tú también sabes.

—¿Acaso te estás planteando cuestionar las decisiones de un tribunal del que yo formaba parte? —inquirió en un tono levemente amenazante el emir que había comenzado a arrancarse pelos de las cejas en un gesto con el que parecía pretender contener su furia—. Si así fuera estarías poniendo en tela de juicio mi imparcialidad y mi honradez.

—Yo no pongo nada en tela de juicio, querido amigo. Y mucho menos tu imparcialidad o tu honradez. —El caíd Ibrahim Shala se mostraba muy tranquilo, sin dar muestras de que el amenazador tono le hubiera afectado—. Tan sólo señalo que durante el juicio no se llegó al fondo de la cuestión y por lo tanto en cierto modo está viciado de forma. En toda acusación de adulterio tiene que haber dos culpables, puesto que de lo contrario no existe delito, ya que sería ridículo plantear un adulterio unipersonal. Todo lo más se podría acusar al reo de masturbación, y que yo sepa la masturbación no se castiga con la muerte.

—Ni da como resultado un hijo —replicó secamente el otro—. Si existe un hijo, existe adulterio.

—Y si existe un hijo, existe un padre, tan culpable como la madre —le hizo notar con evidente sorna el dueño de la casa al tiempo que le servía un nuevo vaso de té y añadía con una leve sonrisa—: A no ser que creamos en milagros más propios de la fe cristiana que de la nuestra.

—Juegas con fuego, Ibrahim.

—¿Desde cuándo proclamar la verdad y defender la vida o los intereses de mis administrados es jugar con fuego, Uday?

—Desde que existe una sentencia firme y la aceptaste en su momento. Si ahora te opones a ella me obligarás a pensar, a mí y a la autoridades de Kano, que efectivamente y tal como se murmura, el dinero de los extranjeros te ha corrompido.

—Los extranjeros no me han dado ni ofrecido nada, y si hubieran intentado sobornarme no lo hubiera aceptado. Deberías saberlo porque me conoces. Lo único que han hecho es obligarme a recapacitar sobre mi desidia o cobardía, como quieras llamarlo. Si nada cambia, yo continuaré aceptando, tan de mala gana como antes, que la sentencia debe cumplirse. Pero si Aziza Smain decide revelar los nombres de quienes la violaron, me parece justo que el juicio se repita a la luz de tales pruebas.

—¿Y por qué no lo dijo en su momento? —quiso saber el cada vez más molesto Uday Mulay que continuaba depilándose pelo por pelo las cejas—. Que yo recuerde nadie le impidió hablar.

—Supongo que tenía miedo y se sentía sola y desprotegida. Pero ahora, ni está sola ni está desprotegida.

—¿La protegen los extranjeros?

—Y yo.

—¿O sea que te pones de parte de ellos?

—De parte de ellos no, Uday. De parte de lo que considero justo. Admito que tuve miedo y cometí un error, pero no estoy dispuesto a repetirlo. Aziza Smain no merece morir, y te garantizo que haré cuanto esté en mi mano por evitarlo.

El severo e inteligente emir de la poblada barba y el bastón con empuñadura de colmillo de hipopótamo alargó el vaso con una muda demanda de que su oponente le sirviera más té, se tomó un tiempo para reflexionar y estar seguro de sus argumentaciones; por último señaló con su voz grave y profunda:

—Creo sinceramente que te equivocas al plantear la cuestión de si esa muchacha debe morir, morir sola, o morir acompañada de otros culpables de un adulterio que ha traído como consecuencia el nacimiento de un hijo no deseado y fruto del pecado. De lo que ahora se trata es de que no podemos consentir, bajo ningún concepto, que un atajo de infieles llegados de muy lejos nos impongan sus condiciones, corrompan a nuestra gente, y se burlen de nuestros principios.

—¿Y por qué no, si les asiste la razón?

—Porque lo que está en juego son nuestras costumbres y las sagradas leyes del islam. Admito que es posible que en este caso nos hayamos precipitado un tanto, pero ése sería un error nuestro, cometido en nuestro país, según nuestras propias leyes, y sin manifiesta mala fe.

—Y que le costará la vida a una inocente —le hizo notar con absoluta naturalidad su interlocutor.

—También los cristianos cometen errores y ajustician a inocentes, pero te garantizo que nosotros no vamos a sus países a poner sus instituciones en ridículo intentando comprarles al reo a base de balones de fútbol o camisetas de colores. Lo único que exigimos es reciprocidad; si nosotros respetamos sus costumbres, ellos deben respetar las nuestras.

—No siempre las hemos respetado. Y si mal no recuerdo no hace mucho un grupo de fanáticos llevó, no inocentes balones de fútbol y camisetas de colores, sino aviones cargados de muerte y destrucción hasta el mismo corazón de Nueva York.

—Y ya has visto las consecuencias —le hizo notar el emir sin alterarse—. A nadie benefició semejante acto de barbarie, y soy el primero en condenar ese tipo de acciones provocadas por un exacerbado integrismo. No obstante, admito que resulta muy difícil controlar a los fanáticos, puesto que al fin y al cabo tan sólo están obedeciendo un mandato divino que les obliga a llevar el islam hasta el confín del universo. La mejor prueba de que nuestra fe es la verdadera la tenemos en el hecho de que es la única que siempre está en expansión y que gana adeptos día tras día. Mahoma fue el último profeta en nacer pero los musulmanes somos ya mayoría y seguimos creciendo sin parar, mientras que el resto de las religiones se han estancado e incluso se encuentran en un claro proceso de recesión.

—Nunca me había detenido a verlo de ese modo —admitió el caíd Ibrahim Shala un tanto desconcertado—. A este apartado rincón no llegan demasiadas noticias al respecto.

—Pues debes creerme cuando te aseguro que los cristianos cada día son menos y sobre todo cada día son más tibios en la práctica de sus creencias. Pasó el tiempo de las cruzadas, y en la actualidad son muchos los bautizados, pero pocos los que practican su fe con verdadero entusiasmo. Los judíos no disminuyen en número, pero tampoco aumentan de forma significativa puesto que se alimentan de su propia sangre y rara vez se da el caso de que alguien que no pertenezca a la raza maldita se convierta a su fe. Hinduistas y budistas sobreviven de igual modo, más como tradición que otra cosa, y tan sólo el islam extiende sus raíces de tal forma que en el transcurso de este mismo siglo más de la mitad de los habitantes del planeta proclamaran a los cuatro vientos que no hay más dios que Alá, y que Mahoma es su profeta.

—No viviré para verlo, pero me alegra pensar que lo que aseguras puede llegar a ser cierto.

—Lo es, porque al igual que se nos ha prometido el paraíso a los creyentes, cierto es, también, que un lugar destacado de ese paraíso está reservado a aquellos que lleguen a él llevando de la mano a dos conversos. De ese modo nuestra progresión será siempre geométrica, mientras que la recesión de nuestros enemigos seguirá siendo aritmética.

—Ésos son principios que se escapan a mi entendimiento —admitió sin el menor rubor el caíd Shala—. Pero respeto tu sabiduría y por lo tanto acepto tus argumentos. Sin embargo, ello no es óbice para que siga opinando que la muerte de Aziza Smain a nada conduce.

—Conduce a demostrar que los musulmanes no nos dejamos comprar por mucho que se nos ofrezca.

—¿Y vale eso la vida de una auténtica creyente?

—Al fin y al cabo no es más que una mujer.

—Pero una mujer muy especial.

—Razón de más.

—¿Razón de más? —no pudo por menos que repetir un desconcertado Ibrahim Shala—. ¿Qué pretendes decir con eso?

—Que las mujeres fueron creadas para ser madres, cuidar del hogar y dar placer a sus maridos, no para entrometerse en todo y provocar conflictos tal como está ocurriendo en el mundo occidental cuya imparable decadencia se inició el día que empezaron a conceder un trato de igualdad a las mujeres. —El emir Uday Mulay hizo una corta pausa, se arrancó un nuevo vello de las maltratadas cejas, y al poco insistió convencido de lo que decía—: Por lo que me han contado, existen países en los que las mujeres se han adueñado de los negocios e incluso del poder, por lo que reina el caos y la anarquía, impera la homosexualidad, y sus atemorizados maridos se vuelven cada vez más infértiles.

—No es como lo planteas —le contradijo con cierta timidez su interlocutor, al que se advertía cada vez más inquieto y descentrado—. Admito que no soy partidario de que las mujeres adquieran un peso excesivo en la sociedad, ya que su papel está perfectamente determinado por nuestras leyes y costumbres, pero sería justo reconocer que en ocasiones las discriminamos en exceso. De no ser así el absurdo juicio contra Aziza Smain no se hubiera iniciado nunca, con lo que nos habríamos evitado llegar a la actual situación en la que hemos atraído en demasía la atención de una opinión mundial que nos acusa de bárbaros.

—Más vale ser considerado un bárbaro que un decadente, porque la historia demuestra que siempre han sido las civilizaciones mal llamadas bárbaras las que han logrado imponerse a la decadentes —fue la tranquila respuesta del juez de Kano—. Al fin y al cabo, debemos alegrarnos de que las mujeres vayan ganando cada vez más parcelas de poder en el campo de nuestros enemigos, puesto que de ese modo los podremos derrotar con mayor facilidad. Está comprobado de que, en los momentos de peligro, a ellas lo único que les preocupa es poner a salvo a su hogar y sus hijos.

—Advierto que hablas como si consideraras que nos estamos enfrentando en una lucha abierta contra todos aquellos que no practiquen nuestra fe.

—¡Naturalmente! La nuestra debe ser una lucha continua, una guerra sin fin en la que vayamos avanzando metro a metro sin dar tregua a los infieles, porque el islam, a semejanza de cualquier otro ser vivo, tan sólo empezará a morir el día en que deje de crecer.

—¿Y hasta dónde se supone que debe crecer?

—Hasta que ni un solo habitante del planeta deje de adorar cada mañana y cada tarde al verdadero dios. En ese justo momento la obra del Señor habrá concluido y podrá comenzar la verdadera eternidad.

A la caída de la tarde amainó el viento, pero a todo lo largo del día había ido trayendo tal cantidad de arena y polvo desde el corazón mismo del cercano desierto que cuando aún el sol brillaba en su ocaso podría creerse que la noche, pero no una negra noche, sino más bien una noche achocolatada, se había adueñado de Hingawana.

De tanto en tanto se escuchaba el seco golpe de un ave que no había sido capaz de soportar tan adversas condiciones climatológicas cerrando allá arriba sus alas para siempre.

Inmediatamente los perros acudían a devorarla iniciando una ruidosa trifulca que nadie se molestaba en calmar.

Cuando poco después el harmatán se perdió hacia el sur como el indeseable viajero que siempre aparece a destiempo y que únicamente se va cuando quiere, la tierra comenzó a depositarse sobre los tejados de adobe con la mansedumbre con que se deposita el limo en el fondo de un lago, por lo que al fin las tinieblas se adueñaron por completo del pueblo.

De pronto ya no hubo luces en las esquinas, ni funcionó el cine, ni de la fuente de la plaza manó agua limpia, puesto que el espeso polvo había obstruido hasta tal punto los filtros de aire del flamante grupo electrógeno que fue necesario detenerlo con el fin de evitar que se colapsara.

La mayor parte de los aparatos de aire acondicionado dejaron de runrunear, y únicamente cinco de los vehículos que disponían de uno propio siguieron funcionando hasta que comenzaron a dar claras muestras de que empezaban a verse afectados por idéntico problema.

«Al sur del río Níger llueve agua. Al norte, llueve arena.» Era aquél un antiquísimo dicho popular que se ajustaba, como la mayoría de los antiguos dichos populares, a una estricta realidad contrastada por cientos de años de observación.

En Nigeria, el río Níger y su gran afluente, el Benue, formaban, al unirse, una clara frontera entre dos paisajes dominados por la extrema humedad o por la sequedad más absoluta.

Selvas y desiertos casi se desafiaban de una a otra orilla de la ancha franja de agua que atravesaba mansamente el país más poblado del continente con tan sólo una cosa en común: el calor.

Calor pegajoso, que obligaba a sudar a mares, en el sur.

Calor seco, como horno de panadero, en el norte.

Pero calor al fin y al cabo.

Y en Hingawana podía encontrarse además una arena en suspensión que enrojecía los ojos, penetraba hasta los pulmones, y obligaba a carraspear continuamente como si la lengua, el paladar, las fosas nasales y la garganta se hubieran transformado en papel de lija.

Los nativos ni tan siquiera se inmutaban.

Los europeos boqueaban como peces fuera del agua.

Carentes de energía, las grandes neveras pasaron a convertirse en horrendas trampas en las que toneladas de alimentos entraron en putrefacción con sorprendente rapidez.

Nada de aquello figuraba en la orden del día.

Nadie lo había previsto.

Oscar Schneeweiss Gorriticoechea contemplaba absorto el extraño batido de cacao en que parecía haberse convertido cuanto le rodeaba y se preguntaba una y otra vez qué nuevas sorpresas le deparaba el futuro en un lugar en el que el Creador parecía haberse complacido en acumular todo tipo de desgracias.

Poco antes había entrevisto a duras penas a un grupo de hombres encaminándose con paso decidido a la mezquita dispuestos al parecer a inclinarse a dar gracias a su Alá por los bienes que a diario recibían, y no pudo por menos que preguntarse qué era lo que en verdad tenían que agradecer si evidentemente no existía un lugar más abandonado de la mano de Alá, o de cualquier otro dios pasado, presente o futuro.

¿Qué podía impulsar a nadie a vivir en un lugar tan abominable como Hingawana?

Sus habitantes podían permitirse el lujo de ser tan malvados como quisieran, puesto que por mucho daño que causaran en vida, el infierno al que les arrojaran por culpa de sus incontables pecados se les antojaría hasta cierto punto acogedor y confortable.

Cualquier cambio, por más que se considerase un castigo, sería una bendición para quien se veía obligado a vivir desde que tenía memoria en un lugar semejante.

Sin embargo, y aunque costara trabajo admitirlo allí había nacido y se había hecho mujer una criatura absolutamente excepcional.

¿Qué explicación lógica podía darse a semejante aberración?

Ninguna.

El monegasco, al que le gustaba considerarse a sí mismo un iluso y un soñador aunque en ocasiones actuase con la frialdad de un escéptico, se encontraba profundamente desconcertado al notar que, por primera vez desde que de niño recuperó la salud, las cosas se le empezaban a ir de las manos.

Evidentemente el harmatán nunca había entrado en sus cálculos.

Probablemente no le hubiera sorprendido la aparición de una violenta tormenta de arena con todo su estruendo y parafernalia, pero jamás se le había pasado por la mente la idea de que pudiera existir un ardiente viento que espesaba el aire y se marchaba luego dejando el mundo sumido en una especie de profundo estupor.

«Polvo eres y en polvo te convertirás.»

Cabría imaginar que él mismo se había convertido en polvo, puesto que al cabo de cuatro o cinco horas incluso los granos más finos de arena se habían depositado en el suelo, por lo que una impalpable masa de oscuro polvo que se abría al paso de los hombres y las bestias para cerrarse de nuevo a sus espaldas, se había adueñado del universo.

No se distinguía la luna, mucho menos las estrellas; ni tan siquiera las manos al aproximarlas a la cara, y cuando se le ocurrió la idea de encender una linterna, el triste haz de luz se dio por vencido de inmediato, puesto que apenas consiguió penetrar medio metro en aquel frágil muro compuesto por miles de millones de microscópicas partículas que flotaban a su alrededor.

Aquella noche, en Hingawana, el aire tenía el aspecto del agua de una cloaca.

Le vino a la memoria la ocasión, seis años atrás, en la que se le ocurrió la loca idea de sumergirse en la peligrosa cueva de La Calanca de Casis y las transparentes aguas se enturbiaron cuando sus aletas agitaron el barro del fondo. A punto estuvo de quedarse allí dentro para siempre, como ya le había ocurrido a otros buceadores.

Logró salir con vida, pero se prometió a sí mismo que jamás volvería a internarse en una cueva submarina.

Hingawana se encontraba tan silenciosa y quieta como

el más quieto y silencioso de los cementerios, por lo que se decidió a cerrar los ojos, pero apenas consiguió dormir a ratos puesto que le costaba un enorme esfuerzo respirar y en cuanto conciliaba el sueño se despertaba con la desagradable sensación de que le estaban asfixiando.

Al fin, con el amanecer, si es que podía llamarse amanecer a que una luz difusa consiguiera filtrarse a duras penas hasta los tejados de las casas, se escuchó un llanto lejano que fue creciendo en intensidad hasta que la pequeña Kalina, la preciosa chiquilla de los inmensos ojos negros, desembocó en la plaza y fue a detenerse junto a la fuente ahora seca para balbucear una y otra vez desconsoladamente:

—¡Mi madre! ¡Mi madre! Han matado a mi madre.

Todos corrieron hacia la casa «orientada al revés» cuya puerta aparecía abierta de par en par, para enfrentarse al impresionante espectáculo que significaba el esbelto cuerpo de Aziza Smain semidesnudo y tumbado boca abajo sobre un charco de sangre.

Pero no estaba muerta.

Únicamente inconsciente.

Max Theroux acudió de inmediato para suturarle la ancha herida que casi le había abierto en el cráneo, pero nadie pareció percatarse de la verdadera importancia de cuanto había acontecido hasta que la infeliz muchacha recobró el conocimiento para inquirir con un hilo de voz:

—¡Mi hijo! ¿Dónde está mi hijo?

Todos los presentes se observaron perplejos.

¿Dónde estaba el niño?

Buscaron hasta en el último rincón de la casa y sus alrededores pero la criatura no apareció por parte alguna.

Ibrahim Shala, que había hecho acto de presencia en cuanto le notificaron lo que ocurría, palideció a ojos vista y, abandonando la casa, fue a tomar asiento sobre un pequeño montículo de arena a la sombra del muro posterior de la vivienda.

Oscar Schneeweiss Gorriticoechea le siguió de inmediato, se acomodó a su lado con la espalda apoyada en la pared, y a los pocos instantes inquirió sin ambages:

—¿Cree que lo han matado?

El otro se limitó a encogerse de hombros con un gesto que evidenciaba el más absoluto fatalismo al replicar:

—Muerto o vivo, ¿qué más da? Si lo han matado por lo menos ha dejado de sufrir, y si no lo han matado su vida será un infierno porque acabará esclavizado en cualquier plantación de cacao. Lo que ahora importa no es ese niño, al que debemos dar ya por perdido, sino el hecho de que Aziza Smain ya no tiene a quien amamantar y por lo tanto la sentencia podrá cumplirse cuanto antes.

—¡No es posible!

—Por desgracia lo es. La *sharía* es muy estricta al respecto. La semana siguiente al día en que deje de darle el pecho a su hijo, la condenada a muerte debe ser ejecutada.

—¿Y será capaz de aceptar semejante injusticia? —protestó el indignado monegasco que se negaba a dar crédito a lo que oía—. Ahora ya no se trata de un crimen; son dos, puesto que ese niño era la más inocente de las víctimas de todo este tenebroso asunto.

—¡Escuche! —fue la seca respuesta impregnada de un claro deje de amargura—. La ley es la ley, y quien se oponga a ella se expone a que los ulemas de Kano, a los que no mueve más que el fanatismo, emitan una *fatwa* que le persiga hasta el confín del universo.

—¿Y eso qué es?

—¿Una *fatwa*? —repitió el otro—. Es un dictamen jurídico que puede llegar a significar una condena a muerte que en este caso obliga a todos los musulmanes, sean quienes sean, a ejecutar al reo donde quiera que se encuentre.

—¿Algo parecido a lo que le ocurrió a ese indio que escribió *Los versos satánicos*?

—Parecido no; exacto. Se llama Salman Rushdie, y lo sé muy bien porque hasta el último de los creyentes tiene la obligación de intentar acabar con su vida. Aquel musulmán a quien se le presente la más mínima oportunidad de hacerlo y no cumpla un mandamiento tan sagrado está irremisiblemente condenado a todas las penas del infierno.

—¡Pero un hombre inteligente no puede creer en eso! —replicó un perplejo Oscar Schneeweiss Gorriticoechea—. Le considero demasiado civilizado como para aceptar semejante salvajada.

—Lo que yo crea o deje de creer carece de importancia —puntualizó seguro de lo que decía el caíd Ibrahim Shala—. Y sí, desde que tengo uso de razón he vivido en el seno de una fe que me ha convertido en lo que soy, que me ha proporcionado respuestas y consuelo cuando lo he necesitado, no puedo ni debo cuestionar una parte de tales principios, cuando tantos beneficios he obtenido del todo. Los musulmanes no lo somos a medias, ni aceptamos tan sólo aquello que nos conviene de nuestras creencias.

—¿Pretende decir con eso que se les niega la posibilidad del libre albedrío a la hora de decidir lo que está bien o está mal?

—Si me fuera dado decidir lo que está bien o está mal, lo más probable es que casi siempre llegara a la muy humana conclusión de que lo que a mí me conviene está bien, y lo que no me conviene está mal. Y no es así, porque demasiado a menudo lo que es bueno para unos no lo es para la mayoría. Es la *sharía* la que dicta unas normas comunes, y a ellas debemos atenernos.

—¡Me decepciona!

—Decepcionar a cuantos me rodean, incluido yo mismo, es una de las constantes de mi vida, y ya estoy acostumbrado a ello —admitió con absoluta naturalidad el hausa—. Mi padre pretendía que estudiara ingeniería y no aguanté más que un año en Londres; mis cuatro esposas confiaron en mi fidelidad y las engañé una tras otra; mis hijos buscaron en mí un ejemplo pero no supe marcarles el camino. —Sonrió con amargura—. Y aunque mi pueblo puso su destino en mis manos, no he sido capaz de defender ni a una pobre viuda maltratada. Me consta que soy indigno del puesto que ocupo, pero mi única disculpa se concreta en el hecho de que cuando busco a mi alrededor no encuentro a nadie que pudiera hacerlo mejor.

—Si le sirve de consuelo le confesaré que jamás he conocido a ningún dirigente, ni aun de primera fila mundial, que sea digno del puesto que ocupa —señaló en tono convencido el monegasco—. Y lo peor del caso es que ellos ni siquiera tienen la suficiente honradez o claridad de ideas como para admitirlo. Y ahora dígame: ¿qué puedo hacer por Aziza Smain?

—Dos cosas —replicó el otro con sorprendente firmeza—. La primera, llevarse de aquí a su hija y proporcionarle una vida feliz y una buena educación lejos de un mundo en el que lo más probable es que acabe prostituida y maltratada. Aziza se lo agradecerá en el alma porque saber eso al menos le permitirá morir tranquila.

—¿Y la segunda?

—Matarla.

Oscar Schneeweiss Gorriticoechea agitó bruscamente la cabeza como si no diera crédito a lo que acababa de oír; se tomó unos instantes para asimilarlo y al fin, aún incrédulo, inquirió:

—¿Ha dicho matarla?

—¡Exactamente!

—¿Matar a la mujer que vine a salvar?

—Usted no vino a salvarla de la muerte, puesto que pronto o tarde la muerte nos lleva a todos y ni siquiera Alá puede ir contra sus propias leyes. Vino a salvarla de morir lapidada, y eso aún está a tiempo de hacerlo. Ayúdela a morir dignamente porque estoy seguro de que su médico dispone de algún remedio rápido, eficaz e indoloro, y yo me apresuraré a proclamar que falleció por la pena que le causó la pérdida de su hijo. De ese modo le evitaremos infinidad de padecimientos.

—¿Y por qué tengo que ser precisamente yo quien la mate?

—Porque es a usted a quien le interesa más que a nadie. Para salvar a Aziza ha venido desde muy lejos y para evitar que la ejecuten ha invertido mucho tiempo y dinero. Además —añadió el hausa con marcada intención—, puede estar seguro de que ningún musulmán lo intentaría porque la ley especifica de forma muy clara que tienen la obligación de matarla, y de matarla a pedradas.

—Pero no me siento capaz de hacerlo. Aparte de que dudo que la convenciera puesto que, por lo que tengo entendido los mahometanos tienen prohibido el suicidio.

—¡Desde luego! Al igual que los cristianos, pese a que ellos no respeten tal precepto. Sin embargo, le recuerdo que la madre de Aziza Smain era fulbé.

—¿Y eso qué tiene que ver? ¿Acaso no son mahometanos?

—Una gran mayoría sí, pero incluso aquellos que lo son, conservan viejas costumbres que chocan frontalmente con nuestra fe, como por ejemplo esa maldita ceremonia de la valentía, que Alá confunda, y que en el fondo no es más que una especie de suicidio.

—¿En qué consiste?

—Prefiero no hablar de semejante bestialidad —fue la seca respuesta que no admitía contrarréplica—. Lo que sí puede asegurarle es que la serenidad, el estoicismo y casi la indiferencia con que Aziza Smain se enfrenta al terrible suplicio que le espera, se debe sin duda a la sangre fulbé que corre por sus venas. Los fulbé, a los que por aquí también llamamos peuls o bororos, lo que viene a significar algo así como «los desparramados» porque nomadean por todas partes, tienen justa fama de ser la tribu más independiente y hermosa de África, ya que una leyenda asegura que descienden en línea directa del hijo del rey Salomón y la reina de Saba.

—¡Qué tontería!

—Puede que no sea más que una tonta leyenda sin fundamento, pero lo que sí es cierto es que llegaron hace miles de años desde Etiopía, e incluso por sus ojos rasgados hay quien asegura que su verdadero origen se encuentra en Asia Central. —El caíd lanzó un bufido como si le molestara hablar del tema, pero insistió—: Conozco bien a esos salvajes, y le aseguro que incluso habiendo nacido y habiéndome criado en uno de los lugares más duros del planeta, me estremece su brutal capacidad de sufrimiento y su casi inhumana indiferencia ante el dolor. En ocasiones he llegado a pensar que cuanto más padecen, más fuertes y más felices se sienten.

—Eso en mi país tiene un nombre: masoquismo.

—No tiene nada que ver... —le hizo notar Ibrahim Shala—. Por lo que tengo entendido, aunque admito que no sé mucho sobre ello, el masoquismo es una especie de depravación sexual. Pero, para los fulbé, sufrimientos tales como la sed, el hambre, el calor extremo, la violencia en carne propia, el dormir siempre a cielo raso sin siquiera el más miserable techo, es la forma de demostrarse a sí mismos que pertenecen a la raza más sacrificada y resistente que existe o ha existido sobre la faz de la tierra. Según ellos su destino es vagar eternamente sin rumbo fijo, y jamás les ha asaltado la tentación de construir una ciudad, un villorrio o tan siquiera una mísera choza que les proteja de las inclemencias del tiempo.

—¿Y dónde viven?

—Donde les sorprende la noche. Vagabundean por las lindes de la inmensidad del Sáhara, siempre en busca de pastos para el ganado que consideran sagrado, y hoy pueden estar aquí y dentro de un mes a cientos de kilómetros, o en la frontera libia. En una ocasión se unieron y nos invadieron, pero como no se someten a nadie pronto se cansaron de estar en el mismo sitio y se marcharon cada cual por su lado tal como habían venido.

—¿Y cómo es que Aziza Smain nació aquí?

—Porque su padre, Menlik Smain, el hombre más fuerte y obstinado que he conocido, era guía de caravanas y durante uno de sus viajes conoció a la madre de Aziza, cuya belleza era legendaria. Se empeñó en casarse con ella y para demostrar su valor no dudó en enfrentarse a un león sin más armas que un largo palo con un lazo como los que emplean los perreros. Quedó muy malherido y con el cuerpo marcado de horrendas cicatrices, pero consiguió estrangular a la bestia y por lo tanto obtener su premio.

—Y por lo que veo usted quiere dar a entender que Aziza Smain ha heredado los atributos de sus padres.

—En cuanto a lo que se refiere a la belleza de su madre, a la vista está, y en cuanto a las virtudes de su padre, ha demostrado ser tan valiente y obstinada como él.

—¿Acaso considera la obstinación una virtud?

—Eso depende.

—¿De qué?

—De cómo evolucionen los acontecimientos —señaló con una leve sonrisa un tanto burlona Ibrahim Shala—. Cuando la obstinación conduce a la victoria se convierte en virtud, pero cuando acaba en derrota se convierte en defecto. Se trata de un camino único que se recorre con idéntico afán, pero lo malo es que hasta el final no sabemos si hemos ido en la dirección correcta o en la opuesta.

—Pues en este caso he de admitir que tengo la desagradable sensación de haber ido en dirección opuesta —reconoció su interlocutor—. Nada de cuanto imaginé está saliendo tal como había planeado…

Aún quiso añadir algo más, pero le interrumpió la presencia de Max Theroux, que señaló al tiempo que se enjugaba el sudor que parecía surgir a borbotones de su ancha frente con un enorme pañuelo rojo:

—La muchacha quiere verte… —se volvió al caíd—. Y a usted también.

—¿Cómo se encuentra?

—Bastante tranquila. Tengo la impresión de que se ha hecho a la idea de que el niño ha muerto. —Escurrió el empapado pañuelo como si se tratara de una bayeta al añadir—: Y si me apura añadiré que en el fondo casi prefiere que haya sido así.

—Ninguna madre puede preferir que su hijo muera.

—A no ser que esté convencida de que la vida que le espera es mucho peor que la muerte… —El sudoroso doctor agitó con gesto pesimista la cabeza al tiempo que se alejaba en dirección a la gran carpa blanca para acabar mascullando entre dientes—: Y por lo que he visto desde que llegué aquí, puede que tenga razón.

Cuando a los pocos instantes Oscar Schneeweiss Gorriticoechea y el caíd Ibrahim Shala penetraron en la amplia estancia que hacía las veces de salón comedor de la casa prefabricada con tanta precipitación, se enfrentaron a una Aziza Smain que parecía estar aguardándoles, sentada, muy recta, al otro lado de la pequeña mesa.

Semejaba una esfinge, o una de aquellas inquietantes máscaras rituales de madera de roble que los artistas nativos tallaban sin más ayuda que una simple navaja.

—¿Viste a quién te atacó? —fue lo primero que quiso saber el hausa al tiempo que se acomodaba frente a ella.

—No.

—¿Y no tienes idea de quién pudo ser?

—La tengo de la misma forma que la tienes tú, pero en este caso no podría acusar a nadie sin miedo a equivocarme. —La infeliz muchacha hizo una corta pausa antes de añadir—: Lo único que te pido es que aceleres la ejecución. Morir, por brutal y dolorosa que esa muerte pueda parecer, nunca será peor que una larga espera en estas circunstancias. Supongo que lo entiendes.

—Lo entiendo —admitió el caíd—. Y haré cuanto esté en mi mano para complacerte, aunque la orden tiene que provenir de Sehese Bangú o Uday Mulay, ya que formaron parte del tribunal que te juzgó. Yo en este caso no soy más que el encargado de preparar la ejecución.

—En ti confío.

A continuación Aziza Smain hizo un gesto hacia la habitación vecina indicando a su hija que se aproximara, y en cuanto la niña hizo su tímida aparición con la cabeza gacha observándose de modo casi obsesivo los desnudos pies, la empujó con suavidad hacia el punto que el monegasco se encontraba.

—¡Llévatela lo más lejos posible! —suplicó cambiando el tono de voz—. Llévatela ahora mismo, porque no quiero que me vea durante los próximos días. —Dudó un instante, se mordió levemente la comisura de los labios y por fin añadió—: Si en verdad has venido a ayudarme, lo único que deseo es saber, antes de morir, que mi pequeña ha abandonado para siempre un lugar salvaje y despiadado en el que algún día podría tener el mismo fin que a mí me espera. ¿Lo harás?

—Pasado mañana estará en mi casa y la cuidaré como si se tratara de mi propia hija —fue la firme respuesta de quien extendió la mano colocándola sobre el hombro de Kalina como si desde ese instante la pusiera bajo su protección—. Te lo juro por lo más sagrado.

—No es necesario que jures. Sé que lo harás. —Aziza Smain acarició suavemente la cabeza de la niña al musitar a sabiendas de que la pequeña no podía entenderla—: Y procura que me olvide.

—Nadie podría olvidarte nunca —le hizo notar su oponente—. Y supongo que tu hija menos que nadie.

—Pues te suplico que intentes que me olvide, porque de esa forma no sufrirá por el resto de su vida. Aún es muy pequeña y no tiene muy claro qué es lo que me va a ocurrir. Por ello, si no le hablas de mí y del horrendo mundo en el que le tocó nacer, los recuerdos se le irán diluyendo poco a poco como la sal en el agua. No debe crecer sabiendo que su madre murió apedreada como un perro porque eso haría que su corazón enfermara de odio y amargura.

—Tal vez tengas razón —se vio obligado a admitir Oscar Schneeweiss Gorriticoechea.

—¡Sé que la tengo! —insistió la condenada a muerte—. Si ha de tener una nueva vida en un mundo civilizado, que sea nueva en todo, porque de lo contrario su origen le pesará como una losa. —Alzó el dedo al añadir en un tono que no admitía réplica—: Y procura que nunca crea en Dios.

—¿En Alá?

—En ningún dios —fue la segura respuesta—. Eso también le evitará incontables sufrimientos, puesto que sé por experiencia que si duro y doloroso resulta que los seres humanos te traicionen, mucho más duro y doloroso llega a ser que te traicionen los dioses en los que habías puesto, desde el día en que tenías uso de razón, toda tu confianza.

Se hizo un largo silencio que al fin Ibrahim Shala se decidió a romper aunque resultaba evidente que lo que iba a decir le costaba un gran esfuerzo, pero haciendo de tripas corazón musitó en voz muy baja:

—Ya que no crees en Alá, ni por lo que veo en los dioses de tus antepasados fulbé, ¿por qué no procuras que tu final sea un poco menos doloroso?

—¿A qué te refieres?

—A que el médico extranjero debe tener algún remedio que te impida pasar por el doloroso trance de la lapidación.

—¿Acaso un musulmán, un caíd creyente, me está pidiendo que me suicide?

—Tan sólo lo sugiero.

—¿Y qué obtendría con eso?

—Evitarte el dolor físico.

—Mi madre era fulbé, y tú sabes muy bien que los fulbé desprecian el dolor físico. Me consta que mi muerte será terrible y que pasaré por todas las penas del infierno, pero lo aceptaré para que el mundo sepa que en este país la justicia es una burla y de ese modo tal vez consiga que un millón de voces se alcen contra los bárbaros que aplican tales métodos. —Aziza Smain acarició suavemente la cabeza de su hija y cuando concluyó de hablar lo hizo como si se estuviera dirigiendo concretamente a ella—: Ahora ya no es tiempo de pensar en mí, sino en todas aquellas a las que les espera un destino semejante. Si aceptara suicidarme mi sacrificio habría sido en vano.

El campamento comenzó a desmontarse una hora más tarde.

Se recogieron las carpas, se plegó la gran pantalla de cine, se enrollaron uno tras otro los gruesos cables que conducían la electricidad y se cargaron de nuevo en los camiones las mesas en las que hombres, mujeres y niños se habían atiborrado de cuscús, frutas, dulces, helados y cordero.

El grupo electrógeno se puso en funcionamiento, llevó por última vez agua limpia a la fuente, enfrió de nuevo y con rapidez los ambientes y las bebidas, pero al fin dejó de runrunear y se dispuso a regresar a la lejana Europa.

Casi con tanta rapidez como había llegado, el progreso comenzaba a alejarse de Hingawana.

El harmatán solía durar dos o tres días.

El progreso apenas duró una semana.

El siglo XXI cedía terreno frente al impulso del siglo XV.

O del XIV.

O del XII.

Las caras de los chicuelos, a los que al menos les quedaban los balones, las camisetas, las botas y dos porterías con sus correspondientes redes de reglamento, mostraban a las claras, más que cualquier palabra o lamento, la profunda tristeza y decepción de quienes se habían hecho a la idea de que el cielo les había premiado con un cúmulo de maravillosos milagros, y descubrían de improviso que les habían despertado bruscamente a la realidad de su deprimente vida cotidiana.

Las mujeres suspiraron al recordar que a la mañana siguiente tendrían que reemprender el largo y caluroso camino hasta el pozo del que se verían obligadas a extraer, a fuerza de brazos, unos cuantos cántaros de un agua caliente, turbia y maloliente.

Algunos hombres se lamentaron de que ya no disfrutarían de unos banquetes que superaban a diario al que les ofrecía el caíd Shala el día de su cumpleaños, ni de las apasionantes películas de aventuras en las que podían admirar a hermosas mujeres muy rubias y por lo general muy maquilladas y bastantes escasas de ropa.

«Si malo es no tener, peor es que te lo quiten.»

Quien pronunciara por primera vez tan lapidaria frase sabía muy bien de lo que hablaba puesto que de una forma sencilla y más bien burda hacía no obstante referencia a un concepto bastante más profundo y hasta cierto punto sutil: lo que no se conoce no existe y lo que no existe no puede amarse, y por lo tanto no puede añorarse.

Y la añoranza es el sentimiento que por más tiempo perdura en el corazón de los seres humanos.

Resulta mucho más sencillo dejar de amar a quien se ama que dejar de añorar a quien se ha amado y se ha perdido.

Durante aquel corto período de tiempo los habitantes de Hingawana habían aprendido a amar y casi necesitar infinidad de cosas que hasta ese momento desconocían, hasta el punto de que cuando los camiones en las que las habían traído ni siquiera habían abandonado aún las lindes del pueblo, ya las echaban de menos.

Oscar Schneeweiss Gorriticoechea llegó muy pronto a

la conclusión de que la única esperanza de éxito que le quedaba se centraba en la reacción de los nativos, por lo que ordenó a su gente que los camiones fueran partiendo de uno en uno, con un intervalo de unos veinte minutos entre sí, consciente como estaba de que de ese modo aumentaba la sensación de amargura de quienes veían cómo les arrebataban, uno tras otro, todos sus sueños.

Pequeños malos tragos dejan siempre peor sabor de boca que un gran mal trago.

—¿Intentas provocar una rebelión? —quiso saber René Villeneuve en el momento en el que el camión cocina comenzó a atravesar muy lentamente la única calle del pueblo impregnando el ambiente de un apetitoso aroma a cordero recién asado a fuego lento, para perderse luego en la distancia rumbo a un vacío horizonte en el que nadie podría disfrutar de la infinidad de sabrosos manjares que atesoraba.

—¡En absoluto! Lo que intento es que esta pobre gente comprenda el excesivo precio que va a tener que pagar por el simple placer de arrojar unas cuantas piedras a una muchacha indefensa.

—Es de suponer que ya lo saben.

—¡Desde luego! Pero me las he arreglado para que se haga correr la voz: si el día de la lapidación todos los habitantes del pueblo se niegan a participar en ella, los camiones regresarán y volverán a tener cuanto han tenido hasta ahora.

—Una maniobra muy peligrosa… —le hizo notar el periodista.

—¿Y qué puedo perder?

—Me gustaría saberlo, porque lo que sí sé es que no se juega impunemente con los fanáticos fundamentalistas. Ya te advertí allá en Mónaco, y lo estás comprobando personalmente, que por aquí abundan más que los lagartos.

—Siempre serán minoría.

—Pero una minoría violenta que, al igual que suelen hacer los terroristas, intenta imponer su ley por la fuerza. Así ha sido a través de la historia, incluso de la más reciente, y por mucho que una y otra vez se erradique, es un cáncer que vuelve a emerger de mil formas distintas. Ahora, aquí con la cerril intransigencia de los emires y los imames, y en Occidente con la brutal prepotencia de dirigentes como George Bush. Aunque se supone que mil años de cultura deberían separar a los unos de los otros, en el fondo su cerrazón de ideas les hace igualmente primitivos e igualmente peligrosos.

—Peores eran Hitler o Franco, o los generales argentinos y brasileños, y mi familia consiguió librarse de todos ellos —fue la en cierto modo burlona respuesta que se concretó en una rotunda aseveración—. Si pretendo ser realmente digno de mis pomposos apellidos debo encarar este problema tal como mis padres y mis abuelos lo hicieron.

—¿Huyendo como huyeron ellos?

—Todo lo contrario; quedándome hasta el último minuto porque ya no se trata de salvar mi propio pellejo, sino una vida ajena. —Apuntó con el dedo a su interlocutor para añadir—: Y ahora te ruego que te vayas cuanto antes llevándote a la niña. Coge el primer avión y en cuanto llegues a Mónaco me llamas para que ella misma pueda contarle a su madre que ya está a salvo en un lugar civilizado.

—Preferiría quedarme y ayudarte en lo que pueda —fue la firme respuesta—. Puedes encargar de eso a cualquier otro.

—No quiero que nadie más esté aquí en el momento de la ejecución.

El periodista le observó de medio lado, y al hablar su tono era de franca reconvención.

—Confío que no te pase por la cabeza hacer algún tipo

de tontería que en un lugar como éste resultaría fatal. Te recuerdo que estamos tratando con una pandilla de salvajes.

—Algunos, como el caíd Shala y la propia Aziza Smain no lo son, e inclusos a las fieras más salvajes se las puede domar si cuentas con los medios apropiados. Sin embargo no estoy dispuesto a que nadie más sufra las consecuencias de mis actos. Los hombres y los camiones se quedarán en Kano por si necesito que vuelvan, pero a la niña y a ti os quiero saber a salvo en Mónaco cuanto antes.

—Te repito que puedes enviar a cualquier otro.

—¡Por favor! No es una orden; es la petición de un amigo que quiere sentirse absolutamente libre.

Una hora después René Villeneuve y la pequeña Kalina emprendían el largo viaje hacia Europa, y casi otra hora después un criado de Ibrahim Shala acudió a comunicar a Oscar Schneeweiss Gorriticoechea que el caíd le rogaba que acudiera cuanto antes a su palacio.

Al entrar se lo encontró sentado en el emparrado patio central, frente al emir Uday Mulay, y de inmediato hizo un gesto al recién llegado para que tomara asiento, al tiempo que le servía un vaso de té muy azucarado.

—Le he pedido que venga porque Uday quiere hablarle, y porque desea, también, que yo sea testigo de la conversación para que no pueda haber malentendidos dado que su inglés no es tan fluido como el mío. ¿Le parece correcto?

—¡Naturalmente! —admitió el monegasco con absoluta sinceridad—. ¿Qué es eso tan importante que tiene que decirme?

El emir tardó en hablar, se arrancó uno de los ya escasos vellos que le quedaban en las cejas, síntoma inequívoco de que se encontraba nervioso, y por último señaló:

—La razón de esta reunión es dejar bien patente que no pienso consentir, bajo ninguna circunstancia, nuevas interferencias en lo que se refiere a la sentencia que se ha dictado contra Aziza Smain. Será ajusticiada, y tienen que ser sus convecinos quienes la ejecuten. Es lo que ordena la *sharía* y sus mandamientos no admiten discusión.

—¿Y si no quieren hacerlo?

—Lo harán.

—¿Y si no lo hacen? —insistió Oscar—. ¿Cómo podrá obligar a más de cien hombres y mujeres a arrojar piedras y acertar en la cabeza de una pobre víctima indefensa?

—¡No es difícil! Quien no obedezca se arriesga a ser condenado a su vez. Por si no lo sabía, existe entre nosotros una cosa que se llama *fatwa*; una sentencia que alcanza por igual a creyentes que a infieles, sean quienes sean, por muy importantes que se consideren, se escondan donde se escondan.

—¿Acaso me está amenazando? —inquirió con marcada intención Oscar Schneeweiss Gorriticoechea.

—¡Tómeselo como quiera! —fue la seca respuesta de quien parecía mascar las palabras en un supremo esfuerzo por contener su emergente ira—. Yo le advierto de cuáles son nuestras costumbres, y de que nadie debe hacerse la ilusión que está a salvo por mucho dinero y mucho poder que pueda tener.

Fue ahora Oscar Schneeweiss Gorriticoechea el que tardó en responder, aprovechando para acabar el poco té que le quedaba en el vaso, pero tras dejarlo con sumo cuidado sobre la ancha bandeja, señaló:

—Pues yo voy a aclararle a mi vez cuáles son nuestras costumbres. Cuando alguien nos amenaza, amenazamos a nuestra vez, y cuando alguien intenta agredirnos le devolvemos el golpe con más fuerza. Supongo que ya le habrán dicho que soy uno de los hombres más ricos del mundo, lo que significa que puedo refugiarme donde quiera y protegerme con un auténtico ejército de profesionales. —Hizo una corta pausa para añadir apuntándole directamente con el dedo—: Por eso le advierto que si a usted, a ese miserable de Sehese Bangú o a sus compinches de Kano, se les ocurre la absurda idea de lanzar sobre mí una *fatwa* o intentar causarme el más mínimo daño pondré precio a sus cabezas. Un millón de euros, la centésima parte de mi fortuna, por cada una de ellas, y le garantizo que existen cientos de asesinos profesionales y de mercenarios muy bien entrenados, que matarían a sus propios padres por la mitad de ese dinero. Y ahora dígame: ¿dónde se esconderán o con qué ejército contarán para defenderse de esa amenaza?

El altivo emir Uday Mulay palideció hasta quedar casi tan blanco como su turbante y tras volverse a Ibrahim Shala, que permanecía impasible limitándose a servir con aire indiferente nuevas raciones de pringoso e hirviente té, inquirió casi balbuceando:

—¿Tú has oído eso?

—Sordo no soy.

—¿Y no tienes nada que decir?

—Te recuerdo que mi papel en este caso es de testigo imparcial. Me limito a ofreceros mi casa y mis buenos oficios.

—¡Pero me está amenazando de muerte!

—Tú has hecho lo mismo.

—A mí me respalda la ley.

—Una ley que más de la mitad de los habitantes de este país ni siquiera reconoce —le hizo notar su interlocutor—. Y supongo que la mayor parte del mundo admitirá que cada cual tiene derecho a defenderse como mejor le plazca cuando se siente atacado. —Dejó con sumo cuidado la tetera en su lugar para añadir con idéntica parsimonia—: No comparto en absoluto lo que este hombre de impronunciables apellidos acaba de decir, pero he de admitir que en cierto modo, tiene razón al intentar defender su vida con todos los medios a su alcance.

—Pero no es más que un extranjero que ha acudido a interferir en nuestras costumbres.

—¡Eso es muy cierto! Pero de la misma forma que deseamos que las respete, debemos respetar las suyas, y al parecer éstas son «ojo por ojo y diente por diente». Y se trata de tus ojos y de tus dientes, no de los míos. Tú sabrás lo que haces.

—No esperaba eso de ti —masculló el furibundo emir.

—Tampoco yo esperaba de ti que, como presidente del tribunal, condenases a muerte a una mujer de mi pueblo, que además era inocente. Y que lo hicieras a pesar de que en repetidas ocasiones te supliqué por ella.

—¡Era mi obligación!

—¡No! —le contradijo Ibrahim Shala con severidad—. Tu obligación era impartir justicia, y sabes mejor que nadie que tu decisión no fue en absoluto justa. Ahora debes ser responsable de tus actos y atenerte a las consecuencias, porque si todos los jueces se supieran siempre impunes viviríamos en una eterna injusticia.

—Tendré en cuenta tus palabras.

—Por mí como si te operas de cataratas. Hubo un tiempo en que te temía, pero todo este desgraciado asunto me ha hecho comprender que la propia conciencia aterroriza más que el más peligroso de los seres humanos. Lo que puedas intentar contra mí no me quitará tanto el sueño como me lo ha quitado el hecho de reconocer noche tras noche mi propia cobardía. Y me consta que tengo el valor y los conocimientos suficientes como para enfrentarme a cualquier hombre por poderoso que sea, pero nunca he sabido cómo enfrentarme a mi conciencia.

—¡Te desconozco!

—¡Gracias a Dios! —no pudo por menos que exclamar

el dueño de la casa—. Pero si te sirve de consuelo te aclararé que también yo me desconozco, pero me siento mucho más gusto con el Ibrahim con que me voy ahora a la cama que con el que iba antes.

—No he venido a tu casa para escuchar insultos.

—Supongo que no, pero también quiero suponer que no venías con la intención de escuchar la verdad, y es la verdad la que te insulta, no yo. Como caíd no tengo la obligación, sino todo lo contrario, de mancharme de sangre las manos arrojando piedras sobre una condenada de mi propio pueblo, lo cual quiere decir que nadie puede lanzar sobre mí una *fatwa* sin ir abiertamente contra la ley. Eso significa que si tanto a ti como a tus amigos se os ocurre la estúpida idea de atacarme lo estaréis haciendo a título personal, y en ese caso estaré en mi derecho, como lo está este hombre, de atacaros a mi vez. —Sonrió de oreja a oreja al añadir—: Y te garantizo que contra ti no tengo gran cosa, pero me muero de ganas de cortarle el cuello a ese maldito hijo de mala madre de Sehese Bangú.

En aquel punto concluyó la reunión.

El ofendido emir Uday Mulay se puso bruscamente en pie y abandonó el patio intentando conservar la compostura y una vez que hubo desaparecido, Ibrahim Shala se despojó del turbante para comenzar a anudárselo de nuevo con sorprendente calma.

—Siento como si hubiera sido de plomo y ahora vuelve a ser de tela —dijo—. Las cosas que se te quedan en el corazón te suelen pesar en la cabeza, y hasta que no te libras de ellas no alcanzas la paz.

—Ha demostrado ser muy valiente.

—Cuando se ha sido muy cobarde resulta sencillo ser valiente —sentenció el dueño de la casa—. Me revolvía el estómago haber hecho dejación de mis funciones como guía y protector de mi pueblo, pero ahora he recuperado mi propia estima, y eso, que es sin duda lo más importante a lo que puede aspirar un hombre, tiene que costar un esfuerzo o no tendría mérito. —Terminó de colocarse el turbante y antes de introducirse en la boca un grueso dátil, inquirió—: ¿Y usted qué piensa hacer?

—Aún no lo sé —fue la respuesta que evidenciaba un absoluto desconcierto—. ¿Qué me aconseja?

—¡Por favor...! —se lamentó el hausa lanzando hábilmente el hueso del dátil a un parterre cercano—. ¿Por qué me pide consejo si le consta que no va a seguirlo? Creo que le conozco lo suficiente como para saber que hará lo que se haya propuesto hacer, y en el caso de que aún no lo sepa, que eso sí que me lo creo, a la hora de la verdad hará lo que se le pase por la cabeza en ese momento.

—No cabe duda que es usted muy listo, pero le garantizo que hoy por hoy me siento verdaderamente confundido. Lo único que se me ocurre es continuar insistiendo para que Aziza Smain denuncie a quienes la atacaron.

—Demasiado tarde —fue la sincera respuesta—. Si, como marca la ley, la sentencia tiene que ser ejecutada la próxima semana, no hay tiempo de solicitar un aplazamiento, sobre todo si los jueces están en contra. —Ibrahim Shala negó una y otra vez con gesto pesimista al concluir—: Por desgracia ése ya no es el camino.

—¿Cuál es entonces?

—No tengo ni la menor idea... —admitió el otro—. Pero me gustaría que tuviera algo muy presente: voy a intentar convencer a mi gente de que no deben arrojar piedras sobre Aziza Smain, no por las mil cosas que les has ofrecido, sino porque considero inmoral que sus convecinos participen de tamaña injusticia. Sin embargo —puntualizó remarcando con manifiesta intención las palabras—, quiero advertirle de que en el caso de que fracase y la ejecución se lleve a cabo, cumpliré con mi obligación y no permitiré que ni usted, ni nadie, interfiera. ¿Ha quedado claro?

—Muy claro.

—Me alegra que lo entienda. En mí tendrá siempre un aliado, pero debe comprender que no puedo poner en peligro mi prestigio personal, cuanto tengo, y cuanto soy, y a toda mi familia por enfrentarme a una antiquísima tradición con la que no estoy de acuerdo, pero que al fin y al cabo forma parte de las costumbres, buenas o malas, de mi pueblo.

—Es una actitud justa, consecuente y que le honra —reconoció con franqueza Oscar Schneeweiss Gorriticoechea—. Le agradezco cuanto está haciendo por mí, y en especial por esa pobre muchacha pero admito que, efectivamente, todo debe tener un límite, aunque en mi caso particular nunca he sabido cuál es. Al tener tanto me he acostumbrado a la idea de que puedo conseguir cuanto me proponga, no por el tan repetido dicho de que «todo tiene un precio», sino porque la experiencia me ha enseñado que hasta la más inaccesible cima cuenta con un sendero oculto.

Horas más tarde, sentado en la puerta de su vehículo e intentando disfrutar del fresco de una noche en la que por primera vez desde su llegada al continente el aire parecía haberse hecho respirable, el monegasco se preguntó una y otra vez dónde comenzaría aquel oculto sendero que pudiera conducirle a la cima que se había propuesto conquistar y que comenzaba a antojársele de todo punto inaccesible.

La imagen de Aziza Smain acudía una y otra vez a su mente amenazando con obsesionarle, y una y otra vez se negaba aceptar que tan maravillosa criatura pudiera acabar como blanco de las piedras de una cuadrilla de salvajes.

Se preguntó la razón por la que la turbadora muchacha

le fascinaba hasta el punto de obligarle a olvidar lo que no fueran sus ojos o su forma de hablar y de moverse, y maldijo su propia estupidez al tener que reconocer que a lo largo de su vida había despreciado a fabulosas mujeres mucho más cultas, mucho más elegantes, mucho más hermosas, y desde luego mucho más en consonancia con su educación y su estilo de vida.

Le asaltó la tentación de emborracharse como única vía para escapar de la trampa que él mismo se había tendido, por lo que se sirvió una más que generosa copa del mejor coñac. Comenzaba a paladearlo sin el menor entusiasmo cuando le sobresaltó la súbita y silenciosa aparición de una figura humana que se diría surgida de las tinieblas como si de pronto se hubiera materializado en el aire.

Se trataba de un hombre no excesivamente alto, pero sí muy esbelto, de piel color canela y un sereno rostro enmarcado entre una corta barba entrecana y cabellos muy blancos. Lo primero que llamaba la atención en él, aparte de su sorprendente prestancia, era el curioso hecho de que tenía todo el cuerpo marcado por gruesas e impresionantes cicatrices que obligaban a pensar que muchos años atrás debía haber recibido un incontable número de latigazos.

Iba descalzo, no vestía más que un corto taparrabos, a la cintura lucía un ancho y afilado machete, de su espalda colgaban un arco, flechas y una corta esterilla, y se apoyaba, a modo de cayado, en una larga lanza de amenazante hoja de acero.

Se observaron en silencio hasta que el recién llegado inquirió con voz grave:

—¿Hablas francés?

—Naturalmente... —replicó Oscar Schneeweiss Gorriticoechea en cierto modo impresionado por la extraña presencia—. Nací en Mónaco.

—Ignoro dónde está ese lugar —admitió el indígena—.

Pero lo que importa es que hablas francés. ¿Eres el europeo que intenta ayudar a Aziza Smain?

—Lo soy. ¿Quién eres tú?

—Usman Zahal Fodio.

—¿Y?

—Soy fulbé.

—¿Y?

—La madre de Aziza Smain era mi hermana.

—¿Y has venido a ayudarla?

—A eso he venido.

—Un poco tarde, ¿no te parece?

—Estaba muy lejos; pastoreando a orillas del lago Chad. Seetti me mandó llamar hace tiempo, pero tan sólo hace una semana que recibí su mensaje.

—¿Quién es Seetti?

—La hermana de Aziza. La mujer de Hassan.

—¿Y acaso no te has enterado de que fue el propio Hassan el causante de todo el problema?

El fulbé asintió con un levísimo ademán de cabeza.

—Seetti me lo ha dicho. Y también me ha dicho que es el causante de la desaparición del niño. Por ello le abriré en canal y desparramaré sus tripas y las de sus cómplices por el desierto porque quiero que mueran de terror antes de morir del todo.

—Me alegra oírlo —admitió Oscar Schneeweiss Gorriticoechea—. Pero no creo que una venganza tan brutal sirva para salvar a tu sobrina.

—Estoy aquí para llevármela —replicó el llamado Usman Zahal Fodio que se había acuclillado apoyándose en la lanza y dando la sensación que podía permanecer horas en una postura que para un europeo hubiera resultado terriblemente incómoda—. Seetti se encargará de decirle que mañana por la noche nos iremos.

—Me parece muy lógico —admitió el monegasco—. Pero

lo que no entiendo es por qué has venido a contármelo.

—Porque necesito que alejes de aquí a Seetti y sus hijos. Ella también es mi sobrina, y no tiene culpa de lo ocurrido. Hassan es su marido y lo quería pese a que la aterrorizaba, pero ahora, al saber que también está implicado en la desaparición del niño, lo aborrece. Si la dejamos aquí, su destino será similar al de Aziza y sus hijos tal vez acaben esclavizados. Mi trato es ése: tú ocúpate de salvar a Seetti y yo me ocuparé de salvar a Aziza.

—Se me antoja razonable y en principio estoy de acuerdo, pero me gustaría saber adónde piensas llevar a Aziza.

—Al otro lado de la frontera, a las montañas del Aïr, en Níger, donde nadie se atreverá a hacerle daño porque allí el clan al que pertenece mi familia es invencible.

—¿Y cuánto tardarás en llegar a esas montañas?

—Yo puedo hacer el viaje en seis días, pero reconozco que Aziza es una mujer y que en estos momentos no debe encontrarse fuerte. Supongo que emplearemos el doble de tiempo.

Su interlocutor negó con un decidido gesto de la cabeza:

—No resistirá una caminata semejante.

—Es una fulbé.

—Pero una fulbé hambrienta y casi en los huesos. ¿La has visto?

—Aún no.

—Pues cuando la veas comprenderás lo que te digo. Podría creerse que todo lo que ha comido en estos últimos meses lo ha transformado en leche para su hijo a sabiendas de que en el momento en que dejara de producir esa leche lo poco que quedara de ella ya no valdría la pena puesto que estaba condenada a morir. Es como si hubiera perdido el instinto de la supervivencia, y eso no es algo que se recupere de la noche a la mañana.

—Pues tendrá que recuperarlo porque le va en ello la

vida —sentenció el hombre marcado por más de cien cicatrices—. Y si por desgracia muriera en el camino, al menos habría muerto con la dignidad de una descendiente del valiente y poderoso Usman Dan Fodio, mi bisabuelo, que reinó sobre estas tierras hace ya mucho tiempo.

—¡Escucha! —insistió Oscar Schneeweiss Gorriticoechea armándose de paciencia—. He oído hablar de tu poderoso abuelo, y he oído hablar del valor y la capacidad de resistencia de los fulbé, pero no creo en los milagros, y no he venido desde tan lejos para que Aziza muera, ni apaleada, ni de agotamiento, así que piensa en una forma más segura de sacarla de aquí sin acabar con ella.

El caíd Ibrahim Shala mandó llamar a Hassan el Fasi, lo tuvo esperando casi dos horas en la antesala de su despacho oficial, y cuando al fin lo recibió fue para indicarle, con un mudo e inamistoso gesto de cabeza, que tomara asiento en un duro banco que corría a todo lo largo de la pared del fondo de la estancia.

Lo observó largo rato con el ceño fruncido y gesto severo, aunque pareció no querer reparar en el hecho de que sudaba a mares y le temblaban ligeramente las manos; al fin masculló en tono despectivo:

—Si abres una sola vez la boca interrumpiéndome, contradiciéndome o tratando de justificarte, te mandaré encarcelar y azotar porque no estoy dispuesto a escuchar mentiras.

Hizo una corta pausa que empleó en encender su narguile como si con ello pretendiera dar tiempo a su visitante a reflexionar sobre lo que acababa de decir y cuando hubo concluido la tarea aspiró el humo, lo paladeó despacio, lo expulsó con suavidad y tan sólo entonces pareció decidirse a añadir con desgana:

—He sabido que fuiste el instigador y principal culpable de la violación de tu cuñada, Aziza Smain, y he sabido también que, aunque en este caso probablemente no fueras el instigador principal, estás implicado de igual modo en la desaparición de su hijo. —Alzó el dedo mientras sus ojos brillaban de ira, ya que el abochornado Hassan el Fasi había hecho ademán de abrir la boca—. ¡Ni una palabra o te mando cortar la lengua! —le advirtió—. No intentes negar nada porque conozco la verdad. Podría torturarte, junto a esos cerdos de Hussein y Kamuni hasta que contarais la verdad, pero me consta que de poco serviría porque entre el emir Mulay y el canalla de Sehese Bangú se las arreglarían para burlarse una vez más de la justicia y dejaros en libertad. Así funcionan las cosas por aquí, y así debo aceptarlas.

De nuevo se interrumpió, tomó con suma delicadeza un dátil de la bandeja que tenía a su izquierda y fingió estudiarlo con sorprendente interés antes de decidirse a llevárselo a la boca. Al poco extrajo el hueso, lo dejó sobre un pequeño plato y se decidió a reanudar su tranquila disertación:

—Sin embargo —dijo—, el hecho de que no pueda probar vuestros crímenes, o que aun en el caso de probarlos éstos no recibieran su lógico castigo, no significa que esté dispuesto a que queden impunes... —Ahora sonrió levemente como si lo que iba a decir no fuera más que una simpática travesura—. De momento —añadió—, y en lo que a ti se refiere, el castigo se centra en el hecho de que tu mujer y tus tres hijos se encuentran ya camino de Kano, de donde partirán hoy mismo hacia algún lugar del extranjero, lo cual quiere decir que jamás volverás a verlos.

—¡No es posible! —sollozó abiertamente el atribulado Hassan el Fasi sin poder contener sus palabras y sus lágrimas pese a las amenazas que había recibido—. ¡No es posible!

—Lo es —fue la seca respuesta—. Yo mismo he firmado esta mañana todos los salvoconductos y documentos necesarios, por lo que el avión que les espera despegará dentro de poco más de una hora. Si todo sale tal como se ha previsto, mañana dormirán en Europa.

—¡Que Alá me proteja!

—Y falta va a hacerte, porque a partir de este momento estarás condenado a vivir solo, sin familia, proscrito, despreciado y perseguido. —Le guiñó un ojo en lo que era sin duda una cruel burla—. Tengo entendido que entre los muchos curiosos que empiezan a acudir de todas partes con la intención de presenciar la lapidación se encuentran algunos guerreros fulbé, lo que me hace suponer que en realidad han venido a vengar las terribles ofensas que se la han hecho a un destacado miembro de su tribu. —Sonrió de nuevo como un niño travieso al puntualizar—: Tú debes saber, mejor que nadie, que tanto tu mujer Seetti, como su hermana Aziza, descienden del poderoso rey Usman, cuyo clan sigue siendo el más temido y respetado entre esos salvajes que se divierten dándose palos los unos a los otros hasta matarse, o desparramando las tripas de sus enemigos por el desierto mientras aún siguen con vida.

Se escuchó un lamento gutural, casi un gemido más propio de un animal que de un ser humano, puesto que cabría asegurar que el anonadado Hassan el Fasi se sentía incapaz de articular palabra, no porque su caíd se lo hubiera prohibido de forma expresa, sino porque ni siquiera conseguía que le aflorara a los labios.

Ibrahim Shala parecía regodearse cada vez más con el dolor, el terror y la evidente desesperación de quien se sentaba al otro lado de la amplia estancia, porque tras llevarse a la boca un nuevo dátil continuó en el mismo tono monocorde y estudiadamente indiferente:

—Lo que me sorprende es que tanto tú como ese par de cretinos imaginarais que por el simple hecho de lamerle el culo a un imam y a un emir podíais cometer todo tipo de tropelías. Entiendo, aunque no lo disculpe, que la provocación que significa la belleza de una mujer como Aziza pudiera nublaros momentáneamente el cerebro hasta el punto de conduciros a ultrajarla de un modo tan indigno y vergonzoso, pero mancharos las manos con la sangre de una criatura casi recién nacida os condenará para siempre a todas las penas del infierno.

—No está muerta.

Era apenas un hilo de voz, casi ininteligible, pero que obligó al caíd a inclinarse hacia delante prestando atención.

—¿Cómo has dicho? —inquirió.

—He dicho que el niño no está muerto —repitió el otro.

—¿Y eso?

—Se lo entregamos a Fholko, el buhonero dahomeyano, para que se lo vendiese a los traficantes de esclavos gaboneses. Él sabe dónde encontrarlos.

—Los buhoneros dahomeyanos son como las hienas, infieles bestias hediondas que carecen de entrañas y siempre saben dónde está la carroña, pero tú, que deberías ser un buen musulmán, no has dudado en entregarle a tu sobrino, puede que incluso tu propio hijo, para que sufra el peor y más denigrante de los destinos. La verdad es que eres mucho peor de lo que imaginaba... —El caíd permaneció un largo rato pensativo, como si la nueva situación hubiera tenido la virtud de desconcertarle, para acabar por hacer un leve gesto con la mano tratando de apartar algo apestoso—: ¡Márchate! —ordenó—. El simple hecho de verte me produce náuseas y me impide pensar. Ojalá los fulbé te encuentren pronto y te saquen las tripas... ¡Fuera!

Cuando el anonadado Hassan el Fasi, al que todo su mundo se le había venido encima en cuestión de minutos, abandonó la estancia casi tambaleándose para comenzar a vomitar ruidosamente en cuanto hubo puesto los pies en la calle, el furibundo Ibrahim Shala intentó calmarse a base de encender de nuevo el repujado narguile de plata recostado contra los mullidos almohadones, con los ojos entrecerrados, en uno de los muchos esfuerzos mentales que se veía obligado a hacer durante aquellos últimos y agitados días, en su tan desesperada como inútil búsqueda de soluciones a muchos y variados problemas.

Rememoró los lejanos tiempos de su niñez, cuando su padre le enviaba a pastorear a la sabana y su vida discurría en absoluta calma y monotonía hasta que llegaba el mes de abril, momento en que los malditos dromedarios entraban en celo corriendo de un lado a otro, chillando, mordiendo y peleándose entre sí a tales extremos que todo comenzaba a complicarse hasta unos límites en los que no le hubieran bastado cien brazos para evitar una carnicería.

No estaban en abril, pero a su modo de ver la situación empezaba a ser muy semejante porque a Hingawana estaban llegando gentes de muchos kilómetros alrededor dispuestas a participar y disfrutar del sangriento espectáculo de una ejecución.

Continuó tumbado, permitiendo que las sombras de la noche le rodearan mientras buscaba inútilmente una salida que combinara sin menoscabo de su autoridad su deseo de salvar a Aziza con sus obligaciones como fiel cumplidor de la ley, hasta que su primera esposa, Yazmin, hizo su entrada con el fin de comunicarle que la cena estaba servida pero cambió de opinión al advertir la seriedad del rostro de su esposo.

—¿Te ocurre algo? —quiso saber.

—¡Naturalmente que me ocurre! —replicó sin el menor reparo Ibrahim Shala—. Me encuentro tan confundido que por primera vez en mi vida aborrezco ser caíd de unas gentes a las que en el fondo creo que nunca he conocido en realidad.

—¿De qué demonios estás hablando? —se sorprendió ella—. ¿Es que te has vuelto loco? No creo que haya un solo habitante del pueblo al que no conozcas personalmente.

—Los he visto —admitió él—. Incluso he hablado con ellos, pero lo cierto es que ignoro lo que quieren y lo que piensan. —Alzó el rostro e inquirió en tono casi suplicante—: ¿Cómo son las mujeres de Hingawana? ¿Qué piensan sobre lapidar o no a esa pobre muchacha?

La casi anciana Yazmin, que hacía ya muchos años que había cedido su puesto en el lecho conyugal a esposas más jóvenes, pero que continuaba siendo pese a ello, o quizá gracias a ello, la mejor amiga y consejera del caíd, tomó asiento a su lado, le acarició con afecto las manos y replicó con una leve sonrisa:

—Supongo que cada una de ellas piensa de un modo diferente, querido. Supongo que como hombre te cuesta aceptarlo, pero cada mujer tiene su propia forma de ver las cosas aunque rara vez se atreva a expresarlo públicamente por miedo a las consecuencias.

—¡Entiendo! ¿Y tú qué piensas?

—¿Sobre la ejecución de Aziza? —Como su esposo asintiera con un leve ademán de cabeza, señaló—: Lo único que pienso es que al final prevalecerá la voluntad de Alá.

—Ésa no es respuesta, querida —protestó él—. Te estoy preguntando si preferirías que se salvase o la ejecutasen.

—Pues mi respuesta sigue siendo la misma, querido. Si Alá decide que se salve, se salvará, y yo me alegraré por ella. Pero si Alá prefiere verla muerta, sus razones tendrá y no soy quien para juzgarlas.

Ibrahim Shala la observó largamente y podría decirse que, pese a los años que llevaban casados, era la primera vez que la veía como en realidad era.

—¿Pretendes hacerme creer que para ti la balanza no se inclina ni de un lado ni de otro? —Se asombró—. ¿No sientes compasión por cuanto ha sufrido esa pobre muchacha?

—¿Y de qué le serviría mi compasión si nada puedo hacer por ella? —quiso saber la desconcertante mujer con una lógica muy suya y en cierto modo muy práctica—. Es Alá quien debe mostrarse compasivo, pero tal vez no lo hace porque le tiene reservado un lugar muy especial en el paraíso en premio a lo mucho que ha sufrido sin rebelarse.

—¡Pero qué barbaridades estás diciendo! —se lamentó el buen hombre que casi no podía dar crédito a sus oídos.

—Ninguna barbaridad —insistió ella—. Tú mismo me has enseñado que para el verdadero creyente la muerte no es el peor de los males. El peor de los males es perder la fe, y por lo que sé, Aziza aún la conserva.

—Me gustaría estar tan seguro como tú de eso —sentenció el caíd buscando un nuevo dátil que al fin no se decidió a echarse a la boca optando por dejarlo en su sitio—. Admito que un lugar especial en el paraíso es el mayor premio a que nadie puede aspirar, pero el sendero que ha tenido que seguir esa pobre muchacha para alcanzarlo, si es que al fin lo alcanza, resulta en verdad cruel y tortuoso.

—Es Alá quien lo marca. ¿O no?

—Supongo que sí.

—En ese caso, ¿qué significan unos pocos años de sufrimientos frente a la realidad de toda una eternidad de perfecta felicidad?

—Nada ciertamente, pero aunque estés convencida de que ésa es la voluntad de Alá, te suplico que el día de la lapidación no acudas a la plaza a tirar piedras a un ser humano con la esperanza de que de ese modo volará con más rapidez al paraíso.

—No pensaba hacerlo. Ante todo soy tu esposa, y si tú sientes compasión por ella, mi deber es compartir tus sentimientos. Aparte de que en verdad no tengo el menor interés en participar en semejante salvajada. —Hizo una corta pausa antes de inquirir casi temerosa—: ¿Cuándo tendrá lugar?

—La fecha límite que marca la ley se cumple el jueves, pero supongo que Uday Mulay la adelantará a pasado mañana.

—¿Y no puedes hacer nada por evitarlo?

—Nada. Y lo peor del caso es que ahora mi obligación es impedir que alguien lo evite.

—¿Te refieres a los extranjeros?

—Podría ser, aunque no creo que el que los manda, cuyo nombre no conseguiré aprenderme jamás, sea lo suficientemente estúpido como para arriesgarse a que lancen sobre él una *fatwa* que le obligue a pasarse el resto de la vida huyendo. A nadie le apetece saber que millones de seres humanos tienen orden expresa de acabar con él donde quiera que se esconda. —Se puso en pie con gesto de profundo cansancio pese a que no había hecho nada durante las últimas horas, para acabar sentenciando mientras se encaminaba al comedor—: Si no está loco, que puede que lo esté, se marchará mañana mismo. Aquí ya no tiene nada que hacer.

Oscar Schneeweiss Gorriticoechea estaba, según él mismo admitía, bastante loco, pero conservaba la cordura suficiente como para saber cuándo tenía que quitarse de en medio, por lo que a la mañana siguiente detuvo su flamante Hummer 2 rojo frente a la casa construida al revés, le rogó a Aziza Smain que se asomara a la ventana y enfiló hacia ella el altavoz y el micrófono de la radio del prodigioso vehículo al tiempo que señalaba sonriente:

—Puedes hablar con tu hija. Ya está en mi casa, en Europa. Dile lo que quieras.

La infeliz mujer dudó unos instantes, pero al fin, alzando mucho la voz, cosa rara en ella, comenzó a hablar en su dialecto, lo cual tuvo la virtud de que el monegasco no entendiera ni una sola palabra de cuanto madre e hija se decían.

Debió ser, no obstante, una conversación profundamente emotiva puesto que llegó un momento en que a la condenada se le demudó el rostro y pareció incapaz de pronunciar una sola palabra más, por lo que hizo un significativo gesto con la mano con el fin de que apartara de una vez tan extraño como maravilloso aparato.

El dueño del vehículo le comentó a René Villeneuve que se encontraba al otro extremo de las ondas que cuidara bien de la niña, cortó la comunicación y aguardó, paciente, a que Aziza Smain recuperara el control sobre sí misma.

Al fin señaló:

—Tal como te prometí, tu hija está a salvo y te garantizo que la cuidaré como si fuera mía. También lo están tu hermana y tus sobrinos, y no pierdo la esperanza de que algún día consigas reunirte con ellos.

—Eres un hombre de una gran fe, de eso no me cabe la menor duda —fue la respuesta—. Pero yo hace ya mucho tiempo que me resigné a mi destino y ahora que sé que la pequeña Kalina está a salvo no le tengo miedo a la muerte.

—Una cosa es que no le temas, y otra que te resignes a morir.

—También estoy resignada. Te agradezco cuanto has hecho por mí, pero es hora de que te vayas —señaló Aziza Smain que había recuperado por completo la calma—. Ha venido mucha gente a contemplar la ejecución y entre ellos habrá algunos fanáticos a los que les encantaría cortarle el cuello a un extranjero. Me sentiré mucho mejor cuando te sepa lejos de aquí.

—¿Recuerdas a tu tío, Usman Zahal Fodio?

—No.

—Es hermano de tu madre.

—Lo sé, pero no creo haberle visto nunca.

—Está aquí.

—¿En Hingawana? —se sorprendió ella—. ¿Y por qué no ha venido a visitarme?

—Fue a ver a tu hermana y anteanoche hablé con él. Desde entonces nadie lo ha visto, pero me dijo que no está dispuesto a que ofendan a su familia ejecutando a uno de sus miembros.

—¿Y qué puede hacer un hombre solo frente a una multitud decidida a lapidarme? —quiso saber la atribulada muchacha—. Lo único que conseguirá es que lo maten.

—Me dio la impresión de que se trata de un gran guerrero al que no debe resultar nada sencillo hacer daño. Aparece y desaparece entre las sombras como un fantasma.

—Recuerdo que mi madre me contaba que su hermano había cazado más de veinte leones —señaló Aziza Smain en lo que debía ser sin duda la frase más larga que había hilvanado nunca—. Pero si por un milagro pudiera sacarme de aquí, los fanáticos musulmanes se sentirían burlados e intentarían vengarse atacando a cualquier fulbé que encontrasen en su camino. Eso desencadenaría un enfrentamiento que acabarían padeciendo cientos de inocentes y no quiero convertirme en motivo de una matanza.

—¿Acaso prefieres que te lleven mansamente al matadero aun a sabiendas de que no has cometido delito alguno?

—Más vale morir en el momento justo y con la conciencia limpia, que vivir sabiendo que tu cobardía le costó la vida a quienes nada tenían que ver contigo.

—Una actitud que te honra —señaló Oscar Schneeweiss Gorriticoechea—. Y admito que por el simple hecho de escuchar lo que acabas de decir doy por buenos todos los esfuerzos que he hecho y todas las incomodidades de este maldito viaje. Sin embargo, y pese a que respeto tu actitud, creo que antes que nada deberías pensar en ti, y en que tus hijos te necesitan.

—Tú me has prometido cuidar de Kalina, y prefiero suponer que a estas alturas Menlik ya estará muerto.

—¿Y si no lo estuviera? —quiso saber el monegasco—. ¿Acaso no valdría la pena vivir aunque tan sólo fuera por intentar recuperarlo?

La voz de la muchacha de los ojos color de miel, mitad hausa, mitad fulbé, se quebró de nuevo de un modo harto perceptible al inquirir con un hilo de voz:

—¿Qué pretendes decir? ¿Acaso se ha descubierto algo nuevo sobre mi hijo?

El otro asintió con un leve ademán de cabeza.

—Anoche, cuando fui a despedirme del caíd Shala, me comentó que no sabía si contarte lo que había averiguado, o dejarte en la ignorancia, convencido de que ese modo sufrirías menos —dijo—. Al parecer tu hijo ha sido entregado a un buhonero para que lo venda a los traficantes de niños.

La infeliz mujer, a la que las desgracias parecían complacerse especialmente en acosar, dejó escapar un leve lamento al tiempo que se llevaba ambas manos a la boca del estómago como si con tan instintivo gesto estuviera intentando proteger a la criatura que había albergado en su vientre durante nueve meses.

—¡Que Alá se compadezca de él! —sollozó—. Los niños pequeños acaban siempre en manos de los pederastas más perversos.

—Tu hijo no —fue la respuesta—. Ya he dado órdenes a mi gente para que se pongan a buscar a ese buhonero hasta en el último rincón del continente. Recuperaré al niño sea cual sea el precio que me pidan. —Hizo una corta pausa y añadió con marcada intención—: Pero para eso te necesito. Tú eres la única que puede reconocer y diferenciar a tu hijo de cualquier otro niño de su misma edad.

Al caer la noche dos enormes camiones hicieron su aparición llegando por la pista de tierra que a unos sesenta kilómetros de allí enlazaba con la carretera asfaltada que conducía a Kano.

Las sombras comenzaban a adueñarse de Hingawana y casi la totalidad de sus vecinos, así como el centenar largo de foráneos que habían acudido a la gran fiesta prevista para el día siguiente, aguardaban expectantes a medida que las rugientes máquinas se aproximaban, ya que cuando se encontraban a menos de un kilómetro de las primeras casas habían encendido infinidad de luces, lo que les hacía parecer gigantescas ferias ambulantes.

Simultáneamente, el potente altavoz que se distinguía sobre la cabina del primero de ellos comenzó a anunciar en árabe:

—¡Regalos! ¡Traemos regalos para todos aquellos que no lancen piedras sobre Aziza Smain! ¡Comida, ropa, medicinas, gafas, bicicletas, balones, radios, juguetes! ¡Llevaos cuanto queráis a cambio de no matar a una pobre muchacha que ningún daño os ha hecho!

Los vehículos se detuvieron uno junto a otro, y cuatro nativos de la región se apresuraron a abrir las compuertas laterales permitiendo de ese modo que la fascinada multitud admirara la infinita cantidad de maravillosos objetos, algunos de ellos nunca vistos, que se encontraban en su interior.

—¡Es todo vuestro! —repetía una y otra vez la incitante voz—. ¡Es todo vuestro, pero tened en cuenta que Alá maldecirá a quien se lleve algo y mañana arroje una sola piedra contra Aziza Smain!

Un inquieto murmullo se elevó entre la multitud.

Hombres, mujeres y niños se miraban unos a otros, y se volvían luego a admirar las incontables tentaciones de que estaban siendo objeto, puesto que para los primitivos y miserables habitantes de aquel olvidado rincón del norte de Nigeria, el contenido de los camiones era casi como la cueva de Alí Babá con sus infinitos tesoros.

Cada objeto había sido colocado con especial cuidado, visible y bien iluminado, nuevo y reluciente, y parecía estar aguardando a que una mano ansiosa se extendiese para apoderarse de él, ya que evidentemente no iba a ofrecer la más mínima resistencia.

Las bocas se entreabrían de asombro y de deseo, los ojos brillaban ante la presencia de una bicicleta de color azul metálico o una enorme pieza de delicada seda roja con la que las mujeres podrían confeccionarse preciosos vestidos con ayuda de las relucientes máquinas de coser que se distinguían en primer término.

Y la seductora voz insistía en su cantinela:

—¡Todo es vuestro! Todo es vuestro a condición de que no ejecutéis a Aziza Smain.

La tensión iba en aumento.

Al poco la nerviosa multitud abrió paso al caíd Ibrahim Shala que avanzó muy despacio, se situó frente al primero de los camiones y lo observó todo con especial atención, consciente de que hasta el último par de ojos de los allí presentes permanecían pendientes de sus más mínimos gestos y movimientos.

Meditó unos instantes, se volvió a quienes le miraban como si él fuera la respuesta a todas sus preguntas, y al fin extendió la mano para apoderarse de unas sencillas gafas de sol al tiempo que comentaba:

—¡Qué Alá me maldiga si arrojo una sola piedra sobre Aziza Smain!

Luego se volvió a la anciana que tenía más cerca para inquirir:

—¿Qué te gustaría llevarte?

—Una máquina de coser... —se apresuró a responder la mujeruca.

—En ese caso, llévatela, pero antes repite conmigo: «Que Alá me maldiga si arrojo una sola piedra sobre Aziza Smain».

La vieja extendió las manos, levantó con un notable esfuerzo el objeto de su deseo y se apresuró a exclamar con voz temblorosa:

—¡Que Alá me maldiga si arrojo una sola piedra sobre Aziza Smain!

Ibrahim Shala sonrió apenas, hizo un gesto a quienes se encontraban a su alrededor para que se colocaran ordenadamente en fila, y por último señaló en tono autoritario:

—¡De uno en uno y sin peleas ni alboroto! Que cada cual elija lo que quiera, pero que no se lo lleve sin haber hecho antes el juramento.

Se alejó en la noche, de regreso a su palacio, pero antes de desaparecer en su interior se volvió hacia donde se alzaba «la casa construida al revés», agitó levemente la cabeza, sonrió de nuevo y se retiró a descansar.

A los pocos instantes, a espaldas de «la casa construida al revés» surgió, como nacida de las tinieblas, una sigilosa figura que avanzó muy pegada al muro para concluir golpeando suavemente la puerta.

Cuando ésta se abrió para dejar entrever el inquisitivo

rostro de Aziza Smain, Usman Zahal Fodio musitó en dialecto fulbé:

—¡Buenas noches, sobrina! Me alegra conocerte aunque sea en estas circunstancias. ¡Nos vamos!

—Hay dos hombres armados vigilando —le hizo notar la muchacha en el mismo dialecto.

—¡No te preocupes! —le tranquilizó su tío—. No son más que estúpidos hausas, y tus primos se han ocupado de ellos. Date prisa, pero antes coge algo de la ropa que hayas usado con más frecuencia.

Tres minutos después ambos se deslizaban de nuevo pegados al muro, se detenían un instante a observar a los dos infelices vigilantes que permanecían inconscientes, y tras lanzar una breve mirada hacia el punto en que se encontraban los camiones, se perdieron de vista en las tinieblas de la noche.

Marcharon casi a la carrera durante poco más de media hora para acabar por rodear un grupo de grandes rocas tras la cual aguardaban dos jóvenes guerreros acuclillados frente a una pequeña hoguera.

—Éstos son mis hijos, Kabul y Gaskel —señaló Usman Zahal Fodio—. Serán los encargados de proteger nuestra marcha despistando a quienes intenten seguirnos el rastro. Yo le enseñé cómo hacerlo. Y ahora descansa un poco; debemos alcanzar la sabana alta antes de que amanezca.

Aziza Smain saludó con un leve gesto de la cabeza a sus primos que pese a estar acostumbrados a la reconocida belleza de las mujeres de su tribu parecieron admirarse por su prestancia, pero fue sin embargo su padre quien se decidió a comentar con una leve sonrisa:

—No cabe duda de que eres hija de mi hermana. Tienes su mismo porte y sus mismos ojos, aunque ella tenía una ventaja sobre ti: era de pura raza.

—No me avergüenza mi sangre hausa —replicó ella

con naturalidad—. Al menos no me avergonzaba hasta que ocurrió lo que ocurrió

—Ningún fulbé violaría jamás a una mujer —sentenció el menor de sus primos, Gaskel—. Atacar a alguien más débil es la mayor muestra de cobardía que puede dar un guerrero.

—Los hausas no son guerreros —le hizo notar su hermano en tono despectivo—. Son mercaderes capaces de traficar hasta con seres humanos. Y sabido es que un mercader es siempre un hombre ladino y pusilánime.

—Te recuerdo que mi padre era un valiente guía de caravanas que se enfrentó a un león por conseguir el amor de mi madre —puntualizó Aziza Smain levemente molesta—. Y era hausa.

—Tu padre era, en efecto, un hombre increíblemente valiente —admitió Usman Zahal Fodio—. Lo recuerdo con afecto y admiración, pues fui yo quien curó sus heridas. Estaba destrozado y casi moribundo, pero no lanzó ni un solo lamento. Estoy convencido de que entre sus antepasados había un fulbé de los que dominaron toda esta región en tiempos de nuestros bisabuelos.

A continuación extrajo del zurrón que le colgaba en bandolera un frasco hecho de cuerno de cebú, lo destapó, y derramando sobre el cuenco de la mano un poco del líquido que contenía comenzó a frotarse las piernas y las plantas de los pies, al tiempo que se lo alargaba a la muchacha.

—¡Embadúrnate con esto! —ordenó más que pidió.

Aziza Smain tomó el frasco pero de inmediato hizo un marcado gesto de repugnancia.

—¡Que Alá me proteja! —exclamó—. ¡Huele a orines! ¿Qué es?

—Orines.

—¿Orines? —repitió la desconcertada muchacha cada ves más confusa—. ¿Qué clase de orines?

—Orines de león.
—¿Y para qué diablos sirve?
—Para que los perros, si es que nos persiguen con perros, no sigan nuestro rastro —fue la tranquila respuesta—. Y ahora quítate todo lo que tengas, hasta la última pulsera, y dáselo a mis hijos.
—¿Y eso por qué?
—Porque son muy rápidos y resistentes y correrán en otra dirección dejando el olor de tus ropas. De ese modo podré ponerte a salvo más fácilmente.
—¿Y si los alcanzan?
—No los alcanzarán. Y en el caso de que lo hicieran lo único que encontrarían sería a tres jóvenes fulbé pastoreando ganado. A una jornada de aquí les espera otro de mis hijos con una recua de cebúes.
—Lo tienes todo muy bien planeado.
El guerrero hizo un amplio gesto con el que pretendía abarcar la inmensidad de la noche que les rodeaba al señalar:
—La sabana y el desierto son nuestro mundo, aquel al que perteneces, y en él los hausas no son más que unos pobres intrusos asustados. —Se puso en pie de un salto al tiempo que le alargaba un trozo de tela de color oscuro y le decía—: ¡Cúbrete con eso y pongámonos de una vez en marcha! El camino hasta la frontera es largo.
Inició su andadura seguido por la muchacha, y casi de inmediato se perdieron de vista en la oscuridad rumbo al noroeste mientras los dos muchachos se afanaban en borrar todo rastro de la hoguera y toda huella de su presencia en la zona.
Poco después, y arrastrando a ras del suelo una de las prendas de Aziza Smain iniciaron un trote corto y acompasado en dirección opuesta.
Al verlos se llegaba a la conclusión de que aquel par de

enjutos guerreros de cuerpo de atleta estaban en condiciones de mantener el mismo ritmo de marcha hasta el amanecer.

La salida del sol sorprendió a la pareja compuesta por Usman Zahal Fodio y su sobrina muy cerca de un bosquecillo de copudas acacias, palmeras enanas y altos matorrales que se alzaban en torno a una charca de aguas turbias, en las que de inmediato se sumergieron permaneciendo largo rato en su interior, no sólo con el fin de calmar la sed y refrescarse, sino sobre todo con la decidida intención de frotarse la piel hasta librarse del persistente olor a orines, que a partir de aquellos momentos dejaba de ser una protección para pasar a convertirse en un peligro.

—Por aquí en esta época suelen merodear familias de leones —señaló el fulbé—. Y a los machos no les gusta que alguien venga a marcar sus territorios con un olor que no es el suyo.

Dejó a la muchacha descansando a la orilla del agua, se internó en la espesura y regresó al cabo de media hora cargando el cadáver de un pequeño facocero que comenzó a despellejar con increíble habilidad; pidió a su acompañante que encendiera una hoguera.

—¿Vamos a comer cerdo? —se inquietó ella.

El buen hombre la observó un tanto desconcertado, pero al fin pareció comprender y sonrió apenas negando con un leve ademán de cabeza:

—Esto no es cerdo, querida —señaló—. Es una especie de jabalí de menor tamaño, y no creo que Mahoma tuviera nada en contra de los jabalíes. Y aunque lo tuviera, debes tener presente que, a partir de este momento eres una fulbé y por lo tanto tienes que acostumbrarte a nuestra forma de vida. Tu parte hausa no te ha tratado demasiado bien.

Aziza Smain permaneció largo rato meditabunda, pero al fin asintió con un leve ademán de cabeza:

—Si reconozco que no es bueno lapidar a una inocente pese a que lo ordene la *sharía*, también puedo admitir que no debe ser malo comer cerdo, o algo que se parece a un cerdo, cuando me estoy muriendo de hambre —dijo—, ¿con qué enciendo el fuego?

El otro pareció sorprenderse con la pregunta, pero acabó por hacer un leve gesto señalando el zurrón que había dejado a corta distancia.

—Con un mechero —replicó—. Lo encontrarás ahí dentro.

Media hora después disfrutaban de un auténtico banquete de medio cerdo bien asado; y al concluir la hermosa criatura de los ojos color miel lanzó un suspiro de satisfacción al tiempo que comentaba:

—He comido como hacía tiempo que no comía, pese a que si no llegas a aparecer a estas horas ya debería estar muerta. ¿Cómo podría darte las gracias por cuanto estás haciendo por mí?

—Un fulbé nunca tiene que darle las gracias por nada a otro fulbé —fue la sencilla respuesta—. Cuanto hacemos los unos por los otros es nuestra obligación, y la cumplimos a gusto, porque de lo contrario no hubiéramos podido sobrevivir vagando en libertad por tan distintos lugares en los que habitan pueblos de muy diferentes lenguas, razas y costumbres. Como nada queremos tener, lo damos todo. ¿Acaso no te enseñó eso tu madre?

—No.

—Me sorprende en una fulbé.

—Mi madre era una mujer muy hermosa, pero también muy inteligente —replicó con un leve deje de orgullo la muchacha—. Recuerdo que un día le pregunté por la clase de vida que llevaba antes de llegar a Hingawana, y se limitó a responderme—: «Tu padre es hausa, vives entre los hausas, te casarás con un hausa, y la mayor parte de la sangre de tus hijos será por lo tanto hausa. Cuanto menos sepas de los fulbé, mejor para ti».

—Razón tenía —admitió su tío—. Pero a partir de hoy las cosas han cambiado. Sigues estando condenada a muerte, y eso significa que cualquier hausa o musulmán que te encuentre intentará acabar contigo. Por lo tanto, de ahora en adelante vivirás entre los fulbé, probablemente te casarás con un fulbé, la mayor parte de la sangre de tus futuros hijos será fulbé, y cuanto antes te olvides de los hausas mejor para ti.

—¿Qué fulbé querría casarse con una viuda con dos hijos, sin dote, y condenada a la lapidación?

—Cualquiera que no esté ciego. E incluso un ciego, porque ahora, que ya no apestas a orines de león, hueles muy bien.

—No me lo creo.

—¡Escucha, querida! —fue la sincera respuesta—, para nosotros lo más importante en este mundo es la belleza, y tú eres extraordinariamente bella. Además, has tenido dos hijos, lo cual garantiza tu fertilidad. Tampoco necesitas dote, porque los fulbé aborrecemos tener cosas que nos aten y por lo tanto una dote es un engorro. Y por último, a uno de nuestros guerreros, el hecho de que su esposa esté condenada a muerte por los estúpidos hausas, le toca los cojones.

A continuación se puso en pie, recogió su zurrón y sus armas, se echó al hombro lo que quedaba del facócero e hizo un significativo gesto hacia delante al concluir:

—Y ahora más vale que nos pongamos en marcha porque aún queda un largo camino hasta la frontera.

—¿Estaremos a salvo cuando la hayamos cruzado? —quiso saber ella al tiempo que se colocaba a su altura.

—¡En absoluto!

—¿Y eso por qué? Se supone que estaremos en otro país.

—El país es distinto, pero la gente es la misma, querida. Hay hausas a uno u otro lado de una línea que ni yo mismo sé por dónde cruza exactamente. Y de la misma forma que los fulbé jamás hemos respetado ninguna frontera, porque los dioses no las marcaron a la hora de crear el mundo, los fanáticos decididos a apedrearte hasta morir tampoco las respetan, por lo que idéntico peligro corres aquí que en Europa, que es un lugar muy lejano y en el que nunca he estado, pero del que todos hablan.

—¿Quiere eso decir que tendré que pasarme el resto de la vida huyendo?

—No, si vives entre los fulbé.

Uday Mulay estaba furioso.

Descargó parte de su ira sobre unos ineptos que se habían dejado sorprender por dos jóvenes guerreros que se habían llevado a una condenada a muerte con la misma facilidad con que se abre la puerta de la jaula a un gorrión, pero cuando Sehese Bangú le propuso reclutar a un grupo de voluntarios que se lanzaran a la llanura en pos de los fugitivos, negó con un decidido gesto de la mano.

—¡Ya hemos hecho sobradamente el ridículo! —masculló—. Esos malditos nos llevan ocho o diez horas de ventaja, y me consta que nadie es capaz de encontrar el rastro de un fulbé en el desierto o la sabana. Son como las serpientes, capaces de ocultarse en los lugares más insospechados para atacar a traición cuando menos se espera.

—Contamos con buenos rastreadores y cazadores que conocen la región palmo a palmo.

—¡No! —insistió el emir—. No quiero ver regresar a nuestra gente cabizbaja y derrotada.

—¡Pero no debemos permitir que se burlen impunemente de nosotros! —protestó el mohíno imam de la mezquita.

—Ya se han burlado. Y con una vez basta.

—¿Y qué vamos a hacer? ¿Cruzarnos de brazos?

—Tener paciencia, y extender esos brazos hasta el confín del universo. Por suerte, lo hijos de Alá somos legión, y hoy por hoy no existe un solo rincón de este planeta que no albergue a un creyente. Aziza Smain continúa condenada por las leyes de la *sharía* y ésa es una condena de la que nadie, ¡escúchame bien!, nadie puede librarse donde quiera que se esconda.

—Se esconderá entre los fulbé.

—En ese caso declararemos la guerra a los fulbé. Nuestros hermanos de todo el continente los acosarán haciéndoles la vida imposible hasta que acaben por devolvernos lo que es nuestro.

—Supongo que los fulbé ya lo consideran suyo.

—¡Pues se equivocan! —sentenció Uday Mulay seguro de lo que decía. Esa mujer no les pertenece a ellos, aunque debemos admitir que ya tampoco nos pertenece a nosotros. Ahora le pertenece a la muerte.

—A condición de encontrarla.

—La encontraremos.

—¿Cómo? Esos sucios adoradores de cebúes se desparraman por Nigeria, Camerún, Níger, Burkina Faso, Malí, Argelia, Mauritania, Chad, Libia, Sudán, Etiopía y tres o cuatro países más de los que ni siquiera sé o recuerdo el nombre.

—No importa.

—Tu fe me conmueve.

—Pues no debería conmoverte, sino impulsarte a no desmayar en nuestra obligación de imponer la ley cueste lo que cueste —le reprendió con una cierta severidad el juez de Kano—. Esa mujer debe ser encontrada donde quiera que se esconda, y no pararé hasta verla muerta. De lo contrario estaríamos resignándonos a aceptar que cualquier infiel puede burlarse de los mandatos de Dios.

—¿Y qué les harás a ellos?

—¿A quién?

—¿A los infieles?

—Nada. Por lo que tengo entendido, todos, incluso el loco que los manda, habían abandonado Nigeria antes de que tuviera lugar la fuga, y por lo tanto no se les puede acusar de cómplices.

—Pero resulta evidente que esos camiones, así como todos los regalos que contenían, eran suyos —puntualizó un molesto Sehese Bangú—. Se dedicaron a llamar la atención distrayendo a nuestra gente y permitiendo que se llevaran a Aziza Smain.

—Lo sé —admitió el otro—. Todos lo sabemos, pero no se puede castigar a nadie por el simple hecho de regalar cosas que le pertenecen. Los infieles estaban en su derecho a la hora de ofrecerlas, y era nuestra gente la que tenía la obligación de rechazarlas.

—No se le puede pedir a quien nada tiene, ni ha tenido nunca, que rechace cosas que de otro modo no obtendrían jamás.

—Lo entiendo, pero es como si nos quejáramos por el hecho de que el diablo cumpla con su obligación de tentar a los justos. Es muy fácil seguir los mandatos divinos cuando nadie nos ofrece un camino más cómodo. El verdadero mérito estriba en apartar a un lado la fruta prohibida.

—Dudo que a nadie se le pasase por la cabeza que una bicicleta, una máquina de coser, una linterna, o un balón de fútbol pudieran constituir una fruta prohibida —puntualizó un desconcertado Sehese Bangú.

—No se trata del objeto en sí mismo, sino del precio que se paga por él —fue la seca respuesta—. El jeque Alí Abebe, mi venerado maestro, solía decir: «Si eres dueño de un arcón de oro, pero robas un viejo pedazo de cordel con el que atarlo, ese cordel vale más que todo tu oro porque con él has maniatado tu inocencia».

—Fue Ibrahim Shala quien, con su mal ejemplo, incitó al pueblo a aceptar los regalos. Si él no hubiera dado el primer paso, nadie lo habría hecho.

—Alí Abebe también solía decir: «Cuando el harmatán derribe tu jaima no culpes al viento; cúlpate a ti mismo por no haber sabido afirmarla». Nada solucionamos lamentándonos o culpando a unos y a otros. Ahora lo que tenemos que hacer es actuar con firmeza.

—¿Y qué piensas hacer?

—Ponerme en contacto con nuestros hermanos en la fe de los Grupos Salafistas para la Predicación y el Combate cuyo poder se extiende por todos los países que has mencionado y muchos más. Estoy seguro de que se sentirán muy orgullosos de hacer que esa sentencia se cumpla.

—¿Y acaso sabes dónde encontrarlos?

—¡Naturalmente! Su máximo dirigente para el África Occidental, Abu Akim, es primo mío.

—¿Abu Akim? —Se admiró el otro—. ¿El auténtico? —Ante el mudo gesto de asentimiento de su interlocutor insistió como si le costara trabajo aceptar que fuera cierto—: ¿Abu Akim, el Martillo de Alá?

—El mismo.

—Jamás me habías mencionado que estuvieras emparentado con él —señaló el imam de la mezquita de Hingawana en un tono que sonaba casi a reproche.

—Mi madre y su madre son hermanas de padre —fue la respuesta—. Pero eso es algo que no me conviene divulgar, y te ruego que lo mantengas en secreto. Sabes tan bien como yo que son muchos, incluso entre los más creyentes, que desaprueban la forma de actuar de Abu Akim.

—Con diez como él no quedaría un solo infiel sobre la faz de la tierra —sentenció Sehese Bangú convencido de lo que decía.

—Y con cien como él no quedaría nadie, fiel o infiel,

sobre la faz de la tierra —puntualizó Uday Mulay con una ligera sonrisa, e igualmente convencido de lo que decía—. Con demasiada frecuencia se excede en su celo a la hora de defender nuestro credo. En ocasiones se lo he reprobado tanto privada como públicamente, pero no puedo por menos que reconocer que en este momento es la persona idónea para resolver un delicado asunto que de otra forma se nos iría de las manos.

—¿Cuándo hablarás con él?

—Mañana mismo; en cuanto regrese a Kano.

—¿Acaso vive en Kano? —se asombró el otro.

—¡No! ¡Desde luego que no! Nadie, ni siquiera yo, tiene la menor idea de dónde se encuentra Abu Akim en un determinado momento, y gracias a ello aún continúa con vida. Los servicios secretos de varios países, especialmente judíos, darían cualquier cosa por eliminarle, sobre todo desde que una de las ramas salafistas que le tienen por guía espiritual secuestraron a un grupo de turistas y más tarde incendiaron un oleoducto en Argelia. Tengo entendido que los norteamericanos han puesto precio a su cabeza.

—Lo único que saben hacer los norteamericanos es poner precio a las cosas, pero tú y yo sabemos que hay cosas, como la verdadera fe, que no se compran con nada.

—Abu Akim también lo sabe.

Abu Akim era un hombre delgado, pequeño, de ademanes delicados y una exquisita educación obtenida tras cinco años de estancia en Oxford, de cuya famosa tripulación había estado a punto de ser timonel gracias a su poco peso y sus dotes de mando. En aquellos ya muy lejanos tiempos de aplicado estudiante y entusiasta deportista, a nadie se le hubiera pasado por la cabeza, al encontrárselo en una elegante fiesta mundana, que tan encantador personaje, que en cierto modo recordaba al escritor Truman Capote, pudiera acabar siendo uno de los fundamentalistas más fanáticos y sanguinarios de la historia reciente.

Hijo de un rico y poderoso ministro de Asuntos Exteriores nigeriano, ministro del petróleo él mismo en más de una ocasión, y que con muy poco esfuerzo hubiera conseguido convertirse en presidente electo de su país, hacía ya más de una década que había decidido romper con su vacío pasado de sofisticación, cosmopolitismo y lujo, para pasar a convertirse en el temido y odiado, pero también venerado por muchos, Martillo de Alá.

Sus enemigos aseguraban que tan brusco cambio se había debido a la cruel decepción que le había producido el hecho de haber descubierto a su rubia, joven y encantadora esposa sueca mamándosela a un chófer negro en el interior de un lujoso Bentley, mientras sus seguidores sostenían que su conversión se debía a que una noche había tenido una maravillosa aparición en la que el mismísimo profeta le había ordenado que abandonara familia y riquezas para dedicarse en cuerpo y alma a la honrosa tarea de llevar la verdadera fe al corazón de los hombres.

Verdad o mentira, mamada o aparición, poco importaba, porque la realidad de los hechos se concretaba en que Abu Akim parecía sentirse mucho más feliz y realizado en su nuevo papel de guía espiritual de los Precursores, que era como les gustaba llamarse a sí mismos a los fanáticos salafistas, de lo que lo había estado nunca como poderoso político o despilfarrador millonario.

Cierto que se veía obligado a vivir oculto y en continua tensión, consciente de lo insegura que estaba su cabeza, y cierto también que de tanto en tanto echaba de menos los hoteles de lujo, las hermosas rubias y los elegantes restaurantes, pero soportaba con alegre estoicismo las incomodidades y los peligros, convencido como estaba de que su sacrificio se vería recompensado generosamente por todo el resto de la eternidad.

Tal vez imaginara, y con razón, que las huríes que prometía el profeta no tendrían la fea costumbre de mamársela a los chóferes negros, aunque tan sólo fuera por el hecho evidente de que en el paraíso no debería existir ningún tipo de automóvil.

Debido a ello, en el momento en que uno de sus lugartenientes, un beduino manco al que tan sólo se conocía por el apodo de R'Orab, acudió a notificarle que su primo Uday Mulay le suplicaba que hiciera cumplir la sentencia basada en las leyes de la *sharía* que ordenaban que una fugitiva adúltera debía ser ejecutada, ni tan siquiera se planteó las razones de tan cruel castigo, limitándose a inquirir con su pausado tono de siempre:

—¿Ha dicho hacia dónde huyó?

—Hacia algún lugar de la frontera con Níger.

—Que la busquen y la lapiden, tal como marca la ley —sentenció.

—Por lo visto su madre era fulbé, y los fulbé la protegen.

—Todo verdadero creyente, fulbé o no, tiene la obligación de denunciar el paradero de esa mujer, y todo aquel que conozca su paradero y no lo denuncie, debe morir sea fulbé o no, creyente o no creyente.

—Pero los fulbé son gente orgullosa y combativa, grandes guerreros difíciles de derrotar en campo abierto —le hizo notar de nuevo su lugarteniente—. Luchando contra ellos fue como perdí el brazo.

—Lo sé, y por eso supongo que te alegrará combatirlos de nuevo y vengar aquella afrenta. No me importa cómo lo hagas ni a cuántos de esos sucios bororos tengas que matar para conseguirlo, pero quiero que la próxima vez que entres aquí, sea trayéndome la cabeza de esa mujer en una cesta.

—Se hará como deseas.

—No soy yo quien lo desea —sentenció su jefe con su calma de siempre—. Es la *sharía* la que así lo especifica. Únicamente cumpliendo a rajatabla nuestras leyes, y volviendo a nuestros auténticos orígenes, recuperaremos el honor perdido y conseguiremos que el mundo nos tema y respete tal como nos temía y respetaba antaño.

Aquélla era sin duda, más que las supuestas mamadas de una esposa infiel o las apariciones del profeta, la verdadera fuente de inspiración, o quizá sería más correcto decir, de obsesión, de la que emanaban todos los actos y pensamientos del ex alumno de Oxford.

Apasionado de la historia de los árabes, y amante como pocos de la grandeza y el imparable poderío de una fe que había conseguido que un puñado de beduinos acabaran por adueñarse de la mitad del planeta y extender sus creencias incluso a puntos a los que nunca había llegado su brazo armado, desde muy joven le había martirizado el hecho, a su modo de ver incuestionable, de que el islam estaba siendo derrotado y humillado por quienes se habían olvidado de que Dios se encontraba por encima de todas las cosas y todas las personas.

Los judíos asesinaban a diario a sus hermanos palestinos en pleno corazón de los lugares más sagrados como si trataran de revivir los peores tiempos en que ellos mismos fueron casi exterminados por los nazis, y los americanos se permitían el lujo de invadir Irak o Afganistán bajo la indiferente mirada de reyes y príncipes musulmanes a los que tan sólo parecía importar el hecho de vivir en fastuosos palacios de oro y mármol, jugarse fortunas en los casinos, y contar con una interminable pléyade de esposas y concubinas.

Abu Akim había llegado por tanto tiempo atrás a una firme convicción: si pese a la impresentable caterva de corruptos gobernantes y desvergonzados guías espirituales que comandaban el islam, su credo continuaba expandiéndose día tras día, ello se debía sin lugar a dudas a que Alá tenía que ser necesariamente el único y verdadero dios.

Debido a ello, su misión en esta vida debía centrarse, tanto en contribuir a la mayor expansión de la auténtica fe, como a barrer de la faz de la tierra a quienes con su degenerado comportamiento constituían un mal ejemplo para los verdaderos creyentes.

Y de lo que estaba de igual modo firmemente convencido era de que aquélla era una tarea que no se podía llevar a cabo a base de sutileza y medias tintas, puesto que la experiencia le había demostrado que, pese a cuanto se dijera en contra, y salvo raras excepciones, en lo que se refería a la alta política los musulmanes habían demostrado ser unos detestables negociadores.

Una cosa era regatear en el zoco el precio de una tetera de cobre y otra muy diferente discutir en foros internacionales el reparto de unos determinados territorios, y la mejor prueba se concretaba en que una ridícula minoría israelí había conseguido salirse con la suya imponiendo sus criterios sobre una inmensa mayoría árabe que era, además, dueña de fabulosos recursos económicos y energéticos, lo que le hubiera permitido presionar a la hora de cerrar acuerdos.

Recientemente, la alcaldesa sionista de extrema derecha, Daniela Weiss, había declarado textualmente: «Los árabes son estúpidos. Cada vez que quieren negociar les arrebatamos más tierras».

Que alguien, y sobre todo una mujer, y más aún una mujer judía, pudiese permitirse el lujo de decir algo así ante las cámaras de televisión de medio mundo sin que a los orondos y sebosos líderes de las naciones árabes se les cayera la cara de vergüenza o se rasgaran las vestiduras de seda y los costosos trajes de Armani, era lo que provocaba que Abu Akim considerara que había llegado el momento en que el Martillo de Alá comenzara a golpear indiscriminadamente, con toda su fuerza y sin el menor asomo de compasión.

Destrozaría la cabeza de Aziza Smain hasta dejarle los sesos al aire, y destrozaría de igual modo a cualquier criatura viviente que se negara a proclamar que Alá era el único Dios verdadero y Mahoma su profeta.

Con frecuencia los seres humanos, incluso los más cultos, inteligentes y preparados, se comportan de un modo estúpido o absurdo, y los suyos pueden ser razonamientos que la razón rechaza.

El hombre de las praderas subsaharianas sabe que, con frecuencia, a los tres o cuatro días de que sople un harmatán que llega desde muy al nordeste, acostumbran a seguirle cortas lluvias torrenciales.

En esta ocasión el cálido viento había llegado en efecto de aquella dirección, y Usman Zahel Fodio era evidentemente un hombre de las praderas, las sabanas, los desiertos, e inclusos los tupidos bosques de espinosas acacias que precedían con frecuencia a las manchas de espesa selva tropical por el sur, o a las arenas del desierto por el norte.

Aunque a decir verdad al experimentado fulbé le hubiera bastado olfatear el aire, puesto que cien generaciones de sus antepasados le habían transmitido miles de conocimientos sobre el entorno en que habitaba, y cosa sabida era que los cebúes de capa negra que constituían la única posesión y casi el único credo de los miembros de su tribu, necesitaban esa agua para poder continuar alimentando de carne, leche y queso al más hermoso y libre de los pueblos de África.

—Es buena cosa —masculló mientras concluía de devorar lo poco que quedaba del facocero—. ¡Muy buena cosa! A media tarde se desatará un diluvio y ése será el mejor momento para atravesar la frontera.

—¿Habrá mucha vigilancia? —quiso saber Aziza Smain, a la que se advertía evidentemente fatigada tras una larga jornada de marchar a un ritmo muy vivo.

—Antes no solía haberla —reconoció su tío—. Pero parece ser que muy al interior del país se han descubierto enormes yacimientos de una cosa que llaman uranio, que no sé lo que es ni para qué sirve, pero que por lo visto se paga muy caro. —Sonrió levemente al añadir—: Lo bueno es que los guardias fronterizos dedican mucho más esfuerzo a perseguir a quienes intentan salir de Níger con ese uranio, que a quienes intentan entrar sin más compañía que una mujer semidesnuda.

—A no ser que esté condenada a muerte.

—¡Tú lo has dicho! —admitió el otro—, a no ser que esté condenada a muerte. Bastará con que uno de esos guardianes fronterizos sea hausa, y por lo tanto musulmán, para que nos encontremos en peligro. Por eso conviene esperar a que llueva. —Le tendió una corta esterilla que cargaba siempre a la espalda enrollada de tal modo que le servía al mismo tiempo como carcaj en el que guardar las flechas, mientras señalaba con una leve sonrisa—: Procura descansar y no te preocupes si te quedas dormida; el agua te despertará.

La muchacha aceptó el consejo, se tumbó entre las raíces de una acacia cuyas espinosas hojas casi le rozaban el cuerpo y cerró los ojos aunque el sueño tardó en llegar a reconfortarla.

Pensaba en sus hijos.

Aquellos dos últimos días habían sido a todas luces agitados, duros y agotadores, pero pese a las escasas fuerzas de que disponía y la extrema tensión que había tenido que soportar sabiéndose a las puertas de la muerte, sus pezones se agitaban buscando la boca del pequeño Menlik, y sus manos revoloteaban en el aire buscando la cabeza de la dulce Kalina.

Sin sus hijos no era más que una pobre criatura que había escapado de la muerte, pero que tan sólo vivía a medias.

Y es que Aziza Smain había nacido, se había educado, había crecido y se había convertido en mujer con el único propósito de ser madre, y habiendo sido madre, lo seguiría siendo hasta que no le quedara un hálito de vida en el cuerpo.

Se limitaba a responder a los designios de la naturaleza, así como a los de unas costumbres tradicionales y comunes a la mayor parte de los pueblos primitivos, que desde la noche de los tiempos habían asignado a la mujer el papel secundario de simple procreadora.

Durante un corto período de tiempo la encantadora miss Spencer le había abierto los ojos a un destino mejor y un modo de vida diferente, pero de aquello hacía ya demasiados años, y todo cuanto la escocesa le enseñó y el nuevo mundo que comenzó a mostrarle empezaban a diluirse en su memoria como se diluían los contornos de las casas cuando el polvo que descendía del desierto se adueñaba de Hingawana.

Le consolaba saber que su amada Kalina se encontraba a salvo y probablemente le aguardaba una larga vida cómoda y tal vez feliz, pero ello no bastaba para compensar el dolor que sentía al recordar que al minúsculo Menlik le aguardaba por el contrario una corta vida repleta de abusos, privaciones y padecimientos.

¿Cómo era posible que sus dos únicos hijos, aquellos de los que no se había separado ni un minuto hasta cuatro días antes, y a los que había amado y cuidado por igual, pudieran tener sin embargo destinos tan opuestos? Era algo que no acertaba a explicarse, pero Aziza Smain había llegado tiempo atrás a la conclusión de que la vida no era más que un cúmulo de despropósitos, y que por si fuera poco se había permitido el capricho de elegirla como protagonista de una de sus disparatadas tragicomedias.

Al fin le venció la fatiga y, como su avispado tío había pronosticado, le despertó una violenta y tibia lluvia que hizo que la tierra cambiara de inmediato de color, de aspecto y sobre todo de olor.

Los siempre sedientos y mustios arbustos espinosos de caídas ramas parecieron elevar de pronto sus brazos al cielo como dando gracias por tan maravilloso regalo, el suelo comenzó a beberse el agua como un alcohólico tras largos meses de abstinencia, cientos de animales surgieron de unas oscuras madrigueras que comenzaban a inundarse, y miles de aves alzaron el vuelo danzando como enloquecidas ante la buena nueva de que muy pronto aquel terreno ocre y yermo se cubriría de flores multicolores despertando a una increíble expresión de vida.

El inclemente sol, dueño y señor de la sabana y el desierto pasó por primera vez en mucho tiempo a un segundo plano, los descoloridos verdes cobraron intensidad y brillo, y el rumor del agua al golpear, primero contra una tierra seca y más tarde contra los charcos, sonaba como la más hermosa melodía que nadie hubiera podido escuchar jamás.

Usman Zahal Fodio sonreía calculando la cantidad de jugosa hierba que podrían devorar muy pronto sus amados cebúes, y tras permanecer casi un cuarto de hora disfrutando del hipnótico espectáculo que significaba tanta riqueza derramándose sobre la faz de la tierra, se puso desganadamente en pie dispuesto a iniciar la marcha.

—Me gusta estar aquí, pero ha llegado el momento de irse —dijo—. Aprisa y en silencio.

Avanzaron durante casi tres horas, descansaron unos instantes cuando cesó la lluvia, y poco después, al desembocar en una encharcada explanada de poco más de dos kilómetros de ancho al final de la cual se distinguía una larga hilera de palmeras y espesa vegetación, el guerrero de las cien cicatrices se detuvo de nuevo para observarlo todo con especial cuidado.

—Ahí está la frontera —señaló—. La cruzaremos al oscurecer. Aquellas palmeras están ya en Níger.

Su sobrina ni tan siquiera se molestó en preguntar cómo podía estar tan seguro de que aquél era el lugar correcto, dando por sentado que aquel hombre delgado y fibroso, capaz de enfrentarse a un león sin más armas que un palo y una cuerda, sabía todo lo que había que saber sobre los inmensos territorios de media docena de países por los que acostumbraba pastorear a su ganado.

Aguardaron a que llegaran, cansinas, las primeras sombras de la noche, momento en que el fulbé hizo entrega a la muchacha de sus armas y todas sus pertenencias para señalar a continuación:

—Sujétalo todo bien y súbete a mis espaldas. Te cargaré hasta allí.

—¿Por qué? —se sorprendió ella—. No estoy cansada.

—Lo sé, pero ese fango empieza a secarse por lo que nuestras pisadas quedarán claramente marcadas en el barro. Si nos persiguen descubrirán las huellas de un hombre y una mujer cuyos pies son más pequeños. En ese caso sabrán que hemos cruzado la frontera y exactamente por dónde. Sin embargo, al ver las profundas marcas de un hombre sólo pensarán que se trata de uno de los tantos contrabandistas que suelen pasar cargados con un par de bidones de petróleo.

—¿Y a quién se le ocurre hacer contrabando de algo tan barato? —se sorprendió ella.

—A gente muy lista —fue la respuesta—. Nigeria es un gran productor de petróleo, pero en Níger apenas existe. En tu país los contrabandistas agujerean los oleoductos, cargan un camión cisterna y lo traen hasta esta frontera donde porteadores muy fuertes cargan dos bidones de plástico con treinta litros cada uno, y cruzan al otro lado. De ese modo, algo que en realidad no ha costado nada se paga a precio de oro.

—Ahora me lo explico.

—Y apenas se corren riesgos. —El fulbé sonrió levemente al añadir—: Ningún aduanero persigue nunca a los contrabandistas de petróleo, pues saben muy bien que en cuanto advierten que han sido descubiertos derraman la carga para que no le cojan con el cuerpo del delito. Por atravesar la frontera con un bidón vacío tan sólo te castigan con un par de días de arresto.

—Sigues siendo muy astuto.

—Por estas tierras, querida sobrina, la astucia es la madre de la supervivencia.

Era ya noche cerrada cuando iniciaron, a caballo uno del otro, la travesía de la ancha llanura, y la luna acababa de hacer su aparición en el horizonte en el momento en que encontraron refugio entre las primeras palmeras del bosquecillo.

Apenas llevaban cinco minutos sentados junto a una diminuta hoguera que habían encendido en lo más intrincado de la espesura y a salvo de miradas indiscretas, cuando se escuchó un lejano rugido.

Al advertir que su sobrina se inquietaba, el fulbé señaló seguro de sí mismo:

—No te preocupes. Se trata de un simple guepardo. Hace años que por aquí ya no quedan leones, y aun en el caso de que quedara alguno, todo el mundo sabe que a los leones no les gusta atacar en la oscuridad cuando ha llovido. Los cambios de olores les confunden.

—Puede que todo el mundo lo sepa —admitió ella en tono de evidente resignación—. ¿Pero lo saben los leones?

Su tío hizo un significativo gesto hacia la afilada lanza al replicar:

—Deberían saberlo, pero en el caso de que lo ignorasen yo me encargaría de recordárselo.

—¿Cuántos has matado?

—Muchos, pero menos que cebúes me han matado ellos a mí… —El guerrero hizo una corta pausa, mordisqueó un pedazo de carne seca que olía a demonios pero que a él parecía saberle a gloria ya que la mimaba como si se tratara de un auténtico caramelo y al fin continuó—: Si a partir de ahora vas a vivir entre nosotros, tendrás que recordar que los fulbé no robamos, no mentimos y no pedimos nunca nada a nadie, puesto que nada necesitamos. Tan sólo la libertad. No ambicionamos tierras, ni poder, ni dinero, pero no admitimos que nadie, sea hombre, dios o león, atente contra nuestro honor, nuestra familia o nuestro ganado. —Sonrió levemente al tiempo que le apuntaba con su apestoso tasajo al concluir—: Si te atienes a esas tres sencillas reglas jamás tendrás problemas entre nosotros.

—No espero tener problemas —le hizo notar Aziza Smain—. Pero agradeciéndote cuanto estás haciendo por mí, así como la hospitalidad que me brindas, debo advertirte que no me quedaré mucho tiempo entre vosotros. Tengo que recuperar a mis hijos.

—Lo comprendo, lo acepto y lo respeto —replicó Usman Zahal Fodio—. Para una madre lo más importante son siempre sus hijos, y lo que siento es que, en este caso, no puedo ayudarte. Si al pequeño se lo han entregado a los traficantes de esclavos, se lo habrán llevado hacia el sur, y allí, en la región de las grandes lluvias, los grandes ríos y las grandes selvas nunca he sabido desenvolverme porque los fulbé necesitamos ver siempre el horizonte.

Rugió, demasiado cerca, lo que se le antojó un león, por lo que Oscar Schneeweiss Gorriticoechea se apresuró a abrir uno de los compartimentos que el hábil mecánico de Saint-Tropez había disimulado en la portezuela derecha del vehículo, con el fin de extraer de su interior un revólver de grueso calibre y un fusil desmontado con su correspondiente carga de municiones.

Con las armas a punto se sintió algo más tranquilo pese a que estaba convencido de que la carrocería del robusto Hummer 2 le mantendría a salvo de los ataques de cualquier fiera, a excepción quizá de un gigantesco macho de elefante.

Aunque no parecía demasiado probable que por aquellos andurriales pudieran merodear elefantes.

Ni quizá tampoco leones.

Pero por si acaso…

Una hora más tarde agradeció que la luna acudiera a hacerle compañía puesto que hacía ya varias horas que se sentía terriblemente solo en la inmensidad de una llanura en la que parecía haberse convertido en el único ser viviente, a excepción quizá, del malhumorado león, o lo que quiera que fuese, que gruñía en la oscuridad.

Recostado en el asiento de piel color crema de su llamativo vehículo se preguntó por enésima vez qué demonios hacía un hombre como él, que podía estar cómodamente tumbado en una hamaca de la cubierta de su yate, o disfrutando de una copa y una encantadora compañía femenina en Jimmie's, arriesgándose a que le devorara una fiera noctámbula o le encerraran en una sórdida cárcel africana.

Al cruzar la frontera un educado agente de aduanas le había advertido en un exquisito francés y con una amable pero casi hiriente sonrisa:

—Dudo que, tal como asegura, viaje usted a Níger en busca de fósiles de dinosaurios, pero estoy dispuesto a concederle el beneficio de la duda. Ignoro cuáles serán sus auténticas razones, pero hay algo que debo advertirle: si se aproxima a menos de cincuenta kilómetros de las minas de uranio, al oeste de las montañas del Aïr, intenta negociar con uranio o se le descubre con un solo gramo de uranio encima, será condenado, sin derecho a remisión de pena, a un mínimo de veinte años de prisión.

—¡Caray!

—Y le garantizo que ningún europeo ha sobrevivido más de seis años en uno de nuestros presidios, en los que la temperatura media se aproxima a los cincuenta grados y los condenados no suelen comer más que un par de veces por semana cuando las cosas van bien.

—Pues puede usted estar absolutamente seguro de que ni por lo más remoto se me ocurrirá aproximarme a menos de cincuenta kilómetros de las minas de uranio, negociar con uranio, o cargar ni con una milésima de gramo de uranio —le hizo notar el monegasco en un tono de voz que no dejaba lugar a dudas sobre su sinceridad—. No me han concedido más que esta vida, me gusta bastante y tengo un notable interés en conservarla.

—En ese caso que disfrute usted de la estancia en nuestro país y que Alá le acompañe.

Al abandonar el vetusto edificio de la aduana Oscar Schneeweiss Gorriticoechea se agenció el mejor mapa de Níger que pudo encontrar, procuro enterarse de dónde se encontraban las montañas del Aïr con el firme propósito de no aproximarse a menos de cien kilómetros de ellas, y pasó más de una hora tratando de descubrir sobre el papel la situación del punto exacto en que había quedado citado con Usman Zahal Fodio.

No parecía que pudiera ser fácil.

Tres horas después había llegado a la amarga, pero muy lógica conclusión, de que lo que sobre un mapa no parecía fácil, sobre el terreno resultaba del todo imposible pese a que su vehículo dispusiese de un sofisticado y muy exacto sistema de navegación por GPS.

—¡Este mapa no sirve ni para limpiarse el culo! —mascullaba una y otra vez intentando descifrar el significado de cada signo, o la línea que marcaba una supuesta y fantasmal carretera que al parecer tan sólo existía en la imaginación del editor—. Como diría Groucho Marx, «con valeroso y encomiable esfuerzo, he pasado de ir progresando razonablemente desorientado, a encontrarme absolutamente perdido».

Pero quizá lo más curioso de semejante situación se centraba en el inexplicable hecho de que saberse perdido en el corazón de un continente desconocido, hostil, tórrido y peligroso no le producía la lógica angustia o el desasosiego que cabía esperar que produjera en un rico europeo eminentemente urbano.

Más bien, por el contrario, se sentía tranquilo y feliz.

Estúpidamente feliz, pero feliz al fin y al cabo.

Nadie le había obligado a llegar hasta allí, pero allí estaba.

Ningún beneficio obtendría soportando semejante cúmulo de calamidades, pero hacía tiempo que no buscaba ningún tipo de beneficio.

Un multimillonario americano había arriesgado tres veces la vida en su intento de dar la vuelta al mundo sin escalas en un gigantesco globo, otro recorría los océanos más tempestuosos en un frágil velero, y su adorado y añorado comandante Cousteau se había enfrentado sin necesidad con un incontable número de orcas y tiburones.

¿Por qué?

Aquélla era en verdad una pregunta de imposible respuesta.

Por qué el ser humano busca siempre otra cosa.

Oscar Schneeweiss Gorriticoechea abandonó al poco rato el interior de su vehículo, trepó al techo, en el que tomó asiento con el reluciente fusil terciado sobre las rodillas, contempló las miríadas de estrellas que marcaban todos los caminos que un buen guía del desierto podía tomar con mucha más eficacia que consultando un estúpido mapa en el que nada parecía estar donde se suponía que debía estar, y respiró tan profundamente como no lo había hecho a lo largo de toda su vida.

Por primera vez en mucho tiempo se sentía orgulloso de lo que estaba haciendo sin ayuda de nadie.

Le confortaba su inconformismo.

Era más que probable que aquella absurda aventura terminara mal y jamás consiguiera su sueño de liberar a una pobre muchacha de una muerte a todas luces injusta, pero el simple hecho de sentarse allí, espantosamente solo en la inmensidad de un país del que lo desconocía todo, tal vez acechado por fieras o por hombres dispuestos a caer sobre él al menor descuido, le devolvía a los tiempos en que siendo un niño debilitado y moribundo que apenas conseguía mantenerse una hora en pie, soñaba con una vida repleta de fabulosas aventuras en las que era capaz de valerse por sí mismo.

Cierto es que en aquellos lejanos tiempos sus fantasiosas aventuras se centraban casi siempre en torno a un mundo submarino que muy poco tenía que ver con la agreste sabana en que ahora se encontraba, y cierto que la voluptuosa pero virginal pelirroja casi idéntica a Ann Margret a la que se suponía que salvaba de los tentáculos de un gigantesco pulpo tampoco se parecía en nada a Aziza Smain, pero eso no eran al fin y al cabo más que pequeños detalles que en aquellos momentos carecían de importancia.

Estaba allí perdido, una fiera, ¿sería en verdad una fiera?, gruñía más que rugía entre la espesura, y él se mantenía alerta, con las manos apoyadas sobre la culata de un fusil, aspirando los mil extraños olores de la noche africana.

¿Qué más se podía pedir?

Tardó dos días en encontrarlos.

En realidad fueron ellos los que le encontraron a él, puesto que el enorme Hummer 2 rojo fuego que iba dejando a sus espaldas una nube de polvo era evidentemente mucho más visible que un hombre y una mujer que se esforzaban por pasar inadvertidos.

Cuando al fin Oscar Schneeweiss Gorriticoechea distinguió en la distancia la figura del espigado guerrero que corría agitando los brazos, lanzó un suspiro de alivio puesto que empezaba a creer que su destino era dar vueltas y vueltas por las áridas llanuras hasta que se le agotara la gasolina.

Se abrazaron con afecto y permanecieron un largo rato intercambiando impresiones sobre sus respectivos viajes, aunque la larga conversación resultaba un tanto desconcertante, puesto que Aziza y el monegasco hablaban en inglés, éste lo hacía con Usman Zahal Fodio en francés, y el indígena se dirigía a su sobrina en dialecto fulbé.

Más tarde, a la hora de reemprender la marcha surgieron los primeros problemas, puesto que los dos nativos se resistían a viajar en un vehículo dotado de un aire acondicionado demasiado frío que no se sentían capaces de resistir, mientras que al europeo se le antojaba impensable intentar conducir dentro de una máquina en cuyo interior se alcanzaban los cincuenta grados de temperatura si no se conectaba la refrigeración.

La decisión fue salomónica; tío y sobrina tomaron asiento en una colchoneta afirmada sobre el techo de la camioneta, y se les advertía de lo más cómodos y satisfechos, pese a que sobre sus cabezas el violento sol amenazaba con deshidratarlos.

De tanto en tanto el fulbé golpeaba la carrocería y a continuación asomaba el rostro por la parte delantera indicando la dirección más apropiada, y de ese modo, casi a paso de tortuga para no perder a sus dos inseguros pasajeros, el lujoso Hummer 2 de color rojo fuego avanzó hacia el noroeste evitando los poblados y las carreteras medianamente transitadas hasta que cayó la noche.

Cenaron de las muchas provisiones que abarrotaban el espacioso vehículo, incluidos refrescos helados, y Aziza Smain pudo incluso hablar por radio con su hija, que le comunicó que estaba aprendiendo a nadar en una enorme piscina, había visto el mar que al parecer era salado, y la habían llevado a visitar un lugar en el que extraños animales llamados peces se movían a su antojo en unas aguas increíblemente limpias.

—Te gustará este lugar, mamá... —concluyó alegremente—. Puedo comer todo lo que quiera, estoy más gordita, y me han regalado unos vestidos preciosos.

Al concluir la charla la infeliz mujer sonrió con dulzura, pero al mismo tiempo no pudo evitar que se le escapara una lágrima rebelde.

—A Kalina se la ve feliz, pero ¿dónde estará mi pequeño Menlik? —musitó apenas sin dirigirse a nadie en particular—. ¿Dónde?

—Ten confianza... —le suplicó una vez más el monegasco al tiempo que le golpeaba afectuosamente el dorso de la mano—. He puesto a toda mi gente a buscar a ese maldito buhonero dahomeyano y pronto o tarde daremos con él. Estoy dispuesto a pagar lo que pidan por el niño.

—A condición de que esté vivo.

—Tiene que estarlo. De nada sirve un esclavo muerto.

A pesar de que Oscar Schneeweiss Gorriticoechea se esforzaba por mostrarse animoso y seguro de sí mismo, en realidad no tenía muy claro que fuera sencillo encontrar a una criatura casi idéntica a todas las criaturas de su misma edad en la inmensidad de un continente en el que las fronteras no solían ser más que meras líneas imaginarias, y ni tan siquiera existía un registro de la mayor parte de los nacimientos.

Buscar un niño negro de apenas un año en África debía resultar sin duda mucho más difícil que encontrar la clásica aguja en un pajar, entre otras cosas por el hecho evidente de que en aquel gigantesco pajar existían millones de agujas que apenas se diferenciaban las unas de las otras.

Por si no tuvieran ya suficientes problemas, cuando a la mañana siguiente el monegasco extendió sobre una pequeña mesa plegable las abundantes provisiones que debían constituir el desayuno, le sorprendió descubrir que Aziza Smain se negaba a probar bocado.

—Hoy empieza el ramadán —alegó—. Y no puedo comer ni beber nada hasta que caiga la noche y no se distinga un hilo blanco de un hilo negro.

Los dos hombres la observaron absolutamente estupefactos.

—¿Cómo has dicho? —inquirió en dialecto fulbé su tío que por lo visto tan sólo había captado en inglés el término ramadán.

Cuando la muchacha repitió su alegato en su idioma, el buen hombre estuvo a punto de perder la flema de que por lo general hacía gala.

—Te advertí que desde el momento en que abandonaste Hingawana dejabas de ser hausa —mascullό casi mordiendo las palabras—. Ahora eres fulbé.

—Algunos fulbé son musulmanes —le hizo notar ella.

—Puede que algunos sean musulmanes, pero eso no quiere decir que sean estúpidos —fue la agria respuesta—. Unas absurdas y salvajes leyes te han arrebatado a tus hijos y están a punto de llevarte a una muerte horrenda, y ahora tú, cuando ni siquiera puedes considerarte a salvo, pretendes seguir respetando tales preceptos. ¡No puedo creerlo!

—Nada tiene que ver una cosa con otra —se disculpó ella—. El sacrificio del ramadán es bueno, tanto para el cuerpo como para el alma.

—Tanto tu cuerpo como tu alma han soportado ya demasiados sacrificios —señaló un cada vez más indignado Usman Zahal Fodio—. Durante este último año has vivido un continuo ramadán, y o comes cuanto necesitas, o te juro que me marcho para siempre. —El tono ganó aún más en acritud al concluir—: Y te garantizo que sin mi ayuda tus amigos los musulmanes te encontrarán de inmediato, por lo que muy pronto estarás muerta, y tu hijo no tendrá la más mínima posibilidad de dejar de convertirse en esclavo.

Aziza Smain dudó, sus enormes ojos color miel se volvieron al monegasco como pidiendo ayuda, pero éste no había necesitado entender una sola palabra del dialecto en que habían hablado para hacerse una idea de cómo se había desarrollado la áspera discusión, por lo que se limitó a señalar los alimentos con un leve ademán de cabeza.

—Pareces un esqueleto andante que lo único que necesita para bajar a la tumba es dejar de alimentarse un solo día —dijo—. Y la verdad es que me disgustaría haberme molestado tanto para tener que enterrar un saco de huesos. ¡Come y déjate de tonterías!

La muchacha pareció resignarse, y al tiempo que se servía un gran vaso de leche en el que comenzó a mojar galletas, señaló:

—Entiendo que éstos no son ni el lugar ni el momento apropiados para discutir el tema, pero cuando se ha pasado toda una vida siguiendo una línea de conducta y cumpliendo unos determinados preceptos, resulta muy difícil apartarte de ellos. Creo que tardaré mucho tiempo en dejar de pensar como una auténtica musulmana, si es que alguna vez lo consigo.

—Nadie te obliga a dejar de pensar o sentir como una auténtica musulmana —le tranquilizó Oscar Schneeweiss Gorriticoechea—. Supongo que eso es algo que vive en ti y que morirá contigo. Lo que pretendemos hacerte entender es que la religión en la que te has criado ofrece grandes aciertos, pero también notables errores. El intentar lapidarte por haber sido violada es sin duda el más notable de tales errores, pero pretender que mantengas un ayuno voluntario cuando apenas tienes fuerzas para mantenerte en pie, tampoco es un acierto que digamos. Mi consejo es que te olvides de la religión hasta que te encuentres verdaderamente a salvo, si es que alguna vez llegas a estarlo.

—Nadie puede olvidar a Dios.

—Lo supongo, pero tan sólo te pido que lo dejes a un lado hasta que puedas reflexionar con calma y replantearte serenamente cuáles son tus auténticos sentimientos, y si lo que te está ocurriendo es lo que deseas el día de mañana para tus hijos. De lo que en verdad tienes que preocuparte es de salvar un pellejo, que es casi lo único que te han dejado medianamente intacto.

Media hora después reemprendieron la marcha en busca de los cambiantes campamentos bororos, que eran la rama de los fulbé exclusivamente nómada y a la que pertenecía la familia de Usman Zahal Fodio, puesto que la mayor parte de los pequeños grupos que tiempo atrás se habían vuelto semisedentarios habían acabado abrazando la fe islámica, y por lo que se refería a Aziza Smain no se podía confiar en ellos.

Se vieron obligados a adentrarse en zonas desérticas, y aunque el GPS del vehículo les indicaba con un mínimo margen de error en qué lugar se encontraban en todo momento, de poco les servía puesto que el desastroso mapa en nada se ajustaba a la realidad.

Por fin, a media mañana, y tras divisar a lo lejos varios poblachos de miserable aspecto y una larga caravana de camellos que se alejaba sin prisas hacia el este, rumbo a la frontera con Chad, alcanzaron lo que parecía ser una pista transitada por pesados camiones, por lo que decidieron seguirla ya que se les estaba agotando el combustible.

Aproximadamente una hora más tarde avistaron un grupo de casas blancas y lo que parecía un surtidor de gasolina, por lo que el monegasco decidió detener el vehículo y saltar al exterior con el fin de comentar con sus pasajeros del techo:

—¿Qué hacemos?

—Si esto no funciona sin gasolina, tendremos que arriesgarnos y poner gasolina —fue la lógica respuesta del fulbé—. Mi gente aún está lejos.

—¿Cómo de lejos?

—Eso nadie puede saberlo.

—¡Esperanzadora respuesta, vive Dios! En ese caso más vale que Aziza se oculte en la parte trasera y no asome la cabeza para nada. Si te hacen demasiadas preguntas les respondes que eres mi guía, y que yo estoy medio loco porque me dedico a buscar fósiles de dinosaurios.

—¿Y eso qué es?

—Restos petrificados de animales gigantescos que poblaron la tierra hace millones de años.

—¿Y supones que alguien se puede creer que exista un tipo tan loco como para buscar algo así?

—Los hay que se dedican a eso. Y las mentiras, cuanto más increíbles, mejor se aceptan —fue la tranquila respuesta—. Y si no la aceptan peor para ellos.

El otro hizo un significativo gesto hacia el enorme revólver que su interlocutor lucía a la cintura para inquirir con intención:

—¿Has matado a alguien?

—No. Ni pienso hacerlo.

—Pues si las cosas se ponen mal no te quedará más remedio, porque en este caso se trata de ellos o nosotros, y puedes estar seguro de que no se lo pensarán a la hora de volarle la cabeza a un blanco por muy loco que esté y muchos bichos prehistóricos que asegure que se dedica a buscar.

Poco después, con Aziza Smain oculta en la parte posterior del vehículo y cubierta con una manta, se detuvieron ante un arcaico surtidor de gasolina de los que se accionaban a mano, puesto que hasta tan olvidado lugar aún no había llegado la electricidad ni probablemente llegaría nunca.

Casi de inmediato la práctica totalidad de los habitantes del mísero poblacho se arremolinó en torno al soberbio vehículo, pues resultaba evidente que por allí no cruzaban más que viejos camiones que iban y venían desde el interior del desierto hasta la capital; por lo que la contemplación de la roja máquina provocaba asombro y admiración.

Durante la media hora larga que un sudoroso negro empleó en accionar el vetusto surtidor con el fin de llenar no sólo el gran depósito de combustible del Hummer 2 sino también los seis bidones adicionales que llevaba en la parte exterior, tanto de gasolina como de agua, hombres, mujeres y niños no cesaron de curiosear en un vano intento por averiguar qué era lo que se ocultaba al otro lado de las amplias ventanillas tintadas de negro.

El fulbé dedicó todo ese tiempo a dar explicaciones sobre las supuestas actividades del propietario del vehículo, y tras repartir unos cuantos refrescos y cigarrillos y abonar el exorbitante precio que les exigieron por el combustible y poco más de cien litros de un agua sucia y hedionda, reemprendieron la marcha convencidos de que nadie se había creído la absurda historia del buscador de fósiles de dinosaurios.

Como para corroborar sus sospechas, poco después pudieron constatar que una cochambrosa camioneta gris comenzaba a seguirles.

Apenas fue necesario pisar el acelerador de la potente máquina para perderla de vista en cuestión de minutos pero aquel simple detalle bastó para hacerles entender que el peligro se iba haciendo cada vez más real, y que pronto o tarde cualquiera de los casi cuatro millones de musulmanes que habitaban en aquel desolado país, acabaría por descubrirlos.

Níger, en donde las tres cuartas partes de su vasto territorio eran puro desierto, no tenía salida al mar, y que tan sólo contaba con un aeropuerto que pudiera considerarse digno de ese nombre, no era en realidad más que una gigantesca trampa de arena y polvo de la que les resultaría muy difícil escapar a bordo de un llamativo vehículo de color rojo.

Que los localizaran era únicamente cuestión de tiempo.

Usman Zahal Fodio pareció comprenderlo así, porque en cuanto cayó la noche y se vieron obligados a ocultarse como de costumbre en mitad de la espesura de la alta sabana, señaló:

—Llamamos demasiado la atención, por lo que creo que sería más seguro que Aziza y yo continuáramos a pie mientras tú regresas a Kano y desde allí a tu país. No creo que nadie te moleste si vas solo.

—No pienso dejaros cuando nos encontramos rodeados de fanáticos.

—Los fanáticos siempre estarán ahí, y alguien tan blanco como tú en Níger es como una mosca en un cuenco de leche, mientras que Aziza y yo, mezclados entre mi gente y pastoreando ganado, podremos llegar en un par de semanas a las orillas del Níger.

—¿Y qué haréis una vez en el río?

—Navegar aguas arriba hacia Tombuctú, en Mali, o aguas abajo, hasta Benin.

—Sería un viaje demasiado largo.

—El viaje más largo que existe es la muerte, y eso es lo que nos espera si continuamos juntos, dando tumbos, y sin saber hacia dónde nos dirigimos exactamente.

Oscar Schneeweiss Gorriticoechea tardó en responder puesto que resultaba evidente que no era aquélla una solución que le apeteciera en absoluto, y concluyó por hacer un leve gesto con la mano.

—¡Está bien! —masculló de mala gana—. Pensaré en ello esta noche y mañana tomaré una decisión.

Pero a la mañana siguiente no estaba en condiciones de tomar decisión alguna.

Poco antes del amanecer había comenzado a temblar, y al poco los temblores pasaron a convertirse en convulsiones al tiempo que un sudor frío le empapaba por completo.

Con la primera claridad del alba deliraba.

Aziza Smain, que fue la primera en advertir lo que ocurría, acudió a su lado, le secó la frente, le cubrió con una manta y se apresuró a correr en busca de su tío que, como cada noche, se limitaba a dormitar a ratos, casi con un ojo abierto y otro cerrado, montando guardia en los lindes de la espesura.

—¡Mala cosa! —se limitó a comentar el buen hombre agitando pesimista la cabeza tras observar largo rato al enfermo—. ¡Muy mala cosa!

—¿Pero qué le pasa? —quiso saber ella.

El fulbé se limitó a encogerse de hombros al tiempo que señalaba:

—Que a los blancos no les sienta bien África.

—¿Se morirá? —inquirió la angustiada muchacha.

—La gente, negra o blanca, tan sólo se muere una vez, y es el día y a la hora en que le toca morirse —fue la en cierto modo absurda respuesta—. Lo que está claro es que ni tú ni yo podemos hacer nada por aliviarle.

—¿Y si buscáramos ayuda?

—¿Dónde? Los curanderos fulbé no entienden de estas cosas, y el médico musulmán más próximo debe estar en Niamey. Aparte de que lo primero que haría sería denunciarnos.

—¿Y los cristianos?

Usman Zahal Fodio arrugó el ceño, intentó hacer memoria y por último asintió con un leve ademán de cabeza:

—No estoy muy seguro —dijo—, pero creo recordar que en cierta ocasión, hace ya cuatro o cinco años, estuvimos pastoreando cerca de una de sus misiones, que debe encontrarse no demasiado lejos de aquí, aunque no sé si hacia el este, o hacia al oeste. Últimamente hemos dado tantas vueltas que ando algo desorientado.

—¡Búscala!

—Puedo tardar días.

Ella hizo un leve gesto hacia el hombre que se agitaba murmurando cosas ininteligibles al puntualizar:

—Puede tardar días, o semanas, en curarse —hizo una corta pausa—... o en morir.

—¿No te preocupa quedarte a solas con alguien que ni siquiera puede defenderse?

La muchacha señaló las armas del enfermo que se encontraban a un par de metros de distancia.

—Recuerda que mi padre era guía de caravanas, por lo que se veía obligado a enfrentarse constantemente a salteadores y bandidos. Y mi marido era un gran cazador. Sé cómo utilizarlas —dijo—. Y no dudaré en hacerlo si es necesario.

Usman Zahal Fodio meditó largo rato, resultó evidente que le costaba un gran esfuerzo tomar una decisión, observó al enfermo, se volvió luego a mirar a su sobrina, y al fin asintió con un leve ademán de cabeza:

—¡Está bien! —musitó apenas—. Intentaré buscar esa misión, aunque no sé dónde está, cuánto tardaré, ni si querrán ayudarnos.

Cinco minutos después desaparecía entre la espesura, rumbo al oeste.

Sabía muy bien lo que significaba que la Muerte se acomodara a los pies de su cama.

La había visto infinidad de veces allí, aguardando a que un niño sin fuerzas perdiera una batalla en la que llevaba todas las de perder, y siempre le había admirado la paciencia de que hacía gala en su espera, consciente como estaba de que jamás se le escapaba una presa.

Jamás.

Dieciocho años atrás le había permitido continuar con vida convencida de que llevarse a un niño tan frágil y asustado carecía de alicientes, pero ahora estaba de nuevo allí, con la negra y huesuda espalda apoyada en una de las ruedas del espectacular Hummer 2, tal vez preguntándose seriamente si había llegado el momento de rematar su inconclusa tarea.

La antaño desamparada criatura se había convertido en un adulto fuerte feliz y poderoso, pero que en lugar de limitarse a aceptar agradecido la inusual generosidad con que el caprichoso destino le había premiado, se empecinaba en la persecución de su propia desgracia en un disparatado intento por enmendarle la plana a ese mismo destino.

En esta ocasión Oscar Schneeweiss Gorriticoechea había apostado demasiado fuerte, confiando quizá en que la justicia de sus actos era digna de una especial recompensa.

Y confiando sobre todo en su suerte.

Pero la Suerte tan sólo acepta una regla indiscutible: bajo ningún concepto acepta ningún tipo de reglas.

La Suerte puede ser fiel o infiel a una determinada persona durante cincuenta años, para girar en redondo súbitamente y sin motivo, huyendo de los caminos trillados para tomar de improviso tortuosos senderos que conducen a quien ella ha elegido a las cimas más altas o los más oscuros abismos.

Siempre se ha asegurado que esa Suerte es tan voluble como la más voluble de las mujeres, pero no es cierto, puesto que ni la peor mujer podría llegar a ser tan cruel y despiadada como conseguía serlo demasiado a menudo la caprichosa Suerte.

Ninguna mujer, por malvada que fuera, le daría la espalda a un hombre que se había expuesto a incontables peligros sin más ambición que ayudar a una infeliz condenada a un injusto y cruel martirio, mientras que la Suerte le acababa de dar la espalda a ese mismo hombre pese a que había sido uno de sus más mimados y favorecidos pupilos durante largos años.

Por eso la Muerte había acudido a hacerle otra vez compañía.

Por eso, o porque se sentía molesta por el hecho de que le hubiera arrancado de entre los dedos a una hermosa presa.

¿Había sido quizá un intercambio?

Pudiera darse el caso de que lo que estuviera en juego fuera la vida de uno de los hombres más ricos del mundo como pago por la vida de una de las mujeres más miserables del planeta.

Veinte años atrás, cuando cesaban sus delirios, el Oscar niño dejaba de ver a la descarnada vieja de la guadaña a los pies de su cama, y lo primero que hacía entonces era aferrar con fuerza el gorro de lana que le había regalado su admirado comandante.

Ahora, veinte años más tarde, cuando cesaban sus delirios, el Oscar hombre dejaba de ver a la descarnada vieja de la guadaña recostada contra la rueda del vehículo y lo primero en esos momentos que hacía era aferrar con fuerza la mano de una sacrificada muchacha que no se había movido ni un solo instante de su lado.

Aziza Smain le abanicaba hora tras hora, le espantaba las moscas, le murmuraba palabras de consuelo, le secaba el sudor de la frente y le limpiaba los vómitos del rostro y las heces del cuerpo.

Sin más ayuda que dos mantas, un mosquitero y unas ramas de acacia había levantado una rústica pero en cierto modo cómoda tienda de campaña que se apoyaba sobre las abiertas puertas del vehículo, y con las armas siempre al alcance de la mano y el oído atento a cualquier rumor que llegara de la espesura, dedicaba cada minuto de su tiempo a la difícil tarea de intentar salvar la vida de quien había salvado la suya.

Debido a su abnegación, cuando, de tanto en tanto el enfermo abría los ojos e invariablemente la descubría observándole, se sentía reconfortado.

Y un atardecer, que era casi siempre la hora en la que solía encontrarse un poco más despejado de su insistente modorra, musitó apenas:

—¡Háblame!

—¿Qué quieres que te diga?

—Cualquier cosa. El sonido de tu voz me tranquiliza, y me ayuda a mantenerme despierto. Cuéntame algo sobre ti.

—¿Sobre mí? —se sorprendió la muchacha con una leve sonrisa un tanto irónica—. Hasta hace unos meses no había mucho que contar, pues no era más que una de los millones de mujeres africanas que, tal como aseguraba miss Spencer, nacen, crecen, viven y mueren sin que se les reconozca el derecho a tener sentimientos, deseos e incluso ser consideradas madres de sus propios hijos, puesto que nuestras leyes de divorcio dictaminan: «El hombre ha fecundado a la mujer del mismo modo que ha sembrado el campo, y los hijos son suyos como lo es el mijo o la cebada de su tierra. La mujer ha venido sola junto al hombre para darle hijos; si ella se marcha debe marcharse sola, como ha venido. Los hijos son del hombre».

—Resulta cruel.

—Todo cuanto se refiere a nosotras resulta cruel, puesto que con frecuencia se nos niega incluso la posibilidad de ser dueñas de un alma inmortal, y se supone que si en alguna ocasión nos fuera dado acceder al paraíso sería tan sólo con el fin de satisfacer los caprichos y las necesidades de los hombres.

—Pero aun así sigues empeñada en practicar una religión que no os reconoce ningún derecho. ¿Por qué?

—Porque si no me aferrara a la esperanza de que Alá es justo y que los únicos injustos son quienes han malinterpretado a conciencia sus enseñanzas, tendría que limitarme a aceptar que no soy algo más que un animal que tan sólo sirve para traer hijos al mundo, al igual que una vaca pare unos terneros que su dueño puede vender al día siguiente. Miss Spencer solía decir que lo único que nos diferencia de los animales es el alma y nuestra fe en Dios, y ya que a menudo se me niega el derecho a tener alma, al menos debo aferrarme a la idea de tener un dios.

—El dios de los cristianos es más justo.

—¿Estás seguro? —quiso saber ella—. ¿Completamente seguro?

No obtuvo respuesta puesto que la fatiga había vencido de nuevo al enfermo que entrecerró los ojos y comenzó a estremecerse; le empapó un sudor frío en uno de aquellos súbitos accesos de fiebre que le iban debilitando hasta extenuarle, y de los que podía temerse que no llegaría a recuperarse y que cada minuto sería el último de su existencia.

Aziza Smain permanecía a su lado, como una estatua viviente, sin apenas mover un músculo, atenta a cada uno de sus gestos, a espantar una y otra vez a las moscas que lograban introducirse por entre las rendijas del mosquitero, y a aliviarle la fiebre en la medida de sus posibilidades hasta que al cabo de largas horas el enfermo volvía a abrir los ojos para rogar nuevamente:

—Sigue hablándome de ti.

—A veces, siendo aún casi una niña, solía asegurar que prefería considerarme una fulbé, una auténtica nómada bororo, más que una hausa, pero mi madre me respondía que ya jamás podría acostumbrarme a vivir como una vagabunda. Ella había sido una pastora nómada hasta que se casó, y me confesaba que siempre había soñado con tener un techo que la librara del sol y unas paredes que le cortaran el viento. Los bororo respetan a la mujer más que los hausas, pero no las protegen, obligándolas a caminar durante meses en busca de nuevos pastos incluso cuando se encuentran embarazadas, porque para ellos los rebaños son lo único que importa.

—Debe de ser muy duro.

—¡Mucho! Y por si fuera poco luego llega la terrible ceremonia del *sharot* en la que una madre puede ver cómo a su amado hijo, al que ha traído sola al mundo y ha cargado en brazos durante años, lo matan a palos los de su propia sangre.

—El caíd Shala me comentó algo sobre esa curiosa ceremonia iniciática, pero no quiso aclararme de qué se trataba.

—Es un rito feroz, en el que los jóvenes se ven obligados a exhibir su valor y su capacidad de sufrimiento con el fin de que se les considere auténticos guerreros dignos de tener una esposa. Dos muchachos de la misma edad se colocan uno frente a otro y se azotan violentamente, excepto en la cabeza, con gruesas varas de madera de roble que se traen desde muy lejos, hasta que uno de los dos pierde el sentido e incluso en ocasiones llega a morir. Y lo peor del caso es que los contendientes tienen la obligación que mantenerse hieráticos e impasibles, sin demostrar dolor ni emitir el más leve lamento. Ni siquiera los padres pueden intervenir para acabar con el castigo porque ello conllevaría el deshonor para todo el clan. Por eso mi tío, al igual que la mayor parte de los bororos, exhiben con tanto orgullo el cuerpo surcado por infinidad de cicatrices que demuestran su valor.

—¡Qué barbaridad!

—¡Y tanto! Pero en realidad no es culpa de los fulbé, porque el origen de esa ceremonia se remonta a los tiempos de la esclavitud, ya que mediante ella los hombres pretendían demostrar que nunca se humillarían por brutal que fuera el castigo que recibieran de sus amos.

—¡Menuda forma de demostrarlo!

—Es que mis parientes son muy obstinados, y muy capaces de dejarse matar por puro orgullo.

—A veces pienso que tal vez yo, sin saberlo, debo ser también una especie de bororo puesto que por lo visto estoy a punto de morir por culpa de mi estúpido orgullo.

—Lo tuyo no es orgullo. Lo tuyo es convicción.

—¿Y cuál es la diferencia?

Cerró los ojos, y cuando volvió a abrirlos insistió una vez más:

—Háblame sobre ti.

—¿Y qué puedo contarte que ya no sepas?

—Cuéntame lo que sientes en estos momentos.

Ella dudó unos instantes, observó el cielo que con la puesta de sol se tornaba rojizo y cuajado de toda clase de aves que cazaban al vuelo millones de insectos, y al fin comenzó con su voz profunda y envolvente:

—En estos momentos me siento desamparada, triste y asustada, y supongo que no necesitas que te explique las razones. Pero también me siento en cierto modo feliz y esperanzada al descubrir que la vida, que nunca me había dado nada, ha sido tan generosa como para poner a un hombre como tú en mi camino.

—Yo no tengo nada de especial.

—Lo tienes. ¡Ya lo creo que lo tienes! Lo que no entiendo son los motivos por los que te has sacrificado por mí hasta este punto. ¿Quién soy para que hayas acudido desde tan lejos a consolar mis penas? Nada me ha sido dado, más que amarguras, y ahora tú, de repente, me das la mayor dicha que se pueda otorgar a un ser tan desamparado. Cuando duermes y pienso en ello, no encuentro explicación a tal milagro, pero sé que está ahí y saberlo me compensa de todo cuanto he sufrido…

Llegó como siempre, la noche.

Y un nuevo día.

Y el día y la noche se unieron en forma de una mujer negra y un hombre blanco, y cada uno de ellos era como el amanecer o el atardecer del otro, tan distintos en todo y sin embargo tan iguales a la hora de mirarse a los ojos.

Ninguno de ellos se sentía capaz de expresar con absoluta claridad por qué extraña razón supieron, desde el momento mismo en que se vieron por primera vez, que perteneciendo a razas diferentes y diferentes costumbres o creencias habían sido creados en mundos muy alejados entre sí con el único fin de que pasaran el resto de sus vidas juntos.

Y ahora se encontraban allí, perdidos en la inmensidad de la llanura de un país del que lo desconocían casi todo, sin más compañía que una Muerte a la que le advertía en cierto modo desconcertada, como si ni siquiera ella, que tantas cosas había visto a lo largo de milenios de ir segando cabezas, entendiera muy bien qué era lo que estaba sucediendo.

La Muerte se aproximó aún más un amanecer, cuando ni siquiera los primeros rayos de luz se habían abierto paso entre los matojos de espino y un pesado silencio, presagio de desgracias, se adueñó del mundo, visto que el viento aún dormía por lo que no se movía ni una brizna de hierba.

Tanta quietud alertó a Aziza Smain, de la que se diría que no había pegado un ojo en todo aquel tiempo, y tras olfatear el aire como un perro de caza se deslizó fuera de la mosquitera, se apoderó de la reluciente escopeta, la cargó eligiendo con sumo cuidado los cartuchos, e introduciéndose el revólver en la cintura se alejó tan furtivamente que más parecía una sombra en movimiento que un ser humano.

Se deslizó entre los matorrales casi reptando y sin hacer el menor ruido hasta alcanzar el final de la espesura, desde donde atisbó la llanura.

Dos hombres, cargando al hombro viejos rifles de percutores al aire, avanzaban siguiendo las huellas del vehículo, con la vista puesta alternativamente en las marcas que habían dejado los neumáticos sobre la arena y en el grupo de acacias y matorrales que se alzaban a unos doscientos metros de distancia.

Aziza Smain permitió que continuaran aproximándose sin mover ni tan siquiera un músculo, y cuando ya pudo distinguir con claridad sus rostros y llegó a la conclusión que no tenían aspecto de inofensivos cazadores, se puso bruscamente en pie con el arma amartillada para inquirir en dialecto fulbé:

—¿A quién buscáis?

Los intrusos se detuvieron al unísono y uno de ellos hizo ademán de echar mano a su escopeta, pero al observar que le apuntaban directamente al pecho se arrepintió, adelantando la mano como si con ello quisiera indicar que acudían en son de paz.

—No buscamos a nadie —replicó en el mismo dialecto aunque se advertía que no lo hablaba con soltura—. Únicamente pretendíamos averiguar qué diablos hace un camión por estos andurriales.

—¡Mientes!

—¿Por qué habría de mentir?

—Porque me consta que estáis buscando a Aziza Smain.

Los dos hombres intercambiaron una mirada de desconcierto; el primero de ellos fue a añadir algo, pero la muchacha ni siquiera le dio tiempo a ello puesto que se le adelantó asegurando con extraña firmeza:

—Yo soy Aziza Smain.

Como si aquélla hubiera sido una señal convenida, los merodeadores se lanzaron al suelo al tiempo que se esforzaban por empuñar sus armas, pero antes de que tuvieran tiempo de alzar los oxidados percutores, quien se había interpuesto en su camino apretó los gatillos de su moderna escopeta de caza y una nube de postas de grueso calibre se abrió en abanico acertándoles de pleno.

Al que había hablado le destrozó una mano, y al de su derecha lo dejó tuerto.

Rotos, ensangrentados, aullantes y gimoteando, comenzaron a retorcerse de dolor, por lo que apenas tuvieron ocasión de advertir que su agresora se había aproximado con el revólver empuñado, y tras observarlos unos instantes con gesto de profunda repugnancia los remató de dos únicos y certeros disparos al tiempo que mascullaba:

—No estoy dispuesta a permitir que me vuelvan a llevar mansamente al matadero. No, hasta que haya recuperado a mi hijo.

Regresó al vehículo, se apoderó de la pala que aparecía sujeta a un costado y que solía emplearse para apartar la arena cuando las ruedas se atascaban, y empleó las dos horas siguientes en enterrar los cadáveres en el mismo punto en que habían caído.

Luego volvió a tomar asiento bajo el mosquitero con el fin de reanudar la tarea de abanicar al enfermo.

Cuando éste abrió los ojos para pedir un poco de agua ni tan siquiera le comentó el incidente.

En realidad jamás se lo comentó.

Ni a él, ni a nadie.

Transcurrió ese día.

Y otro más.

Cuando la fiebre aumentaba de improviso, Oscar Schneeweiss Gorriticoechea se sumía en un abismo sin fondo en el que una y otra vez cruzaban ante sus ojos escenas de su pasado, y una y otra vez una pléyade de confusos recuerdos le invadían como jinetes al galope con la particularidad de que los caballos eran siempre personas pese a que a menudo piafaban y coceaban como auténticas bestias.

Sus padres, sus amigos, sus enemigos y cientos de hermosas mujeres con las que había compartido momentos gloriosos, entraban y salían de su mente sin orden ni concierto, por lo que su crispación iba en aumento hasta que conseguía despertar lanzando un ronco gemido y el dulce rostro que se inclinaba sobre él le devolvía el sosiego por unos instantes.

La miel de aquellos enormes ojos era su bálsamo.

El suave aroma inconfundible de aquella piel tersa y oscura su mejor medicina.

El sonido de aquella voz inimitable su única esperanza de volver a la vida.

En la duermevela, cuando no sabía muy bien si se encontraba consciente o profundamente dormido, una vieja canción que solía cantar su madre resonaba en sus oídos de una forma casi obsesiva:

Jazmines en el pelo y rosas en la cara,
airosa caminaba la Flor de la Canela.
Derramaba lisura y a su paso dejaba
aromas de mistura que en el pecho llevaba.
Del puente a la alameda menudo pie la lleva
por la vereda que se estremece al ritmo de
[sus caderas...
¡Déjame que te cante, limeña,
déjame que te cuente, morena, mis sentimientos...!

Luego, al abrir los ojos comprendía el porqué de semejante insistencia.

La descripción que la bien timbrada y alegre voz de su madre hacía de aquella altiva Flor de la Canela se le antojaba, cuando aún era un niño, como la quintaesencia de lo que debía ser una auténtica mujer a cuyo paso no sólo el suelo, sino incluso el mundo se estremecía.

Y ahora, al contemplar a la prodigiosa criatura que no se apartaba ni un solo instante de su lado llegaba a la conclusión de que aquella vieja canción se había escrito pensando en ella.

Y es que a pesar de ser medio hausa, Aziza Smain había mantenido, más por imperativo de su madre que por convicción propia, la vieja costumbre de las jóvenes fulbé de llevar, aun siendo casi unas niñas, pesadas pulseras en los tobillos, lo que las obligaba a caminar siempre erguidas y con pausados movimientos, y les permitía, ya de mayores, desplazarse siempre con la grácil elegancia de un cisne o de una sofisticada maniquí de alta costura.

La Flor de la Canela que de niño despertaba su imaginación, se sentaba a su lado, le espantaba las moscas, le daba de beber y le acariciaba el rostro canturreando a veces una incomprensible canción de cuna nigeriana.

—¡Háblame de ti!

—Ya nada me queda por contar.

Luego, en la mañana del sexto día se escuchó un rumor lejano; Aziza Smain empuñó el revólver y se alejó con el fin de atisbar entre la maleza para descubrir que una vetusta y renqueante ambulancia blanca con la cruz y la media luna roja pintada en el frente y los costados, bordeaba la zona de espesura, como si estuviera buscando algo.

Lanzó un suspiro de alivio al advertir que su tío, Usman Zahal Fodio, se acomodaba el techo atento a distinguir entre tantos matorrales semejantes entre sí cuáles ocultaban el Hummer 2 rojo, por lo que se apresuró a salir a campo abierto agitando los brazos.

Cinco minutos más tarde, el padre Anatole Moreau, un misionero capuchino de larga barba, espaldas de camionero, voz de trueno y manos de leñador, se inclinaba sobre el enfermo para comenzar a examinarle con ayuda del escaso instrumental de que disponía, y de una esmirriada y abnegada nativa de cara de gato y eterna sonrisa bobalicona cuya extraordinaria buena voluntad quedaba fuera de toda duda, pero cuya capacidad profesional como supuesta enfermera resultaba a todas luces cuanto menos cuestionable.

Cuando como casi siempre al atardecer Oscar Schneeweiss Gorriticoechea recuperó la conciencia y abrió los ojos, lo primero que hizo fue sonreír a Aziza Smain pero se volvió al poco hacia el barbudo misionero y comentó con lo que pretendía ser un gesto animoso:

—¡Gracias a Dios! Creí que no llegarían nunca y acabaría mis días en este lugar. ¿Cómo lo han conseguido?

—De milagro, hijo… —fue la sincera respuesta—. De

puro milagro. Pero también gracias al increíble sentido de orientación de nuestro buen amigo Usman que sin duda tiene sangre de paloma mensajera.

El enfermo le dedicó un gesto de agradecimiento al fulbé que permanecía en pie, apoyado en el vehículo, y que se lo devolvió con un leve asentimiento de cabeza.

Luego, tras apretar con fuerza la mano de Aziza Smain, el monegasco se volvió de nuevo hacia el recién llegado para inquirir:

—¿Cómo me encuentra?

—Muy débil, hijo, para qué vamos a engañarnos. ¡Muy, muy débil!

—Jodido, para ser más exacto.

—Sería una forma de decirlo.

—¿Saldré de ésta?

—Eso sólo Dios lo sabe.

—¿También haría falta un milagro?

—Admito que no nos vendría nada mal una pequeña ayuda de ese tipo —reconoció el capuchino.

—Pero ¿qué es lo que tengo exactamente?

El hombretón, que habría hecho mucho mejor papel en un cuadrilátero de lucha libre que un púlpito, tardó en responder, se introdujo el dedo índice de la mano izquierda en la espesa barba de color rojizo, y al fin arqueó de una forma casi cómica las espesas cejas para señalar convencido de lo que decía:

—Le atacó «el león invisible».

El enfermo le observó desconcertado, temió haber oído mal o continuar sufriendo alucinaciones, pero al fin inquirió:

—¿Cómo ha dicho?

—He dicho que le atacó «el león invisible».

—¿Y eso qué es?

—El culpable de casi el noventa por ciento de las muertes de quienes viajan al continente siendo adultos. Los occidentales continúan imaginando que al llegar a África corren el riesgo de que los mate un leopardo, una manada de elefantes, un viejo gorila, o tal vez una tribu de salvajes antropófagos, pero la triste realidad es que quien acaba matándoles es, la mayor parte de las veces, «el león invisible».

—Pero sigue sin aclararme de qué se trata —protestó su interlocutor.

—¿Y quién lo sabe, hijo? —replicó el padre Anatole Moreau con desconcertante naturalidad—. ¿Quién lo sabe con exactitud? Le llamamos así porque es un conjunto de circunstancias que llevan a la gente a la tumba: tifus, malaria, sida, tuberculosis, ébola, insectos, gusanos, amebas, aguas contaminadas, comidas en mal estado, miasmas de los pantanos, zarzas de púas venenosas, fiebres de origen desconocido, e incluso hechicerías de los brujos... Tantas cosas que ignoramos y que al fin resultan mil veces más peligrosas que cualquier bestia de la jungla, con la particularidad de que cuando un occidental abandona el continente las fieras no le siguen hasta su casa, mientras que «el león invisible» se suele ir con él y a menudo le asesta el zarpazo definitivo veinte años más tarde, cuando ya se consideraba a salvo de todos los peligros que aquí le acecharon.

—¿O sea que se trata de una particular forma de designar su total y reconocida ignorancia?

—Ni más ni menos.

—¿Y no se puede hacer nada por corregir dicha ignorancia?

—¿Como qué? —fue la amarga pregunta a la pregunta.

—Como por ejemplo dedicando más medios a la sanidad.

—¿Y de dónde se sacan esos medios, hijo? Níger está

catalogado entre los veinte países más pobres del mundo, y el pomposamente llamado hospital de nuestra misión no es en realidad más que un miserable dispensario en el que atendemos a miles de infelices que incluso se nos mueren en el porche sin que la mayoría de las veces podamos dedicarles ni un par minutos de nuestro tiempo.

—No tenía ni idea.

—¡Pues así es! Casi la cuarta parte de los niños de este país no alcanza la pubertad, y la media de vida de los adultos gira en torno a los cuarenta años. Con semejante panorama, ¿cómo pretende que se dediquen más medios a la investigación, o que consigamos averiguar qué es lo que tiene usted? Y aunque lo supiera no podría hacer nada puesto que el último frasco de aspirinas se nos acabó hace ya un par de semanas.

—¿Y qué esperanza de vida me calcula? —El enfermo le apuntó acusadoramente con el dedo al recalcar—: No me mienta.

—Con suerte, un treinta por ciento.

—¿Y sin suerte?

—Un diez.

—En ese caso, ¿para qué ha venido?

—Para hacer lo que pueda, o para hacer más llevaderos sus últimos momentos. ¿Le gustaría confesarse?

—Supongo que no. Si siempre he presumido de agnóstico no es éste el momento de cambiar de idea.

—Yo creo que más bien es el momento justo, pero no es cuestión de empantanarse en una discusión de tipo filosófico. Ahora lo que tiene que hacer es descansar, y cuando se encuentre un poco más fuerte veremos si está en condiciones de trasladarlo a la misión, donde al menos estará más cómodo y mejor atendido, aunque le advierto que será un viaje muy largo y muy incómodo.

Oscar Schneeweiss Gorriticoechea se limitó a asentir

con un leve ademán de cabeza puesto que lo cierto era que la charla le había fatigado y lo único que deseaba en aquellos momentos era acariciar una vez más la mano de Aziza Smain, cerrar los ojos y permitir que el sopor le invadiera hasta llevarle muy lejos de allí, quizá a su hermosa mansión de Montecarlo, o la cubierta de su gigantesco yate anclado en una quieta y transparente ensenada de Cerdeña.

La alegre voz de su madre le llegó de nuevo con sorprendente claridad:

Jazmines en el pelo y rosas en la cara,
airosa caminaba la Flor de la Canela.
Derramaba lisura y a su paso dejaba
aromas de mistura que en el pecho llevaba...
Del puente a la alameda menudo pie la lleva
por la vereda que se estremece al ritmo de
[*sus caderas...*

Oscar Schneeweiss Gorriticoechea dormía y Usman Zahal Fodio vigilaba la llanura desde los límites de la espesura, mientras Aziza Smain, el padre Anatole Moreau y la enfermera de la cara de gato y bobalicona sonrisa que respondía, no siempre, al extraño nombre de Calicó, concluían un frugal almuerzo en un claro de la maleza lo suficientemente apartado del Hummer 2 como para no despertar al enfermo con su charla, pero lo suficientemente cercano como para vigilar todos sus movimientos con el fin de acudir a su lado en cuanto lo solicitara.

—No quiero que se me considere un pájaro de mal agüero, pero lo cierto es que la situación no se puede presentar peor de lo que está —comentó en un momento dado el misionero apurando su tazón de café al tiempo que liaba apenas unas briznas de un apestoso tabaco negro con un papel que más apropiado parecía para envolver pescado que para confeccionar cigarrillos—. Aquí no podemos hacer más que esperar a que ocurra un milagro, o a que el enfermo se debilite aún más, si es posible, mientras que un viaje de dos días por esas sabanas y esos desiertos en una cochambrosa seudoambulancia sin aire acondicionado y con los amortiguadores hechos puré, le puede acabar llevando definitivamente a la tumba.

—¿Y cree que si consiguiera llegar con vida hasta la misión realmente lo podrían atender mejor? —quiso saber una cada vez más preocupada Aziza Smain—. ¿Acaso cuentan con los medios necesarios?

—¿Necesarios para qué, querida? —fue la desalentadora respuesta del capuchino—. Como ya he dicho carecemos de lo más elemental, aparte de que no sabemos qué es lo que tiene ese infeliz. —Se apoderó de una brasa de la pequeña hoguera con el fin de encender su chapucero cigarro, y tras aspirar profundamente y toser como un poseso, añadió—: Pero lo que sí contamos es con una pequeña pista de aterrizaje, lo que significa que puedo conseguir que una avioneta venga a recogerle y se lo lleve a un hospital decente.

—¿Dónde?

—En Senegal. O tal vez Costa de Marfil.

—¿Y allí sabrán curarle?

—Lo dudo, pero por lo menos cuentan con laboratorios, aparatos de rayos y doctores de verdad, no como yo, que por más que me esfuerzo con frecuencia no distingo el sida de la lepra.

—Sí que los distingue —intervino por primera vez la enfermera de cara de gato en un tono de voz tan bajo que resultaba casi inaudible—. Yo sé que lo distingue. —Ahora se dirigió hacia Aziza Smain al insistir—: El padre Anatole es un magnífico doctor aunque a menudo se empeñe en asegurar lo contrario.

—No te equivoques, pequeña —le contradijo el aludido—. Puede que yo sea un aceptable misionero que sabe consolar a los enfermos o convencerles de que van a salir con bien de sus desdichas, pero la mayor parte de las veces tengo que recurrir a la intuición, a viejos manuales que poca ayuda me prestan, a los consejos de brujos y curanderos nativos, y sobre todo a unas continuas y machaconas oraciones en las que no hago otra cosa que pedirle al Señor que me ilumine.

—Yo le he visto curar a mucha gente.

—Y enterrar a mucha más —fue la rápida respuesta—. ¡No seamos ilusos! Ese hombre depende más de mis oraciones que de mis conocimientos, ya que por desgracia África es un continente dejado de la mano de Dios cuya única esperanza de salvación estriba en que algún día Dios se acuerde de él.

—Pues mala cosa es ésa, puesto que llevamos así miles de años y no se vislumbran trazas de que la cosa cambie —señaló una convencida Aziza Smain—. ¿Qué haría si dependiera de usted?

—Trasladarlo.

—¿Aun a riesgo de que muera por el camino?

—¿Qué más da donde se muera? —quiso saber el capuchino encogiéndose de hombros en un gesto absolutamente fatalista—. Éste no es mejor lugar que otro cualquiera.

—En eso puede que tenga razón, pero me necesita, y si lo trasladase yo no podría estar a su lado.

—¿Por qué no? Nada te impide venir con nosotros.

—Sería un error que les pondría a todos en peligro —le hizo notar la muchacha—. La inmensa mayoría de los habitantes de este país son mahometanos, y si nos tropezáramos con un grupo de fanáticos, no sólo me matarían a mí, sino probablemente a todos aquellos que me hubieran ayudado.

—Eso es muy cierto —admitió asintiendo repetidas veces con la cabeza el barbudo Anatole Moreau al tiempo que apuraba hasta el límite lo poco que quedaba de su minúsculo y apestoso cigarrillo—. Y lo peor no sería que nos matasen; lo peor sería que los imames más radicales aprovecharían la ocasión que andan buscando para expulsarnos del país. Y nuestra misión es la única que se preocupa de los más necesitados en cientos de kilómetros a la redonda.

—Tengo una idea.

Tanto Aziza Smain como el padre Anatole Moreau se volvieron a observar, con gesto de absoluta incredulidad por parte del segundo, a la siempre sonriente Calicó.

—¿Tú? —quiso saber el sorprendido misionero.

—Yo.

—¿Estás segura?

—Segura.

—¡Bendito sea Dios! ¡Oigámosla!

La escuálida muchacha se tomó un cierto tiempo para expresar lo que pretendía decir puesto que resultó evidente que buscaba en lo más recóndito de su mente las palabras apropiadas, pero cuando al fin se decidió a hablar lo hizo en un tono alto y firme, sin sus acostumbradas risitas y balbuceos.

—Hemos llegado hasta aquí en una vieja ambulancia en busca de un europeo muy enfermo —dijo—. ¿Es cierto o no es cierto?

—Lo es.

—Y en todos los controles que hemos ido pasando, tanto los soldados y los policías como los salafistas que vigilan los caminos han podido comprobar que en dicha ambulancia únicamente viajan un inofensivo misionero belga, una aún más inofensiva enfermera de origen kotoko y un guía fulbé. ¿Es cierto o no es cierto?

—Hasta ahí vamos bien.

—Pues en ese caso, si esa misma ambulancia regresa por la misma ruta con el casi moribundo enfermo europeo, el inofensivo misionero belga, y la aún más inofensiva enfermera kotoko, ya que el guía fulbé no es necesario para el camino de vuelta, nadie repararía en que se ha efectuado un ligero cambio.

—¿Qué clase de cambio?

La sonriente muchacha de la cara de gato señaló decidida a Aziza Smain al puntualizar:

—Que ahora ella sería la enfermera kotoko.

—¿Aziza?

—¡Aziza! Ocuparían mi lugar y no creo que nadie se diera cuenta.

—¿Y tú qué harías?

—Me quedaría aquí, con Usman esperando a los fulbé, o mejor aún emprenderíamos viaje hacia el Níger haciendo correr la voz de que soy la auténtica y perseguida Aziza Smain, condenada a muerte.

—¿Y qué conseguirías con eso?

—Que probablemente todos esos integristas de la región echarían a correr tras nosotros hasta la mismísima orilla del río mientras ella se pone a salvo.

—¿Y si por casualidad os alcanzaran?

—Difícil lo veo tratándose de auténticos bororos.

—¡Ponte en lo peor!

—En el peor de los casos me bastaría con demostrar que en realidad no soy Aziza Smain.

—¿Y cómo piensas demostrarlo, pequeña? —quiso saber el cada vez más perplejo misionero—. O mucho me equivoco, o no tienes ninguna documentación, por lo que esos bestias te lapidarían en cuanto te pusieran la mano encima.

—En efecto —admitió la otra con su eterna sonrisa de retrasada mental—. No dispongo de ninguna documentación que acredite quién soy, pero estoy convencida de que puedo convencer a quien tenga cualquier tipo de duda, de que no soy Aziza Smain.

—¿Por qué estás tan segura?

—Porque soy virgen.

—¿Cómo has dicho? —inquirió con un tono de voz

que parecía salirle de lo más recóndito del estómago el ahora en verdad anonadado Anatole Moreau.

—Que soy virgen. Y todo el mundo sabe que la auténtica Aziza Smain ha tenido dos hijos. Precisamente por eso está aquí.

—¿Cuántos años tienes? —quiso saber el barbudo capuchino cuya mente parecía estar en aquellos momentos en otro lugar muy diferente.

—Poco más de veinte... supongo —fue la, en esta ocasión, tímida respuesta.

—¿Y pretendes hacerme creer que a esa edad continúas siendo virgen?

—Es que siempre he querido ser monja.

—¡La madre que me parió! —no pudo por menos que exclamar su cada vez más enfurruñado interlocutor—. ¡Y que Dios me perdone por hablar de este modo! ¡Una virgen de más de veinte años en el corazón de África! ¡Eso sí que es un auténtico milagro!

—No es un milagro —le hizo notar el objeto de su asombro—. Es que siempre he sido flaca y fea, y además todos piensan que algo tonta. —Hizo una corta pausa para añadir con marcadísima intención—: Aunque lo que en realidad ha servido de mucho, es que siempre he deseado conservar la virginidad.

—¡Dios te bendiga, pequeña! Dios te bendiga porque con tu actitud renuevas mi fe en la humanidad. —El religioso hizo un gesto con la mano que evidenciaba que rechazaba la idea—. Sin embargo, sigo pensando que correrías un grave peligro.

—¡En absoluto! —fue la convencida respuesta—. Podría hacer el viaje con el rostro cubierto con un velo, puesto que Aziza es musulmana. Todos imaginarían que realmente era la condenada a muerte en Nigeria que trataba de escabullirse a través de Níger, pero se llevarían una tremenda sorpresa al verme, puesto que nadie en su sano juicio admitiría de igual modo que yo pueda ser una madre de dos hijos y famosa por su belleza. —Soltó una ligera risa casi histérica al concluir—: ¡Resultaría de lo más divertido!

—O muy trágico —protestó el capuchino—. Con demasiada frecuencia he sufrido las vejaciones y las agresiones de esos fanáticos salafistas, precursores, o como quiera que se llamen, y me consta que no les gusta que se burlen de sus creencias. Y lo que estás proponiendo no es más ni menos que una increíble tomadora de pelo.

—¿Y qué más da? —sentenció segura de sí misma la desconcertante Calicó—. Si me matan moriré feliz por haber hecho algo importante, ya que mi vida vale muy poco, mientras que Aziza Smain tiene una hija a la que cuidar, un hijo al que buscar, y un hombre al que salvar. Y por si fuera poco, creo que acabará por convertirse en un símbolo para las mujeres de este continente que pretenden ser algo más que animales con los que los hombres pueden hacer cuanto se les antoje.

—¡Diablos! —no pudo por menos que exclamar el misionero que parecía no dar crédito a lo que estaba oyendo—. Nunca creí que fueras capaz de expresarte así. Me dejas de piedra.

—¿Por qué? —quiso saber la otra—. ¿Por qué parezco tonta? Ustedes tienen un dicho: «No hay mejor sordo que el que no quiere oír».

—Y a eso, y por lo que se está viendo, tú le añades: «Ni mejor tonto que el que lo quiere parecer».

—Más o menos.

—Eso significa que el verdadero tonto soy yo puesto que, si no recuerdo mal, te conozco desde que eras una niña y vivía convencido de que tu cabeza estaba más vacía que la caja de caudales de la misión.

—¡Si usted lo dice...!

—Me estás faltando al respeto.

—No es con mala intención. Además admito que tiene usted demasiados problemas como para preocuparse por lo que piensa o siente una novicia que nunca ha querido demostrar qué es lo que en verdad siente o piensa.

—¡Bien! —masculló entre dientes el amoscado misionero—. Resulta cierto una vez más el dicho de que «nunca es tarde para aprender», y creo que la lección ha merecido la pena. —Se volvió hacia Aziza Smain que había preferido mantenerse al margen de la peculiar discusión para inquirir—: ¿Y tú qué opinas?

—¿Y qué puedo opinar? —quiso saber la aludida—. Cierto que tengo una hija a la que cuidar, un hijo al que buscar y un hombre al que salvar, pero no pretendo convertirme en símbolo de nada, ni que eso sea suficiente para que Calicó se arriesgue ofreciendo su vida a cambio de la mía.

El misionero, que se había puesto pesadamente en pie con el fin de pasear de un lado a otro del pequeño claro como si necesitase estirar las piernas o el movimiento le ayudara a aclarar las ideas, señaló en tono de absoluto convencimiento:

—Estoy de acuerdo aunque debo admitir que la solución que apunta Calicó parece factible. Si consiguiéramos llegar sanos y salvos a la misión a nadie le sorprendería que días más tarde una enfermera acompañase a un moribundo en su viaje a Senegal o Costa de Marfil. —Guiñó un ojo con picardía—. Y desde allí te resultaría relativamente sencillo abandonar África.

—¿Y qué sacaría con eso? —quiso saber la condenada a la lapidación—. Si esos fanáticos quieren matarme, y está claro que lo quieren, acabarán conmigo me esconda donde me esconda, por lo que creo que poner en peligro a una muchacha a la que le queda toda una vida por delante en un absurdo intento por salvar a alguien que no tiene futuro resulta de todo punto insensato.

—En ciertas circunstancias, y no cabe duda de que ésta es una de esas circunstancias fuera de toda lógica y todo control, una insensatez puede acabar por convertirse en lo más sensato.

—Sin embargo yo me opongo.

—En ese caso nos comportaremos democráticamente, por lo que propongo que lo sometamos a votación.

—¿Y eso qué significa?

—Que será la mayoría la que decida.

Usman Zahal Fodio apenas tardó un par de minutos en reconocer que aquélla era sin duda una magnífica solución, indicando además que la joven Calicó no necesitaría quitarse el velo en el último momento corriendo el riesgo de provocar de ese modo la ira de los fundamentalistas.

—Serás una más entre las muchachas fulbé, y desde luego la última en la que se fijasen quienes buscaran a Aziza Smain, puesto que resulta evidente que eres una kotoko del lago Chad por cuyas venas no corre ni una gota de sangre hausa.

—¿Y qué ocurrirá en ese caso?

—Que a los integristas no les quedará otro remedio que aceptar que las absurdas noticias sobre Aziza Smain que los descerebrados banacas han ido propagando por todo el país resultaron falsas, por lo que se volverán a sus casas con el rabo entre las piernas.

—¿Y si se lo toman a mal?

—Peor para ellos, puesto que nunca han sido capaces, ni lo serán jamás, de enfrentarse en lucha abierta a los descendientes del temido Usman Dan Fodio que tantas veces les humilló y tantos de sus antepasados mató.

—Aun así nos arriesgamos a iniciar una guerra tribal de incalculables consecuencias —le hizo notar su sobrina.

—Lo sé, y lo supe desde el día en que inicié el viaje hacia Hingawana —fue la tranquila respuesta del guerrero cubierto de cicatrices—. Pero la culpa no será de los fulbé, sino de quienes imaginaron que podían violar y lapidar a una de sus mujeres. Si aceptáramos semejante ofensa seríamos indignos de considerarnos hombres libres sin más ley que nuestra voluntad, ni más patria que el suelo que pisamos en cada momento. Y ten presente que hay una cosa que aterroriza a nuestros enemigos cualquiera que sea su país, su religión o la tribu a la que pertenezcan; son conscientes de que los fulbé siempre saben dónde encontrarlos, mientras que ellos nunca saben dónde encontrar a los fulbé puesto que ignoran dónde duermen cada noche.

Aquélla era sin duda una verdad incuestionable, puesto que desde el lejano día en que los temidos nómadas llamados indistintamente o según las zonas, peul, fulbé o bororo pusieron el pie en el continente negro llegando de nadie sabía dónde, se comportaron como escurridizos y vagabundos guerrilleros que convertían los conceptos de valor y sufrimiento en su razón de ser y su más preciada bandera. Sin embargo, la inmensa mayoría de los pobladores de las vastas llanuras que bordeaban el gigantesco Sáhara solían ser sedentarios pastores que apenas se alejaban de sus núcleos de población, artesanos, agricultores o pacíficos comerciantes a los que espantaba la idea de que cualquier noche cayeran sobre sus tranquilos hogares una manada de sanguinarios y apestosos adoradores de vacas sedientos de venganza y capaces de degollar en silencio a todo un pueblo para perderse a continuación en las tinieblas y no parar de andar a paso de carga durante cinco semanas.

Incluso para los terroristas más avezados resultaba prácticamente imposible atentar contra unos individuos que acampaban cada anochecer en un lugar distinto, sin más hogar que una estera ni más techo que el cielo, y que además eran duchos en el arte de mimetizarse con el entorno, hasta el punto de conseguir hacerse prácticamente ilocalizables.

Un guerrero fulbé era muy capaz de mantenerse erguido sobre una sola pierna, con la otra flexionada y pegada a la cintura, rodeándose el cuerpo de ramas de tal modo que a diez metros de distancia se le confundiría con un matorral más entre los matorrales entre los que se camuflaba. Al cabo de esa hora cambiaba de pierna para permanecer otro tanto de igual modo, aguardando pacientemente a que un venado, un león, un facocero o el odiado miembro de una tribu enemiga se pusiera al alcance de su afilado machete, momento en que degollaba a su víctima de un certero tajo y en un abrir y cerrar de ojos.

Ningún niño bororo de los que partían cada amanecer a pastorear el ganado llevaba jamás el agua o las provisiones que se suponían imprescindibles a la hora de soportar una dura jornada de marcha bajo un sol implacable, puesto que el mero hecho de tomar tal precaución significaba que no se sentía capaz de encontrar el agua o los alimentos que iba a necesitar en el desierto o la sabana.

Y si no sabía encontrarlos para él solo, menos aún sabría encontrarlos el día de mañana para su futura familia, por lo que nunca sería digno de conseguir una esposa y procrear hijos.

Decidido por tanto, por tres votos a uno, que Aziza Smain debía marcharse en la ambulancia mientras Calicó se quedaba con Usman Zahal Fodio, tan sólo bastaba conocer la opinión del enfermo, que aún tardó varias horas en encontrarse lo suficientemente despejado como para asimilar con claridad lo que le estaban proponiendo.

—¿Y por qué no hacemos el viaje en mi coche que es más cómodo, más rápido y está dotado de aire acondicionado? —quiso saber al fin.

—Porque a ese precioso y espectacular Hummer 2 rojo lo anda buscando ya medio Níger —fue la rápida respuesta del religioso—. Y no creo que pasáramos ni tan siquiera el primer control de carreteras. Llama demasiado la atención y ya todo el mundo sabe, o por lo menos imagina, que en él viaja Aziza Smain.

—¿Y qué hacemos con él?

—De momento, ocultarlo. Luego ya veremos.

—Si lo quiere se lo regalo.

—¡Ya lo creo que lo quiero! —se apresuró a replicar el sonriente y agradecido padre Anatole—. Lo puedo transformar en una magnífica ambulancia, y a la misión le vendrá de maravilla porque «la Tuerta» se cae a pedazos. Sin embargo, no volveré a buscarlo hasta que ustedes dos se encuentren a salvo.

—De acuerdo —admitió Oscar Schneeweiss Gorriticoechea—. Prepare una carta de cesión y se la firmaré, pero antes necesito que me haga un favor.

—Si está en mi mano…

—Supongo que sí. ¿Sabe manejar un soplete?

—Naturalmente, hijo. En la misión tenemos que hacer de todo, y aunque no me considero una lumbrera, me suelo apañar bastante bien con la fontanería.

—En ese caso busque el que está en la caja de herramientas y corte las vigas de acero que sujetan los parachoques a la base del chasis.

—¿Y eso?

—Usted haga lo que le digo.

El misionero le observó un tanto sorprendido, pero se limitó a obedecer por lo que al cabo de media hora, y contando con la eficaz ayuda de las dos mujeres, consiguió que tanto el parachoques trasero como el delantero se desprendieran del lujoso vehículo.

—¿Y ahora qué hacemos? —quiso saber un tanto

amoscado puesto que el esfuerzo y el calor le habían obligado a sudar a chorros.

—Meterlos en unas vasijas de barro que encontrara bajo el asiento posterior, e ir fundiéndolos poco a poco con ayuda del soplete.

—¿Fundiéndolos? —repitió el otro cada vez más confuso—. ¿Y eso para qué?

—Es que son de oro.

—¿Cómo has dicho?

—He dicho que son de oro, aunque cubiertos con una triple capa de pintura negra para que nadie lo descubra.

—¿Pero qué tontería es ésa? —no pudo por menos que inquirir el ya totalmente desconcertado capuchino—. ¿A quién se le ocurre andar por el mundo en un coche con los parachoques de oro?

—A alguien cuya familia cuenta con una larga tradición de huidas precipitadas de los más diversos países —fue la sencilla y en cierto modo lógica respuesta—. Cuando los nazis subieron al poder en Austria, mi abuelo pasó a Suiza, supuestamente a disfrutar de un tranquilo fin de semana en Zurich, en un Mercedes Benz en el que hasta el techo y las puertas eran de oro. Y mi padre le imitó entre las fronteras de Argentina y Chile. Cuando las cosas se ponen difíciles, el oro es el mejor de los recursos, por lo que en el momento de iniciar este viaje llegué a la conclusión de que no estaría de más tomar algunas precauciones.

—¡Muy astuto, vive Dios! —reconoció el belga—. Muy astuto. Pero le va a resultar imposible sacar tanto oro del Níger. Los aduaneros suelen revisar a fondo los equipajes por si alguien pretende contrabandear uranio.

—Es que no pienso sacarlo de Níger —fue la sorprendente explicación—. Uno de los parachoques es para mejorar el hospital de su misión. Y el otro para repartirlo entre los fulbé que nos van a ayudar.

—Los fulbé jamás admiten que se les pague por los favores que hacen —intervino Aziza Smain, que había permanecido atenta a la extraña conversación—. Y mi tío se ofenderá si se lo propones.

—Nada más lejos de mi ánimo que ofenderle, pero te ruego que le hagas comprender que no se trata de pagar por lo que hacen, sino de obsequiarle con un recuerdo de un amigo que se va, y que probablemente jamás volverán a ver. Y ahora necesito descansar. Me encuentro muy fatigado.

A los pocos momentos se había sumido en un profundo sopor aunque resultó evidente que al poco le asaltaron violentas pesadillas, puesto que comenzó a gemir y estremecerse mientras un sudor frío le corría por todo el cuerpo como si se encontrara a punto de deshidratarse.

El león invisible le rugía con más fuerza que nunca.

A Abu Akim el Martillo de Alá le complacía y relajaba de forma harto especial pasar una hora al día sentado a los pies de una palmera.

Por lo general prefería hacerlo al amanecer, pero en el caso de que por cualquier razón a esa hora no le resultara factible cumplir con tan personalísimo ritual, solía aprovechar el momento en que el sol comenzaba a perderse de vista en el horizonte, puesto que desde niño alimentaba la extraña creencia de que el simple hecho de acomodarse sobre la arena, con la espalda apoyada en un rugoso tronco, le ayudaba a pensar con mayor claridad, convencido de que la savia que circulaba por el interior de una altiva planta a la que no dudaba en denominar «el más hermoso adorno de la naturaleza» le transmitía en cierto modo su gran fuerza vital.

En opinión del hombrecillo educado en Inglaterra que había permanecido largos años sin poder disfrutar de la beneficiosa presencia de sus cimbreantes troncos y sus abiertos penachos, las palmeras y no la Media Luna deberían haberse convertido en el verdadero símbolo del islam, puesto que la Media Luna cambiaba de aspecto a los tres días y debido a su lejanía en nada contribuía al bienestar de los seres humanos, mientras que las palmeras constituían para el sufrido viajero un punto de referencia que siempre permanecía inalterable, al tiempo que proporcionaban sombra, alimento, belleza y una clara indicación de que bajo sus raíces se encontraba la ansiada agua que tanto se necesita durante las interminables travesías del desierto.

Desde muy antiguo todo cuanto hacía referencia a lo musulmán estaba ligado de algún modo a la figura de una palmera, y debido a ello Abu Akim se sentía tan unido a ellas, que durante un día a la semana imitaba a los beduinos de lo más profundo del Sáhara limitando su dieta a dátiles y leche de camella.

Ello le permitía sentirse más limpio y más identificado con Dios y con la naturaleza.

No era aquél, sin embargo, uno de tales días, puesto que el exigente sacrificio del ramadán traía aparejado que tras todo un largo día de ayuno el cuerpo reclamaba algo más consistente que dátiles y leche.

Por ello, sediento y hambriento, aguardaba sentado al pie de su palmera predilecta, observando cómo el sol iniciaba su lento descenso en busca del horizonte, a la espera de que «no se pudiera distinguir un hilo blanco de un hilo negro», momento en que sus criados le avisarían de que el banquete nocturno estaba dispuesto.

Le reconfortaba imaginar que de igual modo el Profeta habría pasado largas horas apoyado en una palmera semejante, en perfecta comunión con su Creador, y meditando sobre la mejor forma de conseguir que los hombres y mujeres de su raza emprendieran el camino que habría de conducirles directamente al paraíso.

De horas como aquélla, a solas con Dios y con sus propios pensamientos habrían surgido las santas palabras del Corán, y por ello, tantos siglos más tarde, Abu Akim experimentaba un especial placer al imaginar que de algún modo imitaba al santo visionario que había sabido marcar la ruta correcta a millones de sus fervientes seguidores.

La savia de la palmera al fluir tan cerca de su espalda le transmitía la fuerza necesaria como para enfrentarse a los mil peligros que de continuo le acechaban, consciente como estaba de que poderosos infieles habían puesto precio a su cabeza, por lo que siempre podía darse el caso de que algún ladino traidor sintiera la tentación de hacerse con tan generosa recompensa.

En realidad no le importaba saber que en cualquier momento podían asesinarle; más bien por el contrario experimentaba un íntimo orgullo al comprender que si le perseguían con tanta saña era porque se había convertido en el temido Martillo de Alá, que no reparaba en esfuerzos y fatigas a la hora de intentar que lo que había concebido aquel a quien él consideraba tocado por la gracia divina, acabara por convertirse en una auténtica realidad y algún día todos los habitantes del planeta marcharan al unísono por los hermosos senderos del islam.

Respiró profundamente, advirtió que su espíritu se elevaba tal como siempre ansiaba que lo hiciera, y se regodeó en la contemplación del rojo disco del sol que comenzaba a rozar el borde de las grandes dunas que se distinguían en la distancia, por lo que experimentó una particular sensación de desagrado en el momento de ver aparecer entre al fondo del sendero a su fiel lugarteniente, el manco R'Orab el Cuervo, quien se dejó caer cansinamente a su lado para comentar en tono de reconocida culpabilidad:

—Siento traerte malas noticias en hora tan inoportuna, pero creo que es necesario que sepas que pese a todos nuestros esfuerzos, no hemos conseguido dar con el paradero de Aziza Smain.

—¿Cómo es posible? —inquirió su jefe en tono de evidente reconvención y casi menosprecio—. No es más que una mujer.

—Lo sé, y no consigo entender qué es lo que está ocurriendo, pero lo cierto es que miles de fieles la buscan sin éxito por todos los rincones, por lo que llegaría a creerse que se la ha tragado la tierra.

—La tierra tan sólo se traga a los muertos —replicó su interlocutor de evidente mal talante—. Está viva, y mientras siga respirando constituye una ofensa que no estoy dispuesto a aceptar. Te ordené que no volvieras si no era trayéndome su cabeza en una cesta.

—Lo recuerdo —admitió el abatido beduino al que le costaba un gran esfuerzo encarar la situación—. Pero es que todo cuanto hemos intentado resulta inútil. No aparece por parte alguna.

—¿Y qué piensas hacer?

—Cambiar la forma de actuar, y por ello he venido. Necesito que ruegues a tus amigos de Kano que envíen un avión en su busca.

—¿Un avión? —se sorprendió de forma harto desagradable el Martillo de Alá al que nunca le había gustado pedir favores a nadie—. ¿Por qué un avión?

—Porque la región fronteriza entre Nigeria y Níger, en la que sabemos que se esconde, es una enorme sabana salpicada de barrancos, monte bajo y matorrales lo suficientemente compactos como para que ellos puedan ocultar el vehículo del europeo que la ayuda, y que ha sido visto por esa zona.

—¿Estás seguro de eso?

—Me consta que cruzó la frontera por Jibiya, y que se hace pasar por científico que busca fósiles, pero resulta evidente que lo que intenta es permitir que Aziza Smain escape con el fin de llevársela a su país para presumir de que nos la ha arrebatado en nuestras propias narices.

—Entiendo. Y no me gusta. Aborrezco que los extraños, sobre todo si son infieles, intervengan en nuestros asuntos.

—También yo, y por ello creo que únicamente conseguiríamos localizar su vehículo desde el aire... ¿Qué opinas?

—Que tal vez tengas razón.

—¿Darás la orden?

—No sólo la daré, sino que puedes hacer correr la voz de que entregaré personalmente un millón de euros a quien me traiga la cabeza de esa mujer. No podemos consentir que nuestras creencias se pongan en entredicho.

—Nadie las pone en entredicho —protestó con cierta timidez su atribulado subordinado—. Tan sólo se trata de un retraso.

—Pero un retraso inadmisible. Los medios de comunicación de medio mundo ya han difundido la noticia de que una condenada a muerte por el tribunal de la *sharía* se ha escapado, por lo que muchos se preguntan si en realidad somos tan ineptos que ni siquiera sabemos hacer cumplir nuestras propias leyes. Es como si un peligroso asesino se hubiera fugado de una prisión americana la víspera de su ejecución.

—A Aziza Smain no se la puede considerar una peligrosa asesina —señaló en el mismo tono de exculpación el hundido R'Orab—. Debido a ello disfrutaba de una relativa libertad de la que abusó de una forma indigna y totalmente inesperada. Por lo que he podido averiguar gran parte de la culpa recae sobre el caíd de Hingawana que no tomó las debidas precauciones, e incluso se rumorea que en cierto modo favoreció la huida.

—Algo he oído al respecto —admitió Abu Akim al tiempo que se ponía en pie puesto que el sol acababa de desaparecer tras las dunas y muy pronto los colores dejarían de existir—. Pero no es tiempo de acusarnos los unos a los otros y dividir nuestras fuerzas, sino de trabajar codo con codo con el fin de procurar que las leyes se cumplan.

Lo único que importa es encontrar a esa mujer y ejecutarla tal como ordena la sentencia. El resto es superfluo.

—Tal vez no resulte sencillo... —El continuo carraspeo del manco mostraba hasta qué punto se encontraba nervioso—. Hemos sabido que casi la totalidad de los fulbé de la región han comenzado a arrear a sus animales hacia el oeste, como si tuvieran la intención de concentrarse al sur de Niamey, a orillas del río Níger.

—Tal vez acudan a una de sus tradicionales ferias de ganado —aventuró en un tono de evidente esperanza su interlocutor.

—¿En esta época del año? —negó el otro convencido—. ¡Jamás lo han hecho! Y por lo que me han contado son los banacas los que están haciendo correr la voz de que hasta el último bororo, hombre, mujer o niño, debe encaminarse cuanto antes hacia ese punto.

—¿Y qué tienen que ver los banacas con todo esto?

—Lo ignoro, pero hay dos cosas que debemos tener muy en cuenta: primero, que por lo que se sabe los banacas constituyen una especie de rama desgajada del tronco fulbé, con los que se encuentran emparentados. Y segundo, que son los únicos seres de este mundo capaces de hacer llegar cualquier mensaje hasta el último rincón del continente.

—Eso es muy cierto —admitió a pesar suyo Abu Akim—. Cuando se lo proponen esos locos actúan como un reguero de pólvora, resultan totalmente incontrolables, y el simple hecho de que existan obliga a admitir que en ocasiones incluso el Creador comete errores.

La sorprendente afirmación de un hombre tan profundamente religioso cabía atribuirla sin duda al hecho de que los estrafalarios banacas o bananas, también conocidos como «los caminantes», constituían desde tiempo inmemorial uno de los grupos étnicos más peculiares del continente negro y casi podría asegurarse que de la Tierra.

Debido a sus antiquísimas costumbres, o tal vez, y con mayor probabilidad, a un desconocido y complejo defecto genético, raramente conseguían permanecer inmóviles y además padecían insomnio crónico, pese a lo cual jamás se fatigaban, razón por la que dedicaban su tiempo y sus extraordinarios excesos de vitalidad a deambular sin descanso por las praderas, los montes y los desiertos.

Solían hacerlo a solas o en muy pequeños grupos, casi siempre recitando extrañas letanías destinadas a espantar a los malos espíritus, y no se les conocía enemigos en una región del planeta en la que casi todo el mundo contaba con algún enemigo, ya que en cierto modo se les consideraba una especie de santones o iluminados a los que jamás se les debía hacer daño a riesgo de provocar la ira de los dioses.

Por lo general se consideraba un honor abastecerles de agua y toda clase de alimentos pese a que nunca los solicitaban, y de igual modo rechazaban de plano cualquier oferta de refugio o la más mínima remuneración cuando se les utilizaba a modo de correo, dado que siempre se mostraban dispuestos a llevar cualquier tipo de mensaje, que repetían sin olvidar ni una sola palabra, a un destinatario que muy bien podía encontrarse a más de trescientos kilómetros de distancia.

Semidesnudos y descalzos, sin armas ni equipaje, la súbita aparición entre un río de dunas o entre la alta hierba de la pradera de un banaca traía siempre consigo un cierto aire de misterio, y los nativos más supersticiosos aseguraban que en realidad no se trataba de seres humanos, sino de la encarnación de las almas de aquellos que no conseguían descansar en el más allá por lo que necesitaban viajar continuamente hasta encontrar en algún lugar remoto la paz perdida a causa de sus muchos pecados.

Tan sólo se relacionaban sexualmente entre sí, probablemente porque no existía nadie capaz de seguir su ritmo de vida, y por lo general siendo ya relativamente mayores, puesto que en cuanto alcanzaban la pubertad los hombres preferían lanzarse a recorrer el mundo.

Solían mantener sus relaciones de pareja durante la época de las grandes lluvias, único momento en la que su incesante actividad descendía ligeramente, y su esperanza de vida debía ser muy corta, puesto que no se tenía noticias de ningún banaca anciano.

Debido a ello, la curiosa afirmación de Abu Akim de que constituían una especie de «reguero de pólvora» se ajustaba mucho a la realidad, por lo que resultaba evidente que ya no debía quedar ni un solo bororo en cientos de kilómetros a la redonda que no supiera que tenía que arrear sus negros cebúes hacia un lugar muy concreto, a orillas del Níger, con el evidente fin de contribuir a la salvación de una hermosa muchacha por cuyas venas corría sangre fulbé, y que además era hija de una princesa que años atrás había sido especialmente famosa debido a su espectacular belleza.

—¡Bien! —concluyó por mascullar el Martillo de Alá cada vez menos satisfecho del rumbo que tomaban los acontecimientos—. Si ya se ha extendido la noticia lo único que podemos hacer es vigilar de cerca a esos malditos bororos, e intentar averiguar qué es lo que piensan hacer y cómo pretenden sacar del continente a esa mujer.

—¿Y qué hay respecto al avión? —quiso saber el beduino.

—Mañana mismo empezará la búsqueda —fue la firme promesa—. Y ahora vámonos a cenar, que ya apenas me mantengo en pie.

Abu Akim no había sido nunca un hombre que hiciera falsas promesas, por lo que a media mañana del día siguiente una Cessna azul y blanca despegó del aeropuerto de Kano para poner de inmediato rumbo al norte.

Una vez en la frontera comenzó el meticuloso trabajo de sobrevolar una extensa región de más de cien kilómetros de largo por cuarenta de ancho en la que las monótonas llanuras de alta hierba y las extensiones semidesérticas se alternaban con amplios bosques de acacias de no más de tres metros de altura, así como oscuras manchas de vegetación enmarañada que solían espesarse aún más en las profundas quebradas y los estrechos cauces de viejos ríos en los que el agua de las escasas lluvias locales se mantenía por más tiempo.

El piloto iba atento a seguir un rumbo de ida y vuelta a todo lo ancho de la franja que debían examinar, procurando que las pasadas en paralelo no se apartasen más de cuatro o cinco kilómetros las unas de las otras, mientras un hombre a su lado y otro detrás permanecían atentos a cada detalle del terreno, enfocando de tanto en tanto sus potentes prismáticos hacia un suelo que no se encontraba a más de quinientos metros de distancia.

Resultaba evidente que nada de cuanto se encontrase o se moviese bajo las alas les pasaría inadvertido.

Por suerte, como hombre nacido y criado en plena naturaleza, Usman Zahal Fodio contaba con un oído de elefante y una vista de halcón, por lo que la frágil Cessna aún se encontraba a más de veinte kilómetros de distancia cuando el ágil guerrero de las incontables cicatrices llegó corriendo al punto en que se encontraban sus compañeros de fatiga.

—¡Un avión! —exclamó agitado—. ¡Un avión! ¡Nos busca!

El padre Anatole Moreau ni tan siquiera se inmutó, limitándose a señalar con absoluta naturalidad:

—Era de suponer.

—¿Y qué hacemos ahora?

—Ante todo mantener la calma.

—Nos descubrirán en cuanto pasen por encima.

—Eso es seguro. Pero a poco más de un kilómetro de aquí he encontrado un pequeño barranco en el que ya tenía pensado ocultar el Hummer. Es bastante estrecho, por lo que la vegetación lo cubre casi de lado a lado. Más vale que lo llevemos allí cuanto antes.

—¿Y qué vamos a hacer con la ambulancia?

El misionero tardó en responder, introdujo uno de sus dedos en la barba, señal inequívoca de que estaba intentando pensar, y al fin, no demasiado seguro de sí mismo, señaló:

—Creo que no habrá espacio suficiente para los dos vehículos y no recuerdo ningún otro barranco por los alrededores. Sin embargo, ahí delante, entre aquellos matojos, la arena parece bastante suelta. Si caváramos una fosa de poco más de metro y medio de profundidad y metiéramos dentro a la Tuerta cubriéndola de maleza, resultaría casi imposible que la distinguieran desde el aire. ¿Qué os parece?

—Mejor eso que nada.

—En ese caso más vale que nos pongamos a trabajar cuanto antes. —Hizo un gesto señalando a Calicó al tiempo que añadía—: Tú vendrás conmigo para ayudarme a esconder el coche grande, mientras estos dos se dedican a cavar como locos y lo más profundo posible.

Se apoderó de los viejos prismáticos que se encontraban en la guantera de su destartalado vehículo, trepó al techo y los enfocó en dirección al punto en que se distinguía el pequeño avión. Aguardó a que éste girara para alejarse de nuevo hacia el norte y en cuanto se cercioró de que comenzaba a perderse de vista saltó de nuevo al suelo para comentar:

—¡Éste es el momento de movernos puesto que no pueden vernos! No perdamos tiempo.

Ayudó a trasladar al enfermo al interior de la ambulancia, y poniendo en marcha el llamativo vehículo rojo se alejó hacia el punto que había indicado en compañía de la muchacha de cara de gato a la que se advertía nerviosa y podría decirse que evidentemente entusiasmada.

Tal como había previsto, el Hummer 2 casi desapareció en el interior del estrecho barranco aún a costa de sufrir lamentables raspones y alguna que otra abolladura, por lo que les bastó con colocarle encima algunas ramas sujetas con gruesas piedras para que no hubiera sido posible advertir rastro alguno de él ni aun encontrándose al borde de la hondonada.

Más fatigoso les resultó emprender el camino de regreso barriendo las marcas que habían dejado los neumáticos a la par que sus propias huellas, y se encontraban ya a punto de retornar al campamento cuando volvieron a escuchar, esta vez con mayor nitidez, el runruneo del motor del aeroplano.

Se encontraba ya a menos de diez kilómetros de distancia y continuaba volando muy bajo.

La media hora siguiente constituyó una auténtica pesadilla puesto que el calor arreciaba y el suelo se hacía cada vez más duro a medida que profundizaban en la excavación, por lo que mientras los dos hombres sudaban a chorros cavando como posesos, Aziza Smain y Calicó, armadas de improvisadas escobas que no eran en realidad más que ramas, se afanaban febrilmente en la tarea de limpiar los alrededores de tal forma que no quedase a la vista rastro alguno de que allí habían acampado o por allí habían deambulado seres humanos durante los últimos tiempos.

El viento, tan frecuente y constante en la región, se había preocupado de borrar días atrás las huellas que dejaran los vehículos al aproximarse, por lo que el único peligro que corrían de momento se concretaba en el hecho de no conseguir ahondar lo suficiente como para que la ambulancia pudiera ser camuflada por completo.

La Cessna había llegado hasta el punto más alejado hacia el sur, y ahora volaba de nuevo hacia el norte, por lo que resultaba evidente que en su próxima pasada se encontraría casi justo sus cabezas, lo que hizo que las dos mujeres se apoderaran de platos de latón que hacían las veces de rústicas palas con intención de ayudar a sacar la mayor cantidad de tierra posible de la improvisada fosa.

Por último dejaron deslizar el vehículo con sumo cuidado por la empinada rampa que habían construido con ese fin, encajándolo en el hoyo de tal forma que tan sólo se podía entrar o salir de él por la puerta trasera, lo que provocó que el misionero comentara al tiempo que se secaba el sudor que le corría a chorros por la frente:

—Para sacar de aquí a la pobre Tuerta tendremos que traer de nuevo el Hummer y remolcarla porque me da la impresión de que no sería capaz de subir por su propio esfuerzo ni aunque la matasen.

Fue en ese momento cuando Oscar Schneeweiss Gorriticoechea volvió en sí para inquirir en tono quejumbroso al advertir que se encontraba ya en el interior de la ambulancia:

—¿Qué ocurre? ¿Es que ya me estáis enterrando?

—¡No, hijo, no! —fue la casi humorística respuesta—. Estamos intentando evitar que nos entierren a todos.

La avioneta volvió a hacer su aparición por el norte, y tal como habían previsto se dirigía directamente hacia ellos.

A toda prisa aprovecharon la misma arena de la fosa con el fin de esparcirla sobre el blanco techo y las paredes, a continuación plantaron encima cuatro o cinco arbustos, y excepto el guerrero fulbé, el resto del grupo se introdujo en el vehículo.

Usman Zahal Fodio se afanó en cubrir la puerta y la

rampa con ramas secas, se cercioró una y otra vez de que no quedaba nada sospechoso a la vista, y por último cuando ya tenía a sus enemigos prácticamente encima, se alzó sobre una pierna rodeándose de ramas, por lo que era más que un arbusto entre los arbustos.

El avión pasó de largo.

El rugido del motor se perdió hacia el sur, pero aun así prefirieron aguardar diez minutos, con el oído atento, antes de decidirse a abandonar su precario escondite.

A media tarde no se advertía ya rastro alguno de la avioneta por los alrededores, por lo que se consideraron definitivamente a salvo, pese a los cual el capuchino comentó expresando sin duda el sentir general:

—Por esta vez hemos tenido suerte, pero lo ocurrido significa que no andan desencaminados con respecto a la zona en que nos encontramos. Pronto o tarde acabarán por localizarnos.

—¿Y qué vamos a hacer ahora? —quiso saber sin perder su absurda sonrisa de personaje de otro mundo la siempre animosa Calicó.

—¿Ahora? —se escandalizó el misionero—. Nada de nada, porque no sé vosotros, pero lo que soy yo estoy hecho polvo. Mañana Dios dirá.

Se dejó caer como si de pronto le hubieran cortado las piernas a la altura de las ingles y un minuto después roncaba tan sonoramente que casi le hacía la competencia al motor de la Cessna.

A media noche les despertó un súbito aguacero.

A todos, menos al gigantesco padre Anatole Moreau, de quien podría asegurarse que ni tan siquiera las cataratas del Niágara le hubieran obligado a abrir un ojo en aquellas circunstancias, puesto que pertenecía a esa clase de personas acostumbradas a la acción, capaces de mover montañas, enfrentarse a una manada de búfalos o trabajar durante tres días seguidos, pero que cuando al fin se dan por vencidas caen como muertas, momento en el que hasta un simple conejo podría acabar con ellos a mordiscos.

No obstante, cuando bien entrada la mañana decidió retornar al mundo de los vivos, se irguió sobre un codo, bajó la vista hacia los mugrientos y empapados pantalones y masculló con gesto de supremo fastidio:

—Me debo estar haciendo viejo antes de tiempo. Por lo visto esta noche me he orinado encima.

Dio los buenos días a todos los presentes, se aproximó al enfermo, comprobó que continuaba durmiendo y a continuación se aplicó con entusiasmo a la tarea de devorar ansiosamente cuanto se puso a su alcance.

Al concluir su pantagruélico desayuno se alejó entre la maleza, tardó un buen rato en regresar, y cuando lo hizo se frotó repetidamente las palmas de las manos para comentar como si se encontrara dispuesto a iniciar la construcción de las pirámides de Egipto.

—¡Bien! —exclamó—. Es hora de empezar a mover el culo.

—¿Nos vamos? —quiso saber Aziza Smain.

—A condición de que seamos capaces de sacar de su tumba a esa vieja gruñona, lo que a mi modo de ver no va a ser tarea fácil.

Usman Zahal Fodio comenzó a apartar la tierra y los matojos que cubrían la ambulancia al tiempo que comentaba:

—Confío en que los banacas hayan hecho bien su trabajo, y todos los fulbé de la región hayan emprendido ya la marcha hacia el río.

A media tarde todo estaba dispuesto para la marcha, pero en cuanto el enfermo advirtió que le movían con intención de trasladarle a la hamaca que el misionero había colgado y afirmado a los costados en la parte posterior de la ambulancia con el fin de procurar amortiguar el traqueteo del destartalado vehículo, así como los súbitos golpes provocados por los infinitos baches que encontrarían por el camino, abrió los ojos para inquirir:

—¿Qué ocurre?

—Nos vamos.

—No creo que esté en condiciones de soportar el viaje —protestó el agotado paciente con cierta timidez—. Me encuentro demasiado débil.

—Más débil se encontrará si se queda aquí —le hizo notar el barbudo capuchino—. Empeora a ojos vista.

—Por lo menos moriré en paz.

—Nadie se muere hasta que el Señor lo decide —fue la seca respuesta de quien resultaba evidente que estaba acostumbrado a enfrentarse a toda clase de adversidades—. Y si le ha llegado la hora, al menos que le llegue intentando salvarse. Me niego a quedarme sentado esperando a que le escape la vida gota a gota. ¡Luche por ella!

—No me quedan fuerzas.

—Le garantizo que las fuerzas por sobrevivir es lo último que se pierde, no la esperanza. Lo sé por experiencia.

Oscar Schneeweiss Gorriticoechea meditó unos instantes y por último asintió con un casi imperceptible gesto de la cabeza.

—¡De acuerdo! —musitó con un hilo de voz—. Lo intentaré, pero antes quiero hacer testamento por si las cosas se complican, que temo que se complicarán, y mucho. ¿Tiene papel y pluma?

El otro hizo ademán de protestar con la aparente intención de argumentar que semejante precaución se le antojaba una estupidez, pero al observar el demacrado y grisáceo semblante de su interlocutor debió pensárselo mejor porque se puso en pie para regresar al poco armado de un bloc de rayas y un mordisqueado bolígrafo.

—Cuando quiera —dijo.

—De acuerdo, escriba; yo, el abajo firmante, Oscar Schneeweiss Gorriticoechea, mayor de edad y en plena posesión de mis facultades mentales, dispongo como mi última voluntad, que todas mis fábricas pasen a manos de sus operarios y que sean dirigidas por un comité que ellos mismos elijan. El resto de mis empresas, casas, barcos, urbanizaciones, hoteles, acciones y cuentas bancarias, deberán repartirse de la siguiente forma: un diez por ciento para la misión que dirige el padre Anatole Moreau en Níger, un diez por ciento para mi abogado y amigo Robert Martel, que ejercerá como albacea testamentario; un diez por ciento a repartir entre el personal que se encuentra a mi servicio y los tripulantes de mi barco, y el setenta por ciento restante se entregará directa y personalmente a mi esposa.

El padre Anatole Moreau, al que se advertía sorprendido y encantando por lo que acababa de escuchar en lo que a la misión se refería, se detuvo de pronto con el chupeteado bolígrafo en alto para observar con gesto de sorpresa a su acompañante. Al poco comentó:

—Tenía entendido que nunca se había casado.

—Y no lo he hecho.

—¿Entonces?

—Quiero que me case con Aziza.

—¿Casarle con Aziza? —repitió el gigantesco barbudo al que se le advertía perplejo—. ¿Es que se ha vuelto loco?

—¿Por qué tendría que haberme vuelto loco? —se sorprendió su interlocutor—. Usted es cura, ella es viuda, yo soltero y contamos con dos testigos. Supongo que eso es todo lo que hace falta. ¿O no?

—¡Visto de ese modo...! Pero le recuerdo que pertenecen a religiones distintas y apenas se conocen.

—La religión nunca debe ser un obstáculo para unir a las personas sino todo lo contrario. Y conozco a Aziza lo suficiente, puesto que todo el que la conoce no puede menos que amarla. —Hizo una corta pausa puesto que le costaba un gran esfuerzo hablar durante tanto rato para concluir en tono decidido—: Y si he conseguido salvarla de la lapidación no es para abandonarla a su suerte, a sabiendas que miles de fanáticos la perseguirán hasta el confín del universo.

—¿Y cree que casándose con ella conseguirá protegerla?

—¡Desde luego! Si sobrevivo la cuidaré personalmente, pero si muero resulta evidente adonde quiera que vaya, cielo o infierno, que el dinero no me servirá de nada, pero Aziza tendrá lo suficiente como para ocultarse donde quiera o incluso armar un pequeño ejército que le ayude a buscar a su hijo. ¿Qué otra cosa me propone que haga con una fortuna que está claro que no puedo llevarme a la tumba?

—¿Es que acaso no le queda ni un solo pariente vivo?

—Muchos, pero muy lejanos, y lo suficientemente ricos como para no necesitar mi herencia. Aparte de que no creo que ninguno se la merezca. El único con el que he mantenido una cierta relación, el cretino de mi primo Eduardo, lo dilapidaría en los casinos mientras se descojonaba de risa meándose sobre mi tumba. ¡No! —insistió seguro de sí mismo—. Es en Aziza en quien debo pensar antes que nada.

—¡Como usted diga! —aceptó el otro con un perceptible y fatalista encogimiento de hombros—. Le casaré con Aziza, pero antes necesitamos saber si está dispuesta a casarse con usted.

—Pregúnteselo.

—¿Yo? —inquirió el religioso cada vez más confundido—. ¿Y por qué yo? Lo normal y lo lógico es que se lo pregunte usted.

—Es que temo que me pondría demasiado nervioso.

—¿Cómo ha dicho?

—Que me pondría nervioso, y estoy seguro de que si me rechazase me daría un soponcio que en mi estado resultaría fatal. —Alargó una mano para colocarla sobre la rodilla del barbudo y suplicar como un niño mimado—: ¡Hágalo por un pobre desahuciado!

—¡Pero bueno...! —se irritó el religioso—. ¡Qué desahuciado ni qué leches! Ni usted está desahuciado ni yo he nacido para hacer de celestina.

—¡Por favor...!

—¡Pero esto es lo más absurdo que he oído en mi vida! —refunfuñó su oponente fuera de sí—. ¿Pretende hacerme creer que a un multimillonario hombre de mundo como usted le asusta una pobre muchacha que no tiene ni donde caerse muerta y que jamás ha salido de su miserable villorrio?

—Me asusta y me impresiona —admitió con absoluta sinceridad Oscar Schneeweiss Gorriticoechea—. ¿O es que no se ha dado cuenta de que esa muchacha resulta terriblemente turbadora?

—¿Turbadora...? —repitió el padre Anatole inclinando apenas la cabeza— Qué palabra tan curiosa y rebuscada, aunque a decir verdad la encuentro muy apropiada para el caso. Esa singular criatura consigue turbar a todo el que la mira, pero al fin y al cabo yo tan sólo soy un sacerdote que bendice uniones, no una casamentera que apaña matrimonios.

—Por una vez podría hacer una excepción atendiendo la petición de un moribundo.

—¡Y dale! ¿No se da cuenta de que me está poniendo en un difícil compromiso impropio de mi cargo?

—Lo supongo, pero tenga muy presente que si cuando llegue la hora de hacer cumplir ese testamento yo no estuviera casado, carecería de validez, por lo que el diez por ciento que le he adjudicado a su misión, y que calculando por lo bajo puede ascender a unos trescientos millones de euros, acabaría quedándoselos el príncipe Rainiero, que es de suponer que los malgastaría en unos cuantos caprichitos de sus hijas.

—¿Acaso pretende sobornarme? —quiso saber su oponente procurando mostrarse lo más digno posible.

—Sin la más mínima duda.

—Pues siento comunicarle que lo ha conseguido —admitió el misionero con absoluta desfachatez—. Que Dios me perdone, pero creo de todo corazón y con la conciencia bien limpia, que mis enfermos necesitan mucho más ese dinero que las queridas niñas del príncipe. Porque si no recuerdo mal, todo lo que tiene son niñas... ¿O no?

—Más o menos.

—¡De acuerdo! ¡No se mueva de aquí, vuelvo enseguida!

Se alejó hacia el punto en que Aziza Smain se encontraba inmersa en la casi imposible tarea de intentar adaptar a su exuberante constitución el ajado y remendado uniforme de la escuchimizada Calicó, y tras acomodarse a su lado carraspeó repetidas veces, se tomó un tiempo con el fin de medir bien sus palabras y por último comentó como quien se lanza de cabeza a una piscina:

—¿Has pensado alguna vez en volver a casarte?

Los enormes ojos color miel le miraron y se diría que en ellos brillaba una leve chispa burlona al responder:

—Una pobre viuda africana, casi analfabeta, con dos hijos, y condenada a la lapidación, jamás se plantearía la posibilidad de volver a casarse, a no ser que se cruzara en su camino un rico europeo, blanco, soltero, atractivo, dulce, tierno, culto y generoso, pero que evidentemente tendría que estar más loco que un camello en abril si se atreviera a proponérselo.

—¿Y qué diría si alguien que se ajusta bastante a tal descripción, aunque en estos momentos está como para que lo reciclen, le rogase, aunque fuera a través de un correveidile, que se casase con él?

—Le diría que si en ese momento no se siente la mujer más feliz del mundo, es porque lo único que le falta para serlo es estar segura de que se va a curar y que de ese modo ella podrá demostrarle a lo largo de toda una vida hasta qué punto está de igual modo loca por él.

—En ese caso date prisa con esos arreglos porque dentro de media hora tengo que bautizarte, confirmarte y casarte, y esa mierda de vestido es todo lo que tienes para tan importante ceremonia.

El ajado y ya varias veces remendado uniforme resultaba demasiado corto y ridículamente estrecho, hasta el punto de que la pobre mujer había tenido que descoserle las mangas con el fin de poder introducir los brazos y apenas le abrochaba, por lo que le quedaban casi al aire los senos. Como resultado de todo ello cabría asegurar que jamás se había dado el caso de que la prometida de uno de los hombres más ricos de su tiempo dispusiera de una indumentaria tan deslucida y miserable.

Por suerte Calicó había conseguido reunir un ramillete de flores amarillas que resaltaban el color de los ojos de la novia, cuyo rostro, cuya boca, cuya textura de piel y cuyo soberbio cuerpo dotado de unos movimientos que obligaban a pensar en una pantera de bronce que súbitamente hubiera cobrado vida, obligaba a olvidar cualquier otro detalle.

Con vestido o sin vestido, con joyas o sin joyas, con adornos o sin adornos, aquella prodigiosa criatura siempre parecería una diosa.

La ceremonia resultó tan corta y desprovista de adornos como la vestimenta de la contrayente, pero entre el tiempo que el sacerdote tardó en confeccionar el certificado de matrimonio y pasar a limpio el testamento, cayó la tarde, por lo que decidió, con muy buen criterio, que sería conveniente posponer el inicio de la partida para la mañana siguiente.

Además, el paciente se encontraba agotado, por lo que muy pronto se sumió en uno de aquellos largos períodos de agitada inconsciencia en los que podía creerse que todos los demonios del infierno se apoderaban de su atormentado espíritu.

Tras la cena, y cuando a la luz de la hoguera y siguiendo las indicaciones del religioso, la recién desposada y la eternamente amable y sonriente Calicó se afanaban intentando confeccionar un par de improvisadas mascarillas de cirujano con ayuda de unos calzoncillos del paciente, esta última inquirió con casi infantil curiosidad:

—¿Qué se siente al estar casada con un hombre tan rico e importante como Oscar Schnee... Gorriti... eso?

Su sorprendida acompañante se tomó un tiempo, como

si en realidad estuviera analizando cuáles eran sus verdaderos sentimientos, y por último señaló convencida:

—Si quieres que te diga la verdad, en estos momentos me da la impresión de que me encuentro más cerca de continuar siendo viuda, que de tener un nuevo esposo cuyos apellidos no creo que aprenda a pronunciar jamás. Y creo que mi estado de ánimo tan sólo cambiará si por alguna extraña razón Dios permite que viva.

—¿Qué Dios?

Su acompañante se volvió a mirarle sin captar lo que quería decir con exactitud.

—¿A qué te refieres? —quiso saber.

—Me refiero a que acaban de bautizarte, por lo que se supone que eres cristiana. ¿A qué Dios le pedirás por la salud de tu marido?

—¿Tú eres creyente?

—Naturalmente. Si no creyera en Dios, Dios no podría creer en mí y por lo tanto no podía ayudarme. —Sonrió y ahora su sonrisa no resultaba en absoluto bobalicona al añadir—: Y tengo fundadas esperanzas en que algún día me convertiré en una estupenda monja.

—Pues en lo que a mí se refiere te aclararé que en estos momentos no tengo muy claro cuál es mi Dios, pero estoy dispuesta a adorar a aquel que le devuelva la salud a mi marido y me permita encontrar a mi hijo. ¿Te parece mal?

—Me parece lógico. Y justo. Yo haría lo mismo.

—Me alegra que lo entiendas. Y ahora más vale que intentemos dormir un poco, porque imagino que mañana nos espera una jornada muy dura.

Sin embargo, una cosa era intentar dormir, y otra conseguirlo, porque tendida sobre una simple estera, sin más techo que millones de estrellas, el mismo techo que había acogido desde el comienzo de los tiempos a sus antepasados fulbé, Aziza Smain no pudo por menos que rememorar una y otra vez la casi estrambótica ceremonia de la que acababa de ser principal protagonista.

Se veía obligada a reconocer que su vida se había convertido en una absurda sinrazón, una amarga burla o un estúpido capricho de los duendecillos de la sabana, puesto que resultaba de todo punto incomprensible que quince días antes no fuera más que una miserable condenada a muerte que se veía obligada a sobrevivir alimentándose de las sobras de un hogar igualmente miserable, y de pronto hubiera pasado a ser la esposa de un hombre inmensamente rico y a su modo de ver maravilloso, pero con el que aún no había intercambiado ni la más inocente de las caricias.

Y por desgracia era aquél un matrimonio que en apariencia ofrecía todas las trazas de que jamás llegaría a consumarse.

Ahora era libre, pero le habían arrebatado a su hijo.

Ahora había escapado de las garras de la muerte, pero el número de cuantos querían ejecutarla habían aumentando casi en la misma proporción que su fortuna, puesto que antaño tan sólo pretendía apedrearla un centenar de sus convecinos, mientras que en aquellos momentos millones de fanáticos que se extendían por casi todos los países del planeta la buscaban con intención de ajusticiarla.

¿Acaso era todo un sueño?

¿Podría darse el caso de que se hubiera quedado dormida al pie del viejo baobab y al desaparecer su sombra hubiera sufrido una súbita y terrible insolación que le estuviera obligando a delirar?

Una estrella fugaz cruzó de este a oeste como si pretendiera hacerle comprender que quien únicamente deliraba era el hombre que descansaba a su lado, por lo que extendió la mano y la colocó sobre el hombro de su marido, consciente de que el simple hecho de sentir su contacto le permitía sentirse más segura, pese a que tuviera la absoluta certeza de que en aquellos difíciles momentos era ella quien tenía la obligación de protegerle.

Se volvió a mirarle recortado contra la lejana luz rojiza de la pequeña hoguera, y no pudo por menos que preguntarse si el destino, que tan injusto y cruel había sido siempre con ella, se empeñaría en seguir siéndolo hasta el punto de arrebatárselo demasiado pronto.

—Daría mi vida a cambio de la tuya —musitó consciente de que no podía oírle, pero consciente de igual modo de que pese a ello era muy capaz de adivinar qué era lo que le estaba diciendo—. Si hubiera recuperado ya al pequeño Menlik ofrecería sin dudar mi vida, que poco vale, a cambio de la tuya, que tanto bien puedes hacer a tantos.

Oscar Schneeweiss Gorriticoechea giró apenas el rostro y pese a que continuaba con los ojos cerrados su esposa tuvo la sensación de que le estaba observando y eso le relajó y le hizo sentirse en paz consigo misma, por lo que a los pocos instantes dormía profundamente.

Soñó que habían formado una hermosa familia.

Al despertar, con una lechosa claridad apenas dibujando los contornos de los objetos, descubrió que una abubilla marrón y negra de afilado pico y alargada cresta la contemplaba con sus redondas pupilas que semejaban dos gotas de azabache, y tras sonreírle y guiñarle un ojo, musitó:

—¡Buenos días! ¡Hazme un favor! Vuela hasta donde quiera que se encuentre mi hijo y dile que no llore, que pronto iré a buscarle.

El ave saltó de la rama en que se encontraba posada para dirigirse directamente hacia el sur por lo que dio la impresión de que había entendido perfectamente el mensaje y se disponía a cumplir el encargo, lo cual consiguió que la muchacha se sintiera reconfortada como si aquel infantil detalle le bastara para abrigar la esperanza de que algún día, no sabía dónde ni cuándo, conseguiría recuperar a la criatura a la que tanto echaban de menos sus pechos aún rebosantes de leche.

A su lado el enfermo descansaba plácidamente.

La Muerte continuaba rondándole, pero continuaba mostrándose indecisa.

La vida de Oscar Schneeweiss Gorriticoechea se semejaba en aquellos momentos a una gota de rocío de las que suelen condensarse en el extremo de una brizna de hierba dudando en mantenerse allí hasta que el sol acudiera a evaporarla, o dejarse caer para reventar contra el suelo y convertirse en un sinnúmero de gotas infinitamente más pequeñas.

—¡Buenos días, hija!

—¡Buenos días, padre!

—¿Lista para emprender la marcha?

—¡Qué remedio!

—¡Andando entonces!

Despedirse de los seres queridos siempre resulta amargo, pero despedirse de ellos cuando se tiene la casi absoluta seguridad de que nunca más se volverá a verlos suele convertirse en una auténtica tragedia, y Aziza Smain sabía perfectamente que desde el momento en que se alejara de su valiente tío Usman Zahal Fodio y de la animosa y sonriente Calicó, las probabilidades de volver a encontrárselos algún día podían considerarse prácticamente nulas.

África era un continente demasiado grande y se encontraba en continua ebullición, por lo que un millón de peligros acechaban.

Al fin, diez minutos más tarde, la vieja Tuerta se abrió muy lentamente paso por entre la maleza, desembocó en una extensa llanura que se perdía de vista en el horizonte y se alejó hacia el norte.

El valiente guerrero de las incontables cicatrices, y la

diminuta aspirante a monja la observaron hasta que no fue ya más que una nube de polvo, y tan sólo entonces decidieron emprender la marcha, siempre protegidos por la zona boscosa, rumbo al oeste.

Dando tumbos junto a la improvisada hamaca en la que dormía el hombre al que amaba Aziza Smain se preguntó una vez más a qué Dios tendría que dirigirse en busca de ayuda y protección.

—¡No te preocupes! —le hizo notar de pronto el capuchino que conducía muy despacio y con la vista atenta procurando evitar los baches y accidentes del terreno, pero que parecía haberle leído el pensamiento observándola a través del espejo retrovisor—. Tan sólo existe un verdadero Dios por más que los seres humanos nos empeñemos en darle nombres diferentes. Si se lo pides con suficiente fe te escuchará, cualquiera que sea el idioma en que lo hagas o el apelativo que le des.

—¿Está seguro?

—Si no lo estuviera no habría malgastado mi vida en un lugar tan desolado como Níger. Allá en Bélgica vivía cómodamente en un viejo caserón rodeado de patos, gallinas, vacas y una numerosa familia que me adoraba. Cada domingo matábamos un cerdo o un cordero y comíamos, bebíamos, cantábamos y bailábamos hasta medianoche. Yo por aquel entonces era aún muy fuerte y las chicas no dudaban en seguirme al granero. ¡Buenos tiempos aquellos! —masculló como para sí mismo—. ¡Muy buenos tiempos ciertamente!

—¿Y qué fue lo que le impulsó a abandonar su país?

—No fue «qué», pequeña. Fue «quién». Cuando el que manda, decide que te necesita en otra parte, no hay forma humana de hacer oídos sordos. El muy jodido es más pesado que un vendedor de alfombras, y acabas por hacerle caso o te tiras de cabeza al río. Aquí me quería, y aquí estoy.

—¿Y nunca se ha arrepentido?

—Todas y cada una de las noches de los últimos veintitrés años, pequeña. Pero también es cierto que todas y cada una de las mañanas me siento increíblemente feliz por haberle escuchado.

—Yo nunca he sido feliz.

—Me entristece oírte decir eso.

—Pero es la verdad. Hubo un tiempo, mientras estuve trabajando para una dama escocesa, durante el que supongo me aproximé bastante a lo que debe ser la felicidad, pero tuvo que regresar a su país, y a partir de ese día todo lo que vino después fueron calamidades. —Aziza Smain agitó la cabeza como si lo que estaba a punto de añadir constituyera una verdad que no admitía discusión—. Donde quiera que vaya, las desgracias me siguen como un maldito perro de caza que jamás pierde el rastro. Ése es mi auténtico «león invisible».

El capuchino no tuvo oportunidad de responder puesto que súbitamente se escuchó una sorda explosión, y el vehículo dio un brusco bandazo señal inequívoca de que se le había reventado un neumático.

—¡La puta que lo parió y perdona si te ofende mi lenguaje! —no pudo por menos que exclamar el furibundo religioso—. ¡Ya empezamos!

Habían ido a detenerse en mitad de la nada, bajo un sol de justicia y sobre una interminable extensión de arena en la que el gato se hundía en cuanto intentaban elevar la pesada ambulancia con la intención de cambiar la rueda, por lo que tuvieron que afanarse, sudando y resoplando hasta conseguir cavar un hueco en el que colocar una de las puertas traseras del vehículo con el fin de que sirviera de base al escurridizo gato.

Antes de reiniciar la marcha el padre Anatole se preocupó de reparar la avería utilizando un trozo de goma recortada de una vieja cubierta, que lijó y pegó con mucho cuidado a un maltratado neumático que evidentemente había sufrido ya innumerables agresiones semejantes.

—Confiemos en que este maldito parche se seque pronto, porque no dispongo más que de dos ruedas de repuesto y me juego las barbas a que pinchamos por lo menos seis veces antes de llegar a casa.

Dos horas más tarde distinguieron a lo lejos una manada de cebúes que se dirigían directamente hacia el oeste.

Los fulbé se presentaban puntualmente a su cita.

Desde todos los rincones de la sabana acudían al llamamiento de los banacas dispuestos a proteger la vida de una mujer desamparada.

—¡Buena gente! —mascculló para sus adentros el misionero sin poder evitar una leve sonrisa de satisfacción—. Buena gente... ¡Y con dos cojones!

Nuevo reventón, nueva parada, nuevas maldiciones y a media tarde otro grupo de pastores empujando a sus animales siempre en la misma dirección.

Oscar Schneeweiss Gorriticoechea deliraba y de tanto en tanto vomitaba una espuma verdosa que su esposa se apresuraba a limpiar delicadamente con ayuda de un paño húmedo.

A menudo el paciente tosía espasmódicamente a la par que sudaba a chorros puesto que el interior de la herrumbrosa ambulancia se había convertido en un horno pese a que las ventanillas delanteras estaban abiertas de par en par y las puertas traseras hubieran sido desmontadas con el fin de permitir que el aire circulara con mayor libertad.

Divisaron un pozo junto al que abrevaban casi un centenar de camellos atendidos por media docena de beduinos, pero evitaron aproximarse a él, dejándolo a un par de kilómetros a su derecha al igual que un polvoriento villorrio de poco más de una veintena de casuchas de adobe y techo de paja.

Al fin, cuando el sol comenzaba a iniciar su lenta retirada, desembocaron en una pista de tierra apisonada que se dirigía al norte, y que comparada con los caminos que habían recorrido hasta el momento se les antojó poco menos que una carretera cuidadosamente asfaltada.

El paciente continuaba respirando.

Incomprensiblemente, pero aún seguía con vida. ¿Quién lo entendía?

Casi al oscurecer se cruzaron con un gigantesco camión en que una treintena de hombres, mujeres y niños se amontonaban sobre una inconcebible montaña de bidones, sacos, cabras y gallinas, y antes de que cerrara la noche aún alcanzaron a distinguir a medio centenar de cebúes vigilados por un grupo de bororos que habían encendido una gran hoguera y organizado un mísero y elemental campamento dispuestos a pasar allí la noche.

Poco después la Tuerta hizo honor a su nombre.

Hacía ya varios años que había perdido su faro izquierdo en una desigual contienda contra un burro que salió aún peor parado puesto que quedó despatarrado en mitad de la carretera, pero lo cierto fue que aquella luz jamás volvió a brillar, y su compañero de la derecha no se bastaba por sí solo para romper las tinieblas de los tenebrosos caminos africanos.

Como resultado lógico de todo ello, su propietario, que tan bien conocía a la caprichosa ambulancia, tomó la decisión de que había llegado el momento de detenerse hasta que el sol tuviera a bien hacer acto de presencia una vez más.

Se apartaron una veintena de metros de la pista, aunque resultaba poco probable que algún vehículo despistado se decidiera a transitar a semejantes horas por tan apartados lugares, y tras encender una fogata con la que iluminarse, sacaron de la ambulancia, que aún continuaba pareciendo un horno, una camilla en la que acomodaron a un enfermo que contra toda lógica y por alguna extraña razón que probablemente tan sólo él conocía, se empecinaba en continuar en este mundo.

El aire fresco de la noche le debió sentar bien, puesto que al cabo de una hora comenzó a volver en sí, pidió agua e incluso aceptó un poco de caldo haciendo un enorme esfuerzo por ingerirlo sin devolverlo de inmediato.

Tosía continuamente, le costaba un gran esfuerzo respirar y parecía más un evadido de un campo de concentración que un ser viviente.

—¿Dónde estamos? —inquirió al fin con apenas un hilo de voz.

—A poco más de cien kilómetros de la misión —señaló el padre Anatole mientras le golpeaba afectuosamente el brazo en un vano esfuerzo por contagiarle un cierto optimismo—. Con suerte llegaremos mañana por la tarde.

—Pues creo que se convertirá en el día más largo de mi vida... —El paciente intentó aventurar una sonrisa que se convirtió más bien en una mueca al puntualizar con intención—: O tal vez el más corto.

—¡Tenga fe! —suplicó el religioso—. Si aguanta un poco más quizá pueda salvarse porque he desmontado la radio de su coche, y aunque se ha quedado sin baterías mañana mismo podré recargarlas y pedir ayuda a nuestra casa central. Contamos con especialistas en muchas partes del mundo y alguno sabrá decirme qué es lo que tengo que hacer en un caso como éste.

Oscar Schneeweiss Gorriticoechea negó desechando la idea con un leve gesto de la mano.

—¡No! —señaló—. No hace falta que llame a su central. Deje la radio en la frecuencia que está, que es la de mi barco, pida que le comuniquen con Robert Martel, y explíquele con todo detalle la situación. Es un hombre muy eficiente que se ocupará de todo. —Se volvió a Aziza Smain, que le sujetaba la mano al otro lado de la camilla para inquirir con un susurro—: ¿Dónde están tu tío y la muchacha?

—Fueron a reunirse con los fulbé a orillas del Níger.

—¿Se llevaron el oro?

—No.

—¿Por qué?

—Porque los bororo opinan que el oro no es más que la bilis que vomita el demonio. Se convierte en una pesada carga durante los largos viajes en busca de nuevos pastos, pero no hace más fecundas a las mujeres, más valientes a los guerreros, ni más resistentes a los niños. Y es tan blando, que ni siquiera se puede utilizar para fabricar buenas lanzas. El oro no alivia la mordedura de las serpientes, no aleja a los mosquitos, no frena el traicionero ataque de un leopardo, y tan sólo sirve para provocar celos y envidias, despertar ambiciones, y conseguir que los que antaño eran amigos se maten por su causa. Usman te agradece el ofrecimiento, pero no desea castigar a su pueblo con semejante regalo envenenado.

—¿Y qué habéis hecho con él?

—Enterrarlo en la fosa de la que sacamos a la Tuerta —intervino el capuchino—. Está a buen recaudo. También dejamos allí el de la misión, porque no es éste buen momento ni ocasión propicia para andar de un lado a otro con semejante fortuna. Lo recogeré cuando vaya a buscar su coche.

—¿Será capaz de encontrarlo?

—¡Desde luego! Su propio GPS señala el lugar exacto en donde lo escondimos con un error de menos de veinte metros y me lo he traído conmigo —puntualizó el padre Anatole evidentemente orgulloso por el hecho de ser tan precavido—. Dentro de un mes, cuando las cosas se hayan calmado, regresaré y nos llevaremos el oro y el coche. ¿Qué quiere que haga con la parte que han rechazado los fulbé?

—Quedársela, naturalmente. Aunque no estará de más que la utilice, preferentemente en ayudar a esos mismos fulbé por mucho que se resistan.

—Se hará como dice. —El hombretón se puso pesadamente en pie al tiempo que señalaba—: Y ahora con su permiso me voy a dar un paseo para ver si el Señor me ilumina en una noche tan oscura. Es de suponer que ustedes dos, que al fin y al cabo están recién casados, querrán quedarse a solas para hablar de sus cosas.

Se perdió de vista en las tinieblas, y durante un largo rato Aziza Smain y Oscar Schneeweiss Gorriticoechea permanecieron cogidos de la mano y en silencio, tal vez intentando darse ánimos el uno al otro puesto que evidentemente ambos lo necesitaban.

Por último fue él quien inquirió:

—¿En qué piensas?

—En una vieja oración fulbé que me enseñó mi madre, y que a su vez le había enseñado la suya.

—¿Y qué dice esa oración, si es que puede saberse?

—Pido a los dioses que me envíen toda clase de pruebas, excepto la enfermedad; pido a los dioses que me castiguen con toda clase de males, excepto los que provengan de mi cuerpo; pido a los dioses que me enfrenten a toda clase de enemigos, excepto a mi débil naturaleza, porque por difícil que me resulte enfrentarse al mundo exterior, mucho más me resulta luchar contra mí mismo.

—Dada la situación debo admitir que se trata de una oración que muy bien podría aplicarse a cualquier raza y a cualquier pueblo —admitió el enfermo—. No sólo tus parientes se sienten capaces de enfrentarse a todo excepto la enfermedad; yo mismo, pese a mi innegable poder y mis muchas riquezas, soy como una hoja seca que teme a cada instante que la más leve racha de viento le arranque del árbol.

—Yo no lo consentiré.

—¿Y qué puedes hacer para impedirlo?

—Suplicarte que te aferres a la rama porque te necesito —señaló ella en un tono que evidenciaba la magnitud de su desolación o desconcierto—. Sin ti no soy nada, porque por mucho dinero que pretendas dejarme nunca conseguiré administrarlo de un modo mínimamente razonable puesto que apenas he aprendido algo más que a escribir mi nombre.

—Robert Martel, mi abogado, que es también mi mejor amigo, te ayudará. Haz caso siempre de lo que él te diga.

—¿Y crees que será capaz de ayudarme a encontrar a mi hijo?

—Eso ya no puedo asegurártelo —fue la honrada respuesta—. Es un magnífico abogado, pero la verdad es que no le veo recorriendo África con un rifle en la mano en busca de un niño. Sin embargo, estoy seguro de que sabrá contratar a los mejores en su oficio.

—No creo que haya nadie que conozca el oficio de buscar niños perdidos en un continente tan enorme. Y si pasa mucho tiempo cambiará tanto que ni yo mismo seré capaz de reconocerlo.

—Siempre podrás reconocerlo por el ADN —fue la firme respuesta—. Ya te expliqué que para eso basta con una gota de su sangre, y si es necesario analizaremos la de todos los niños de África. Te juro que pronto o tarde acabarás por encontrar a tu hijo.

—¡Te creo! —replicó su esposa, y a continuación se inclinó para besarle rozándole apenas la comisura de los labios al musitar muy quedamente—: Pero tan sólo en ti confío y por eso necesito que te cures cuanto antes. Y ahora descansa, que ya te has agitado demasiado.

Cuando el misionero regresó de su largo paseo se encontró a la pareja tal como la había dejado, cogidos de la mano con la única diferencia que mientras ahora el paciente dormía plácidamente, Aziza Smain contemplaba las miríadas de estrellas de un firmamento que en aquellos instantes más parecía una fiesta que un lugar infinito.

Se detuvo a su lado, siguió la dirección de su mirada, y al cabo de un largo rato, musitó:

—En momentos como éste nos damos cuenta de lo ridículamente pequeños que somos y nos vemos obligados a admitir que quien creó tan prodigiosa maravilla debe ser muy generoso al preocuparse por seres tan insignificantes como nosotros. —Le colocó con cariño la mano sobre el hombro al concluir—: ¡Ten fe y el resto vendrá por su propio pie!

Reemprendieron la marcha cuando «se distinguía ya con claridad un hilo blanco de un hilo negro», momento en que los musulmanes iniciaban su largo día de ayuno y abstinencia, se cruzaron por el camino con un par de camiones tan sobrecargados como el de la tarde anterior, e incluso la Tuerta realizó la proeza de adelantar a otro igualmente abarrotado de gentes, bultos y animales que iba dejando a sus espaldas una negra, espesa y maloliente humareda.

Luego, con el sol ya a una cuarta sobre el horizonte hizo su aparición la avioneta azul y blanca que pasó de largo para regresar al poco y trazar dos amplios círculos sobre sus cabezas.

—¡Que no te vean! —exclamó de inmediato el padre Anatole Moreau—. ¡Por Dios, que no te vean!

Aziza Smain se acurrucó en un rincón cuando la Cessna les sobrevoló por la parte posterior a menos de cincuenta metros de altitud, al tiempo que el barbudo sacerdote saludaba alegremente con el brazo en alto a quienes parecían pretender averiguar, pese a la velocidad y la distancia, cuál era su auténtico cargamento.

Poco después el aparato continuó su vuelo hacia la frontera con Nigeria en dirección sudeste.

La renqueante y maltratada ambulancia sufrió poco

después un nuevo reventón que su conductor se vio obligado a reparar con los escasos medios habituales, y casi una hora más tarde, y en el momento mismo en que tras un altozano hizo su aparición un pequeño grupo de blancas edificaciones, el misionero se volvió apenas para señalar:

—Ten preparada la mascarilla aunque no es necesario que te la pongas hasta que entremos en el pueblo. Procura que no se te vean más que los ojos, pero no mires a nadie a la cara. —Alzó el dedo índice al añadir—: Y colócale el reloj a tu marido. ¡Procura sobre todo que se le vea bien!

—¿El reloj...? —no pudo por menos que sorprenderse Aziza Smain—. Entiendo que quiera que no se me vea la cara, pero ¿para qué demonios quiere que le ponga un reloj a alguien a quien lo que menos le importa en estos momentos es la hora?

—¡Tú hazme caso que yo conozco a mi gente! —replicó en tono convencido el sacerdote—. Lo que importa es que no reparen en ti y te garantizo que un Cartier de oro en la muñeca de un hombre inconsciente atrae mucho más la mirada que una harapienta enfermera que se cubre media cara con una mascarilla... ¿O no estás de acuerdo?

—Puede que tenga razón.

—La tengo...

La muchacha obedeció, colocó el reloj en la muñeca del paciente cruzándole el brazo sobre el desnudo estómago, y cuando se encontraban a menos de doscientos metros de las primeras casas imitó al padre Anatole Moreau ajustándose a la nariz y la boca una de las rústicas mascarillas que había improvisado aprovechando un par de calzoncillos de su marido.

Se detuvieron frente a la única casa de dos pisos del villorrio en cuyo frente se distinguía un escudo y en cuyo balcón ondeaba la insignia nacional.

Ante la abierta puerta montaba guardia un soldado de

mugriento uniforme que permaneció unos instantes como alucinado ante la aparición de una decrépita ambulancia sin puertas traseras conducida por un hombretón que se cubría el rostro con una extraña máscara de un blanco más que dudoso.

—¡Mi sargento! —gritó como si se encontrara en peligro de muerte y estuviera pidiendo auxilio porque le estuvieran atacando—. ¡Mi sargento! ¡Venga enseguida, por favor!

Un nativo de aire desgarbado y ojos saltones al que le faltaba más de media dentadura y no vestía más que unos cortos pantalones y una vieja casaca en la que destacaban unos galones que debían llevar allí muy poco tiempo, hizo su aparición en una ventana lateral, observó la escena y al cabo de un largo rato de profunda concentración pareció evidente que al fin había reconocido al religioso porque acabó por exclamar:

—¡Pero si es el padre Anatole...! ¡Bienvenido a Salamán! ¿Pero de qué diablos va disfrazado, y por qué lleva esa cosa tan rara en la cara?

—Es una mascarilla higiénica, hijo —replicó el aludido en un tono que pretendía denotar una profunda preocupación—. Me protejo porque el enfermo que transportamos puede ser contagioso.

El hombre de la ventana dudó unos instantes pero al fin pareció decidirse a cumplir con su obligación puesto que abandonó su puesto y a los pocos instantes se encontraba ya tras la parte trasera de la ambulancia alargando el cuello para estudiar, a más de tres metros de distancia, al paciente empapado en sudor que de tanto en tanto se estremecía en la hamaca.

—La verdad es que su aspecto es más bien deplorable y sorprende que continúe con vida —admitió—. ¿Qué es lo que tiene?

—Una mezcla de tifus, malaria, amibiasis, fiebre amarilla, disentería, un exceso de *sursum corda*, y me temo que de un momento a otro le va a reventar el *ora pro nobis*.

—¡Carajo! —no pudo por menos que exclamar el impresionado suboficial al que tan detallado diagnóstico con frases en latín se le antojaba científicamente irrefutable—. ¿Y por qué no le deja morirse en paz en lugar de traerlo y llevarlo de aquí para allá como si fuera un saco de cacahuetes?

—Porque como bien sabes, hijo mío, los blancos están contados, y aunque se mueran tenemos la obligación de devolverlos a sus familiares o empiezan con reclamaciones a las embajadas y todo tipo de follones y papeleo.

¡Naturalmente que lo sé...! —admitió el otro malhumorado—. He pasado por eso. ¡La historia de siempre! Y es que en este país nos comportamos como los de la Coca-Cola: los negros en latas que se pueden tirar a la cuneta, y los blancos en botellas de cristal de las que se tiene que devolver el casco... —Su vista se clavó en el reluciente Cartier de oro y sus ojos brillaron de asombro—. ¡Menudo reloj! —no pudo por menos que exclamar—. ¿Para qué le sirve a ése?

El padre Anatole Moreau, que sin duda estaba aguardando la pregunta, pareció no darle la más mínima importancia en el momento de replicar:

—Supongo que de nada, ya que está en las últimas y que yo sepa ni en el paraíso ni en el infierno cuentan las horas.

—¡Lástima que se lo lleve a la tumba! —señaló el otro para añadir con intención—: Aunque imagino que se lo quedará usted.

—Yo jamás uso reloj, hijo. —La respuesta fue acompañada de un gesto en el que mostraba su desnuda muñeca, para añadir al poco como si no le diera la menor importancia al hecho, o casi le sorprendiera el interés del desdentado—: ¿De verdad te gusta ese reloj?

—¿Cómo que si me gusta? —inquirió el desdentado sargento al que se diría casi alucinado por la evidente estupidez de semejante pregunta—. Es el más bonito que he visto en mi vida.

—Por mí puedes quedártelo. ¡Para lo que le sirve a ése!

—¡Qué más quisiera yo! Me acusarían de desvalijar a un moribundo, y si el capitán se entera me puede mandar fusilar por saqueo y pillaje.

—¡No te preocupes! Eso tiene solución. Te firmo un documento con el sello de la misión asegurando que te lo he vendido, y en paz.

—Pero es que ese reloj debe costar una auténtica fortuna y yo no tengo con qué pagarle. No soy más que un simple sargento.

—¡No hace falta que pagues nada, hijo! —fue la rápida respuesta—. ¡Nada! Ya te dicho que es un regalo. —El astuto religioso hizo una significativa pausa para añadir por último con fingida indiferencia—: Aunque te quedaría muy agradecido si tuvieras la amabilidad de extendernos un salvoconducto que nos permita pasar de largo por todos los controles sin tener que estar parándonos a cada instante. Para este infeliz cada minuto cuenta.

Su interlocutor dudó unos instantes, avanzó un paso como para cerciorarse de que el paciente se encontraba prácticamente en el umbral de la muerte, alargó cuanto pudo el cuello con el fin de estudiar más de cerca el ansiado objeto de sus deseos, y al fin señaló en un tono grave y casi cómico por la seriedad que pretendía imprimirle:

—¡Eso está hecho! Pero que quede claro que extenderé ese salvoconducto por una simple cuestión de humanidad hacia un moribundo, no por interés particular. Si luego usted quiere regalarme el reloj, es cosa suya, pero que conste que yo no se lo he pedido.

—¡Faltaría más, hijo! ¡Faltaría más!

Diez minutos después, cuando ya se alejaban de la casa-cuartel en posesión de un flamante salvoconducto repleto de banderas nacionales, sellos, firmas y tampones, Aziza Smain, que había permanecido tan quieta y silenciosa como si en lugar de un ser vivo se tratara de una simple rueda de repuesto, señaló con intención:

—No cabe duda de que es usted un maestro en el arte del soborno.

—Son muchos años en este país, hija. ¡Muchos! Y al cabo de ese tiempo aprendes que en Níger puedes hacer lo que te venga en gana, siempre que no te acerques al uranio. Eso es lo único que puede acarrearte graves problemas. El resto se puede arreglar de una forma u otra.

—Bueno es saberlo.

Rodaron durante horas sin detenerse más que en una ocasión a repostar gasolina.

Oscar Schneeweiss Gorriticoechea continuaba aferrándose a la vida puesto que resultaba evidente que no tenía otra cosa mejor que hacer.

«El león invisible» viajaba con ellos y podría creerse que había ensayado todas sus armas, pero pese a que a su víctima no le quedara ya defensa alguna, resultaba evidente que no encontraba la forma de asestarle el zarpazo final.

Aquel rudo descendiente de alpinistas austríacos y leñadores vascos de cuello de toro estaba resultando difícil de pelar.

Piel y huesos era todo cuanto quedaba de él, pero se diría que se había parapetado en estos últimos decidido a no tirar la toalla.

Cada vez que reducía la marcha para volverse a observarle y descubrir que aún respiraba el perplejo misionero se limitaba a arquear las cejas como si en verdad le costara trabajo admitir que aún no se había decidido a exhalar el último suspiro.

En un momento determinado no pudo por menos que comentar:

—Te garantizo, hija mía, que si consigue salir de ésta, vas a tener marido hasta aburrirte. ¡Qué tipo tan porfiado!

—Es que sabe muy bien que tiene que vivir porque le necesito —fue la sencilla respuesta de quien no cesaba ni un instante de cuidar al enfermo.

—Todos necesitamos a quienes amamos... —señaló su acompañante—. Pero por desgracia a menudo nos abandonan sin razón aparente. Sin embargo, este hombre tuyo tiene todas las razones de este mundo para dejarnos, pero ahí sigue, aferrado a tu mano como si a través de ella le estuvieran insuflando sangre nueva a cada instante.

—¿Y qué cree que es lo que hago?

Continuaron en silencio hasta que a media tarde la sempiterna avioneta hizo de nuevo su aparición girando en esta ocasión una y otra vez de modo insistente sobre ellos, por lo que a Aziza Smain no le quedó más remedio que esconderse lo mejor que pudo bajo la hamaca en que descansaba su marido.

Cuando al fin el inquietante aparato desapareció, el padre Moreau abandonó la pista de tierra internándose campo a través una veintena de kilómetros en dirección al nordeste, hasta distinguir un grupo de amplias jaimas beduinas que se alzaban en torno a un ancho pozo.

Por los resecos pastizales de las proximidades ramoneaban un numeroso grupo de cabras, corderos y camellos.

El religioso detuvo el vehículo a unos cien metros del pozo, descendió sin prisas, y fue a tomar asiento sobre una roca, entreteniéndose en liar uno de sus apestosos cigarros.

Lo había encendido ya cuando un hombre regordete que vestía una inmaculada chilaba blanca y se cubría con un turbante igualmente impoluto surgió de la mayor de las tiendas de campaña y se aproximó bamboleando sobre sus cortas piernas hasta detenerse frente a él.

—¡Buenas tardes, Anatole! —saludó en un francés exquisito—. ¿Qué mosca te ha picado que no te decides a disfrutar de mi hospitalidad?

Su interlocutor hizo un leve gesto hacia la ambulancia al señalar:

—¡Buenas tardes, Suilem! No es falta de educación, o que no aprecie en lo que vale tu magnífico té, es que transporto un enfermo que puede ser contagioso y no quiero poner en peligro a tu familia —replicó al tiempo que indicaba una roca vecina y suplicaba—: ¡Siéntate, por favor!

El recién llegado obedeció entre sorprendido y alarmado al tiempo que inquiría:

—Te agradezco el detalle, pero te noto extraño. ¿Ocurre algo? ¿Acaso existe la posibilidad de que se propague una epidemia?

—¡En absoluto! —le tranquilizó su interlocutor—. No se trata de nada de eso. Simplemente he aprovechado que tenía que pasar por aquí para desviarme porque deseo hacerte una sencilla pregunta: ¿Qué opinas acerca de esa mujer que se ha escapado de Nigeria y que tu gente anda buscando con intención de lapidarla?

—¿De qué diablos me estás hablando? —replicó en tono firme y evidentemente ofendido Suilem el Fasi—. Los que lapidan mujeres no son mi gente. Son fanáticos indignos de llamarse musulmanes. Nuestra fe se asienta en los principios del amor, el perdón y la comprensión, y quienes persiguen a esa infeliz tan sólo hablan de odio, rencor y venganza. No te confundas conmigo, del mismo modo que yo nunca te he confundido con los inquisidores cristianos que mandaban a los herejes a la hoguera.

—¡Me alegra oír eso!

—¿Y qué otra cosa esperabas? —se molestó el gordo—.

Nos conocemos hace veinte años, por lo que ya deberías saber lo que pienso. Practico las enseñanzas del islam, y el islam tan sólo me ha enseñado a ser justo y compasivo, de la misma manera que a ti el cristianismo te enseñó lo mejor que tiene, no a torturar o asesinar.

—Pero debes reconocer que hoy en día existen muchos musulmanes que no piensan como tú.

—Lo reconozco, y eso me avergüenza —admitió el beduino de la impecable chilaba—. Existen terroristas y criminales como ese tal Abu Akim, al que Saitán el Apedreado confunda, que incluso ponen precio a la cabeza de una inocente, pero estoy convencido que Alá le castigará como se merece, no sólo por el mal que hace a las personas, sino especialmente por el daño que causa al islam. Los hombres como él nos están convirtiendo en apestados a los ojos del mundo.

El padre Anatole Moreau meditó unos instantes, apagó con el tacón sus maltrechas sandalias lo poco que aún quedaba de su peculiar cigarrillo, y al fin señaló:

—¡De acuerdo! Me has respondido exactamente tal como confiaba que lo harías. Y es por ello por lo que ahora me veo obligado a pedirte un enorme favor aunque te ruego que lo pienses muy bien antes de decidir si estás dispuesto a hacerlo.

—No tengo nada que pensar —replicó el otro con evidente sinceridad—. Durante todos estos años has cuidado de la mayoría de mis esposas y mis hijos, e incluso al menor lo salvaste de una muerte segura. Puedes pedirme todo cuanto quieras.

El otro lanzó un sonoro resoplido.

—¡De acuerdo! —exclamó—. ¡Ahí va y que sea lo que Dios quiera! En la ambulancia, además del enfermo, transportó a esa mujer.

Aguardó la lógica reacción de asombro o incredulidad,

pero al advertir que su interlocutor ni tan siquiera se inmutaba, inquirió perplejo:

—¿No te sorprende lo que acabo de decirte?

—¡En absoluto!

—¿Y eso por qué?

—Porque nos conocemos hace demasiado tiempo, y desde el momento mismo en que me preguntaste por esa pobre mujer imaginé algo así. Si miles de personas la buscan y nadie ha sido capaz de dar aún con ella, debe ser porque alguien como tú la protege. Lo cual te honra.

—¡Bien! —refunfuñó el misionero quizá un tanto decepcionado—. No sé por qué soy yo quien se sorprende si de igual modo te conozco hace el mismo tiempo. El caso es que no puede seguir conmigo porque una avioneta me vigila continuamente y si la encontraran en la misión no sólo ella correría peligro, sino probablemente todos cuantos trabajan allí.

—¿Y pretendes que yo la oculte?

—Más o menos.

—¡Oh, vamos, Anatole! Aquí no hay más o menos que valga. Quieres que la oculte y me parece lógico. Podré mantenerla fuera de la vista de cualquier extraño en la jaima de mis hijas mayores hasta que concluya el ramadán, pero a partir de ese momento toda la tribu saldrá de pastoreo y en esas circunstancias me resultaría muy complicado conseguir que pasara desapercibida.

—Creo que me bastará con una semana.

—En ese caso no hay problema. Lo mejor será que la dejes entre aquel grupo de rocas de la derecha. —Apuntó a su interlocutor con el dedo índice, casi acusadoramente al añadir—: En cuanto cierre la noche yo mismo iré a buscarla, pero ten muy presente que no lo hago únicamente por la amistad que nos une y los muchos favores que te debo, sino porque considero que es mi obligación impedir que una pandilla de salvajes que nunca han sabido comprender cuáles son las verdaderas enseñanzas del Profeta, cometan un repugnante crimen que recaería sobre las cabezas de millones de pacíficos musulmanes que no se lo merecen. ¿Ha quedado claro?

—¡Muy claro! —admitió su viejo amigo para añadir de inmediato—: ¿Te acuerdas de Dongo, el que te suele poner las inyecciones?

—¿El kotoko del Chad? —inquirió el otro—. ¿Quién se puede olvidar de semejante carnicero? Pone las inyecciones como si estuviera alanceando caimanes en su maldito lago por lo que te suele destrozar el culo.

—Admito que como practicante deja mucho que desear, pero es un buen hombre pese a que no cree en ningún dios, lo cual en este caso particular quizá constituya una notoria ventaja. Él será mi mensajero y el único del que te debes fiar. Si haces lo que te digo nadie sospechará de ti y no tendremos problemas.

—¡Siempre tendremos problemas, querido amigo! —replicó el otro en tono pesimista—. Cuando anda por medio el fanatismo religioso siempre surgen problemas, porque a veces he llegado a pensar que no fueron los dioses los que crearon a los hombres para su mayor gloria, sino los hombres los que crearon a los dioses para su mayor desgracia.

La criatura asomaba ya la cabeza y el padre Anatole Moreau se aprestaba a extender sus enormes manos con el fin de ayudarle a incorporarse a un mundo de hambre, enfermedades, miserias e injusticias en el momento en que dos soldados fuertemente armados hicieron su entrada en el paritorio con el fin de colocarse junto a la puerta, aguardando la llegada de un altivo capitán de largas patillas que concluían por enlazar a uno y otro lado de la ancha nariz con un grueso bigote.

Si imaginaba que su brusca y a todas luces extemporánea irrupción en la estancia provocaría un notable revuelo o una cierta inquietud debió sufrir una desilusión puesto que el misionero se limitó a continuar con su tarea, y tras asestarle una sonora palmada en el culo que a punto estuvo de acortarle la vida al mínimo imprescindible al neonato, aguardó a que comenzara a berrear para proceder a entregárselo a la anciana enfermera nativa que se encontraba a su lado.

Tan sólo entonces se volvió al recién llegado para comentar sonriente:

—¡Buenos días, Razman! ¡Dichosos los ojos! ¿Qué le trae por aquí?

—Supongo que ya lo sabe, padre.

—¡Vaya por Dios! —replicó el otro mientras se afanaba en la tarea de lavarse concienzudamente las manos en una desconchada jofaina—. Ejerzo de religioso, de médico, de comadrón, de chófer de ambulancia, de fontanero, de carpintero y de mil cosas más que no recuerdo, pero que yo sepa hasta ahora no había ejercido de adivino. ¿Le importaría aclararme de qué se trata?

El militar se limitó a hacer un autoritario gesto, y el suboficial que acababa de surgir a sus espaldas le entregó una montaña de periódicos que desparramó sobre una mesa vecina.

—¿Sabe quién es ésa? —inquirió en tono desafiante—. ¿La de las fotos que aparecen en las primeras páginas?

El sacerdote se secó parsimoniosamente las manos, se inclinó, observó las diferentes fotografías y al fin replicó:

—Aquí dice que se trata de Aziza Smain, una condenada a muerte por lapidación, que ha huido antes de que la ejecuten.

—¿Y qué tiene que decirme sobre ella?

—Que si estuvieran a punto de lapidarme también yo saldría corriendo —fue la divertida respuesta acompañada de una amplia sonrisa—. Es cosa sabida que esos nigerianos del norte son muy bestias.

El desconcertado Razman Sinessi tardó en reaccionar puesto que evidentemente el humor o la ironía no eran sus fuertes, y tras unos instantes de duda, insistió:

—No me refiero a eso. Me refiero a si la conoce.

Ahora fue el religioso el que se tomó un cierto tiempo para reflexionar, dudó, se inclinó de nuevo para extender los periódicos y observar con mayor detenimiento las fotografías reproducidas en diferentes tamaños según la importancia que le había dado a la noticia cada medio de comunicación, y por último inquirió:

—¿Debería conocerla?

—Usted sabrá. ¿La ha visto o no la ha visto?

—No estoy seguro. Con frecuencia nos llegan revistas atrasadas y es posible que en alguna ocasión...

—¡Tampoco me refiero a eso! —le interrumpió el cada vez más impaciente capitán—. ¡No me tome por tonto, por favor! Me está ofendiendo. Me refiero a si la conoce personalmente.

—¿Personalmente? —repitió el otro asombrado—. ¿Pero cómo se le ocurre? No he estado nunca en Nigeria, y por lo que cuentan estos periódicos, esa mujer acaba de fugarse.

—No —replicó el otro—. No acaba de fugarse. Huyó de Hingawana hace ya casi tres semanas, y desde Niamey me comunican que existen fundadas sospechas de que se encuentra aquí.

—¿Aquí? ¿En la misión? —se escandalizó el padre Anatole Moreau—. ¿Esa mujer en Kadula? ¡Vamos, Razman! ¿Me toma por imbécil? Usted sabe mejor que nadie lo que ocurriría si la encontraran aquí. Al día siguiente su gobierno me enviaría de regreso a casa, con lo que toda esta gente, incluidos muchos de sus familiares que vienen con frecuencia a que les atienda, tendrían que recorrer cientos de kilómetros para conseguir una simple aspirina. ¿Cuánto tiempo lleva de comandante del puesto?

—En marzo cumpliré cinco años.

—¿Y aún no me conoce lo suficiente como para entender que no pondría en peligro la salud y las vidas de tantos como dependen de mí por el simple hecho de ayudar a una infeliz cuyo destino ciertamente me preocupa, pero cuyos problemas no me incumben de una forma directa?

El militar hizo un gesto pidiéndole que abandonara la estancia, al tiempo que indicaba a su subalterno que recogiese los periódicos, y cuando se encontraron ya en el porche del amplio patio central extrajo del bolsillo superior de su guerrera un paquete de auténticos cigarrillos, le ofreció uno al religioso que lo aceptó encantado y encendió ambos con un pesado mechero de gasolina.

—Si quiere que le confiese la verdad eso fue lo primero que pensé cuando me enteré de la noticia —admitió al tiempo que tomaba asiento en la ancha barandilla de la balaustrada—. Usted no tiene derecho a arriesgar tanto por una sola mujer que ya ha sido condenada, con razón o sin razón, que en eso no me meto, y que pronto o tarde será ajusticiada donde quiera que se encuentre... —Lanzó una bocanada de humo para añadir con evidente desgana—: Pero quienes aseguran que se encuentra aquí, o por los alrededores, tienen al parecer más que sobradas razones para afirmarlo, y las órdenes que he recibido de la capital no admiten la menor demora o discusión: tengo la obligación de registrar cada rincón de esta misión con el fin de encontrarla cueste lo que cueste.

—¿Y a qué espera?

—¿Me da su permiso? —se sorprendió el hombre de las enormes patillas.

—¡Naturalmente! Órdenes son órdenes, usted es la autoridad y no necesita que yo se lo autorice, pero si eso le tranquiliza, le doy mi permiso. Puede registrar cuanto guste.

—¡Gracias! —El militar le apuntó con el cigarrillo al añadir—: También me han comunicado que esperan ustedes la llegada de un avión que deberá transportar a París a un enfermo muy grave. ¿Es cierto eso?

—Calculo que aterrizará dentro de aproximadamente una hora. Se trata de un hombre muy rico que ha ordenado que le envíen un «hospital volante» capaz de posarse incluso en nuestra pequeña pista. ¿Algún problema?

—¡En absoluto! —fue la sincera respuesta—. No me

gustaría que alguien tan importante muriera en Níger por culpa mía. Pero lo que sí le advierto es que en cuanto ese avión aterrice mis hombres lo rodearán y bajo ningún concepto permitiré que nada ni nadie, ¡escúcheme bien, padre!, nada ni nadie, excepto el enfermo, suba a ese aparato.

—Supongo que al decir «nada» se refiere a uranio —le hizo notar el misionero—. Y que al decir «nadie» se refiere a la mujer de la fotografía.

—Supone bien.

—En ese caso no tiene por qué preocuparse —fue la tranquila respuesta—. Ni el uranio ni esa mujer me interesan en lo más mínimo. La idea es que el avión tan sólo permanezca en tierra el tiempo imprescindible para repostar combustible y acomodar a un paciente que debe llegar cuanto antes a París si pretendemos que salve la vida. Le aconsejo por tanto que ordene a sus hombres que comiencen a registrar cuanto antes la misión para que cuando llegue el momento puedan concentrarse en proteger el aparato.

—¡De acuerdo!

Se franquearon todas las puertas, se abrieron todos los armarios, se husmeó incluso debajo de las camas, y no quedó un solo rincón de los tres viejos edificios de adobe y tejas de barro de la miserable misión de Kadula que no fuera revisado hasta en sus más mínimos detalles, por lo que al cabo de media hora larga los diferentes jefes de sección fueron llegando con el fin de cuadrarse ante su superior y comunicarle que tenían perfectamente localizados y controlados hasta el último ser humano, perro, gato, mono, cabra, borrego o dromedario en diez kilómetros a la redonda.

Evidentemente ninguno de ellos se parecía, ni por lo más remoto, a la persona a la que andaban buscando.

Tampoco, y eso resultaba aún más evidente si es que

ello era posible, se advertía rastro alguno de un eventual contrabando de uranio.

A la vista de tan rotundo informe, y de que a través de la radio acababa de llegar la confirmación de que el «hospital volante» tomaría tierra dentro de pocos minutos, el padre Anatole se dispuso a preparar al enfermo que descansaba en una pequeña estancia, la única que disponía de un desconchado y quejumbroso ventilador en el conjunto del amplio pero vetusto y ruinoso recinto hospitalario.

Varios litros de suero, dos transfusiones de sangre, la tranquilidad del lugar y el largo descanso tras un viaje en exceso agitado, habían conseguido que el aspecto de Oscar Schneeweiss Gorriticoechea, que continuaba empeñado en aferrarse a la vida, fuera algo menos cadavérico, pese a lo cual nadie en su sano juicio se hubiera atrevido a apostar a favor de su improbable recuperación.

«El león invisible», o lo que quiera que fuese que le estuviera devorando por dentro, continuaba durmiendo en su misma cama y no cabía la menor duda de que parecía más que dispuesto a embarcarse en su mismo avión.

Permanecía sumido en un ligero pero tranquilo sopor, por lo que al misionero no le quedó más remedio que agitarle levemente el antebrazo al comentar:

—¡Despierte, Oscar! ¡Despierte! Es hora de irse.

El paciente tardó en abrir los ojos, asintió una y otra vez y por último musitó de un modo casi inaudible:

—¿Dónde está Aziza?

—En lugar seguro.

—¿Cuándo podré verla?

—Eso ya no lo sé... —admitió el religioso con encomiable sinceridad—. He hecho cuanto está en mi mano, pero es posible que las cosas no salgan tal como había planeado.

—¡Pero es que yo la necesito a mi lado! —se lamentó su interlocutor—. Si no la veo me siento morir.

—¡Oh, vamos, no sea niño! —le reprendió el malhumorado misionero—. Si se ha pasado casi cuarenta años sin ella, puede pasarse un poco más. Ahora lo que importa es que se ponga bien cuanto antes. Cuando llegue el momento oportuno, pronto o tarde, volverán a estar juntos y será ya para siempre.

—¿Me lo promete?

—¡Se lo prometo...! —replicó el barbudo armándose de paciencia, y cuando quiso añadir algo más le interrumpió el estruendo de los motores del avión que cruzaba encima de sus cabezas, por lo que se aproximó a la ventana a observar cómo el aparato, un turbohélice blanco que lucía en las alas y el fuselaje enormes cruces rojas, giraba lentamente en torno a la rudimentaria pista de aterrizaje que corría a todo lo largo del lado norte de la misión, para alejarse luego unos tres kilómetros hacia el este y regresar muy lentamente, dispuesto a tomar tierra.

Lo consiguió con la misma sencillez que si hubiera encarado la asfaltada cabecera de pista de un verdadero aeropuerto aunque levantando, eso sí, nubes de arena y polvo, llegó al final de la parte aplanada, giró muy despacio y fue a detenerse casi frente a la puerta posterior del mayor de los edificios de la misión.

En el momento mismo en que se apagaron lo motores y las hélices quedaron completamente inmóviles, una docena de soldados al mando de un eficiente sargento rodearon al aparato.

Al poco descendieron dos pilotos, un médico y un enfermero que se mostraron hasta cierto punto sorprendidos ante semejante despliegue de fuerzas, por lo que el padre Anatole se apresuró a tranquilizarles asegurándoles que se trataba de una simple medida preventiva puesto que se encontraban en un país que solía tener graves problemas de contrabando.

—Lo único que produce Níger es uranio y cacahuetes —dijo—. Nadie quiere comprar sus cacahuetes, pero todo el mundo quiere robar su uranio. Sin embargo, mi buen amigo, el capitán Razman, ha comprobado que en Kadula no hay ni un solo gramo de uranio, ni casi de cacahuetes. ¿Quieren comer algo mientras se carga el combustible y preparamos al enfermo? Hemos matado un cordero en su honor, lo cual constituye todo un acontecimiento por estas latitudes.

El médico y su ayudante replicaron que prefería ver cómo se encontraba el paciente, pero los pilotos aceptaron de buena gana, dado que el viaje había sido largo y penoso, habiendo tenido que contentarse con café, refrescos y bocadillos, por lo que siguieron al misionero hasta la amplia cocina, acompañados por el capitán Razman Sinessi que al parecer jamás le hacía ascos a una buena paletilla de cordero.

La veterana cocinera, sor Lucía de La Merced se había esmerado superándose a sí misma aunque admitió de inmediato que el verdadero mérito estribaba en el hecho de que por primera vez en mucho tiempo contaba con una auténtica materia prima en forma de un tierno cordero de incontestable calidad.

Del ennegrecido horno en el que por lo general tan sólo se cocía pan, cuando había pan que cocer, surgía ahora un aroma embriagador que tuvo la virtud de conseguir que a más de uno le rugieran las tripas.

Sin embargo, apenas había comenzado a dar buena cuenta de tan exquisito y desacostumbrado manjar, cuando un soldado irrumpió en la estancia cargando con una vieja radio de campaña.

—¡Capitán, capitán! —gritaba casi como un poseso—. ¡La han encontrado!

—¿A quién?

—¡A la mujer!

—¡No es posible!

—¡Lo es, mi capitán! El sargento Hennelik está al aparato y asegura que la ha capturado hace unos minutos.

El capitán Razman concluyó de masticar el pedazo de carne que tenía en la boca, se limpió la grasa que le escurría por la comisura de los labios con el dorso de la mano, y apoderándose del micrófono que su subordinado le tendía, inquirió en tono impaciente:

—¿Hennelik? ¿Eres tú, Hennelik?

—Yo mismo, mi capitán.

—¿Qué es eso de que has encontrado a la mujer?

—¡La pura verdad, mi capitán...! —replicó una voz lejana a la que se advertía muy nerviosa—. En estos momentos la tengo aquí mismo, delante de mis narices.

—¿Y estás completamente seguro de que es ella?

—¡Sin la más mínima duda, señor!

—¿Y dónde la has encontrado?

—En una jaima de beduinos, a unos treinta kilómetros al noroeste, cerca del pozo de Ma-el-Ahina.

—¿Quién está con ella?

—Nadie, señor.

—¿Nadie?

—Nadie.

—¿Y qué es lo que ha dicho? —inquirió el evidentemente desconcertado militar—. ¿Por qué se encuentra sola en ese lugar?

—Eso no puedo saberlo, mi capitán. —La voz cambió levemente al añadir—: No hemos conseguido entenderle una sola palabra porque no habla más que inglés.

—¿Cómo que no habla más que inglés? —se sorprendió de forma harto desagradable su superior—. ¿Y eso por qué?

—Porque es nigeriana, señor.

El capitán Razman lanzó un sonoro exabrupto y a punto estuvo de propinarle una patada a la silla que tenía más cerca.

—¡Es verdad, carajo! Esos jodidos nigerianos no hablan más que inglés —exclamó—. ¿Y no ha conseguido entenderle nada?

—Muy poco, señor, pero no cabe duda de que se ha reconocido en las fotos, e incluso ha dicho algo sobre un niño.

—¡De acuerdo! —mascculló al fin su superior—. Trátala con respeto pero no te apartes de ella ni para ir al baño, no se nos vaya a suicidar. En cuanto termine de comer salgo para allá.

—¡No se preocupe, capitán! Tómeselo con calma. Aquí estaremos. ¡Siempre a sus órdenes!

El bigotudo oficial no dijo nada más hasta que concluyó su almuerzo, momento en que encendió un cigarrillo, lanzó una espesa columna de humo y observó de medio lado a quien se sentaba al otro lado de la mesa:

—Tal como nos habían asegurado, esa mujer se encontraba en las proximidades de la misión, y lo cierto es, padre, que me cuesta un gran esfuerzo admitir que usted no lo sabía.

—Treinta kilómetros no se puede considerar «las proximidades», hijo —argumentó el misionero—. Pero aunque así fuera te puedo asegurar que no tenía la más mínima idea de dónde se encontraba.

—¿Sigue asegurando que jamás la ha visto?

—¡Naturalmente!

—Pues yo sigo creyendo que miente.

—Estás en tu derecho, pero me sorprende que conociéndome desde hace tanto tiempo, dudes de mí. ¿Qué pensarán mis invitados?

El amoscado oficial tardó en responder, se atusó el espeso mostacho, se rascó la frente y por último masculló:

—Lo que me preocupa no es lo que piensen sus invitados, a los que ruego que me disculpen. Lo que en verdad me preocupa es que siempre le tuve por una de las personas más honradas que he conocido, pero toda esta historia me obliga a pensar que estaba equivocado.

—¿Acaso es culpa mía? —quiso saber el barbudo hombretón—. Hay algo de lo que puedes estar seguro: si estuviera en mi mano salvar a alguien de la lapidación lo haría aun a costa de mi propia vida y sin importarme en lo más mínimo tu opinión, pero cuando afirmo que nunca he visto antes a esa mujer, es porque no la he visto.

—¡Bien! —admitió el otro en tono de impotente resignación—. Intentaré creerle. Y ahora dígame: ¿habla usted inglés?

—Perfectamente.

—En ese caso quiero que me acompañe. Me servirá de intérprete y al mismo tiempo podré comprobar que no la conoce. ¿Le parece correcto?

El padre Anatole Moreau se tomó ahora un cierto tiempo para responder, observó a los pilotos que habían asistido, silenciosos y confundidos, a la agria discusión, alzó luego la vista hacia la expectante sor Lucía de La Merced como si buscase una ayuda que no iba a llegar, y por último replicó con un susurro:

—¡De acuerdo! En cuanto deje instalado al paciente podremos irnos.

El capitán Razman negó al tiempo que se ponía en pie y apagaba su cigarrillo en el borde del plato en que había estado comiendo.

—No creo que el doctor le necesite para eso —dijo—. Se supone que si ha venido desde tan lejos es porque sabe su oficio. ¿Nos vamos?

Su interlocutor asintió desganadamente pero en el

momento de abandonar la estancia se volvió a los que se quedaban para inquirir:

—¿Esperarán a que vuelva?

—Si no le molesta preferiría despegar cuanto antes —replicó el comandante del aparato al tiempo que negaba con la cabeza—. El viaje es largo y no me agrada la idea de volar de noche a través de un desierto en el que las señales de radio apenas resultan audibles.

—¡Entiendo! Cuiden bien al señor Schneeweiss. ¡Y suerte!

—Lo mismo le digo.

Diez minutos más tarde los cuatro vehículos que componían la práctica totalidad del destacamento militar emprendían la marcha, rumbo al noroeste, y se encontraban ya casi a la vista del pozo de Ma-el-Ahina cuando sus ocupantes advirtieron cómo el blanco aparato de las cruces rojas les sobrevolaba para perderse de vista en la distancia.

Cinco hombres montaban guardia ante una amplia jaima de la que surgió de inmediato el solícito y sonriente sargento Hennelik, que parecía el hombre más feliz del mundo, por lo que el capitán se apeó el primero, intercambió con él unas palabras, y desapareció en el acto en el interior de la oscura tienda de campaña tejida con pelo de camello.

A los pocos minutos el sargento le hizo un gesto con la mano al misionero indicándole que entrara y cuando éste obedeció advirtió que Razman Sinessi no le miraba directamente puesto que tenía los ojos fijos en el rostro de la mujer, que se encontraba sentada en un rincón, estudiando sin duda su reacción en el momento de enfrentarse al recién llegado.

Su argucia no pareció darle el resultado apetecido, por lo que acabó por tomar asiento a su vez sobre la sobada alfombra que ocupaba la mayor parte del suelo al tiempo que le rogaba al sacerdote:

—Pregúntele qué, cuándo y cómo ha llegado hasta aquí, por favor.

El misionero hizo la pregunta en cuestión para traducir al poco:

—Dice que ha llegado esta misma mañana. Que hizo la mayor parte del viaje en avión, y que dos hombres la recogieron en el aeropuerto de Niamey, la trajeron hasta este lugar y le pidieron que esperara.

—¿Acaso pretende hacerme creer que ha volado desde Nigeria a Niamey? —se ofendió a ojos vista Razman Sinessi—. ¡Eso es absurdo! Sabemos que cruzó a pie la frontera. ¡Por favor! Pídale que sea algo más explícita.

El padre Anatole Moreau decidió tomar asiento a su vez en la alfombra, habló durante un largo rato, y al fin aclaró:

—Esta mujer asegura que se llama Linda Burman, y que nació en Alabama, aunque actualmente vive en Nueva York.

—¿Cómo que se llama Linda Burman? —se horrorizó el militar—. Aquí dice que se llama Aziza Smain. ¿Acaso no es la mujer de las fotografías?

—Admite que sí; que esas fotografías se las hicieron hace tres días, pero que no tiene la menor idea de por qué la confunden con una tal Aziza Smain de la que jamás había oído hablar.

—¡Alá me proteja! —no pudo por menos que exclamar el anonadado capitán patilludo—. ¡Se han burlado de nosotros! ¿Quién coño es esta mujer y quién coño la ha traído aquí?

—Según ella es actriz y anteayer le firmaron un magnífico contrato para que rodara en África una serie de películas para adultos. ¡Por eso está aquí!

—¿Qué diablos significa eso de «películas para adultos»?

—Cine porno.

—¿Cine porno? —repitió el atribulado militar al que el mundo se le venía encima por minutos—. ¿Pretende hacerme creer que en lugar de capturar a la fugitiva Aziza Smain, condenada a muerte según la ley de la *sharía*, nos hemos topado con una puta exhibicionista? ¡No puedo creerlo!

—Pues eso es lo que hay.

—De ésta me fusilan.

—También me ha dicho que quienes la dejaron aquí le entregaron una carta para usted.

—¿Para mí? —se sorprendió aún más el otro—. ¿Y por qué para mí?

—Bueno, en realidad no es para usted, sino para el oficial al mando. Y en este caso usted es el oficial al mando. ¿Quiere que se la traduzca?

—¡Por favor!

El sacerdote extendió la mano, se apoderó del sobre que la indiferente Linda Burman le entregaba, y tras abrirlo, comenzó a leer con voz grave y tono pausado:

—Muy señor mío: ante todo queremos felicitarle puesto que ha cumplido con su obligación sin cometer ningún error. Le ordenaron que encontrara a la mujer cuya fotografía aparece en las primeras páginas de la mayor parte de los diarios del mundo, y la ha encontrado. El único error cabe achacárselo a las redacciones de unos estúpidos periódicos que aceptaron, sin contrastarlo debidamente, que la colección de fotos que les enviaba una reputada agencia de prensa pertenecían realmente a la persona que se aseguraba, cuando en realidad no era así. La citada agencia ha quebrado, pero consideramos que el costo de tal quiebra vale la pena. La señorita Burman es norteamericana y su embajada está ya al corriente de sus problemas y del lugar en que se encuentra, por lo que hoy mismo acudirán a recogerla. También deseamos comunicarle que tiene en su poder un paquete con doscientos mil dólares destinados al amable padre Anatole Moreau, que no dudamos que estará más que dispuesto a compartirlo con usted si considera que tan modesto aporte le puede compensar por las molestias que se ha tomado. Atentamente. —El misionero aguzó aún la vista pero acabó por admitir—: La firma resulta ilegible.

—¡Era de suponer! —señaló el destinatario de la extraña carta—. ¡Malditos hijos de la gran puta! ¡Sí que me la han jugado!

—¡Astuto quien quiera que sea el que lo haya organizado!

—¡No sea hipócrita, padre! Esto es cosa suya —replicó el furibundo militar, pero casi de inmediato añadió—: ¿Qué hay de ese dinero?

El aludido alargó la mano y la llamada Linda Burman que asistía a la desconcertante escena como si se tratara de una comedia en la que ella apenas tenía un papel secundario, se levantó la falda y le entregó un grueso sobre de papel de estraza.

Las gigantescas manazas lo partieron en dos como si se tratara de una simple tableta de chocolate, y su propietario le alargó la mitad al capitán Razman Sinessi al tiempo que comentaba:

—Esto es más de lo que hubiera cobrado en toda su vida, aun en el caso de que consiguiera llegar a general. Y evidentemente no se trata de un soborno, puesto que nadie puede negar que ha cumplido con su obligación.

—¡No estoy tan seguro! La orden era que Aziza Smain no subiera a ese avión, y o yo no le conozco, padre, o a estas horas vuela rumbo a París.

—¡Querido amigo! —le tranquilizó el sacerdote al tiempo que le golpeaba afectuosamente la rodilla—. En un continente en el que el noventa por ciento de las mujeres no tienen ningún tipo de documentación puesto que ni siquiera han sido registradas al nacer, un simple nombre apenas significa nada. ¿Qué hubiera hecho de no existir esas dichosas fotografías? No me lo imagino preguntando a todas las mujeres que se encontrara en su camino: «¿Por casualidad te llamas Aziza Smain? Si es así haz el favor de seguirme que vamos a lapidarte.» ¡No, Razman, no! Sé por experiencia que en cuanto salen del pequeño círculo de su pueblo, sus familiares y sus amigos, la inmensa mayoría de los africanos se convierten en una masa anónima, porque por suerte o por desgracia no están marcados con una serie de números y letras, ni sus huellas han quedado registradas en un archivo. ¡Olvídese de si Aziza Smain subió o no subió a ese avión! ¡Aziza Smain ya no existe!

—De ahora en adelante te llamarás Shireem Sultan, nacida en Liberia, pero criada en Ghana, y durante los próximos meses tendrás que aprender muchas cosas sobre tu nueva identidad, lo que te permitirá ser libre, pero de momento te ruego que permanezcas aquí hasta que Oscar salga de la unidad de cuidados intensivos y decida dónde vais a estableceros definitivamente.

Aziza Smain observó con atención el documento con su fotografía, giró luego la vista deteniéndose en cada detalle del fastuoso salón de costosísimos muebles cuyo amplio ventanal se abría sobre una quieta ensenada rodeada de pinos al borde de cuyas aguas de un verde esmeralda jugaba su hija Kalina, y acabó por volverse a Robert Martel, que era quien le había hecho entrega del exclusivo y preciado pasaporte de la Unión Europea.

—Estoy de acuerdo en llamarme Shireem Sultan, puesto que lo mismo da un nombre que otro —dijo—. Y también estoy de acuerdo en esperar, puesto que en la actual situación de Oscar no puedo hacer nada por él. Pero en cuanto abandone esa dichosa unidad de cuidados intensivos permaneceré a su lado día y noche. —Hizo una corta pausa para añadir en un tono de inquebrantable firmeza—: Y el día en que ya no me necesite, regresaré a África a buscar a mi hijo.

—Allí correrías un gravísimo peligro y lo sabes.

—Lo sé, pero buscar a mi hijo es algo que nadie más que yo puede hacer, por mucho profesional que se contrate o mucho ADN que se haya inventado. —La condenada a muerte apuntó a su interlocutor con el dedo para añadir en idéntico tono—: Y en cuanto encuentre a Menlik me estableceré con mi marido y mis hijos donde mejor nos plazca, puesto que no pienso pasarme la vida escondiéndome cuando no soy culpable de nada.

—Pero es que han llegado noticias de que Abu Akim está furioso por todo ese asunto de las fotografías y la falsa Aziza Smain, y ha triplicado el precio que puso a tu cabeza —le hizo notar el inquieto abogado—. Miles, tal vez millones de fanáticos, te buscan para matarte.

—¡Escúchame bien, querido amigo! —fue la decidida respuesta que no admitía discusión—. No pienso cambiar la sombra de un baobab por una cárcel de oro, aunque sea en un lugar tan hermoso como Cerdeña. El día que escapé de Hingawana fue para dejar atrás mi parte hausa y convertirme en una fulbé. Y si los fulbé hemos conseguido sobrevivir miles de años sin raíces, sin patria, sin gobernantes, sin dios y sin armas, es porque tanto más fuertes somos cuanto más duro se nos golpea.

Robert Martel observó largo rato a aquella extraordinaria mujer de prodigiosa hermosura que pese a haber pasado toda su vida en una miserable aldea nigeriana no desmerecía en absoluto, sino más bien todo lo contrario, en el lujoso ambiente que en aquellos momentos la rodeaba, y tal vez por primera vez entendió con absoluta nitidez las razones que habían empujado a su mejor amigo a arriesgar la vida de una forma tan disparatadamente absurda.

Lanzó un profundo resoplido, sonrió al ver cómo la pequeña Kalina reía y gritaba cuando su cuidadora la alzaba en brazos para arrojarse con ella al agua haciéndole cosquillas y chapoteando, y por último inquirió:

—¿Pretendes hacerme creer que no te preocupa Abu Akim?

Los ojos color de miel que obligaban a recordar a un inmenso felino parecieron pretender taladrarle, pero la respuesta llegó tranquila y sin aspavientos:

—Los pastores fulbé tienen un dicho: «Nunca permitas que te preocupe un león rugiente. Quien tiene que preocuparte es una pantera silenciosa».

Lanzarote, octubre de 2003